Wohl dem,
der jetzt noch Heimat hat

BOOKS on DEMAND

Renate Hagenlocher-Closius wurde in Sindelfingen/Baden-Württemberg geboren. Studium der Biologie und Pädagogik in Tübingen und Hamburg. Freie Journalistin und Autorin. Lebt in Norderstedt/Schleswig-Holstein.

Renate Hagenlocher-Closius

Wohl dem,
der jetzt noch Heimat hat

Bibliografische Information der Deutschen Nationalbibliothek:
Die Deutsche Nationalbibliothek verzeichnet diese Publikation in
der Deutschen Nationalbibliografie; detaillierte bibliografische
Daten sind im Internet über http://dnb.dnb.de abrufbar.

Herstellung und Verlag:
BoD – Books on Demand, Norderstedt

ISBN: 978-3-7528-0266-5

1

Ich liebe alte Bäume. Ihre Stärke, Ruhe, Abgeklärtheit haben es mir angetan. An ihnen ist nichts Falsches. Sie bewahren die Geheimnisse dieser Welt fest unter dicken Rinden.

Meine absoluten Lieblinge sind die Kastanien in unserem Zaunkönigweg. Hoch gewachsen und fest in der Erde verwurzelt, ragen sie zu beiden Seiten der Straße weit in den Himmel hinein. Im Sommer bilden ihre Äste ein dichtes Blätterdach über dem Kopfsteinpflaster, im Frühjahr wecken sie mit roten und weißen Blütenkerzen neue Lebensgeister. Im Herbst werden die Früchte, wenn du sie an den Fingern reibst, zu Handschmeichlern. Garantiert stammen die Bäume aus einer Zeit, als in Berlin noch Pferdeomnibusse umherkutschschierten und Dahlem ein Dorf weitab der Großstadt war.

Zwei Kriege haben sie überstanden. Politische Erdbeben wie die Luftbrücke, den Bau der Mauer und ihr Verschwinden brachten sie ebenso wenig aus dem Konzept wie ein an die Wand gefahrener Hauptstadtflughafen oder ein Eisbärbaby namens Knut, das die Welt zu Tränen rührte. Auch der geplante Besuch des ersten schwarzen Präsidentschaftskandidaten der USA in diesem Jahr lässt sie kalt.

Die Kastanien sind meine Beschützer. Meine Heimat.

Nun gut, unsere Straße mit ihren alten Villen ist an sich schon ein Schmuckstück. Aber wer weiß schon, was sich hinter Fassaden, Fachwerk, Türmchen, Erkerchen, Sprossenfenstern und anderem Schnickschnack verbirgt? Hält das Innere, was das Äußere verspricht? Oder ist alles nur schöner Schein? Das gilt auch für mein Zuhause: Heile Welt pur!

Der Illusion hing ich lange an. Bis vor einiger Zeit die Wirklichkeit in die Idylle hereinbrach und mich eines Besseren belehrte.

Früher wurde bei uns nicht gestritten. Und wenn, dann wurden die Ursachen des Zoffs hinterher ausführlich besprochen und aus dem Weg geräumt. Meine Eltern sind das, was man „Alt-68er" nennt. Sie haben mit autoritärer Erziehung nichts am Hut. Wir begegnen uns mit Respekt. Anders als in vielen Familien üblich, sitzen wir beim Essen noch gemeinsam um einen Tisch herum. Vorausgesetzt, unsere unterschiedlichen Zeitpläne lassen es zu.

Nahezu heilig ist uns das Frühstück an den Samstagen. Wir treffen uns in der großen Küche, die nostalgisch ist wie alles in diesem Haus. Der gusseiserne Herd in der Ecke ist längst nicht mehr im Gebrauch, er dient lediglich dekorativen Zwecken. Die schwarzen und weißen Steinfliesen auf dem Fußboden sehen aus wie ein riesiges Schachbrett, die Wände sind mit blauen Ornamenten verziert. Alles Überbleibsel aus einer Zeit, als Köchinnen, Putzfrauen, Gärtner, Wäscherinnen körperliche Arbeit für die Herrschaften in der Villa verrichteten. Sie hatten die Küche über eine Hintertreppe und einen Dienstboteneingang zu betreten, der heute noch existiert.

Keine Ahnung, weshalb wir ausgerechnet die Küche zu unserem Lieblingsort ausgewählt haben. Andere Räume gäbe es genug in unserem Prachtschuppen, auch ein Esszimmer ist vorhanden. Es wird so gut wie nie benutzt. Vielleicht liegt es daran, dass wir in der Küche kuschelig zusammenrücken können. Vielleicht auch daran, dass es bequemer ist, das zur Nahrungsaufnahme Bestimmte nur wenige Schritte vom Kühlschrank oder Herd zum Tisch bugsieren zu müssen, als Tabletts, Schüsseln, Geschirr über den Flur zu balancieren.

Einen schöneren Start ins Wochenende als das gemeinsame Frühstück konnte ich mir nicht vorstellen. Wir schliefen lange. Vater brauchte nicht zur Uni, ich hatte schulfrei. Mutter als Lehrerin sowieso.

Mein Part beim Samstagsfrühstück bestand darin, Brötchen vom Bäcker zu holen. Wenn ich die Treppen hinunterstürmte, kam mir von unten hin und wieder Vater entgegen. In Unterhosen, ausgeleiertem T-Shirt und Uralt-Birkenstock-Latschen hatte er die Zeitung aus dem Briefkasten geholt. Mutters Bemerkung „Welch bezaubernder Anblick, der Herr Professor halbnackt vor der Haustür" ließ ihn kalt. „Na und? Die alte Klein freut sich, wenn sie mal was Junges, Knackiges vor die Linse bekommt", konterte er. Dabei ist Frau Klein, unsere Nachbarin, weit über achtzig und mein Vater mit seinen achtundfünfzig Jahren auch längst eher der Ötzi- als der Adonis-Fraktion zuzurechnen.

Bei unserer Begegnung auf der Treppe streckte er mir seine unrasierte Wange zum Gutemorgenküsschen entgegen und gab mir eine seiner flapsigen Bemerkungen mit auf den Weg: „Hannchen, Göttin der Morgenröte, sei gegrüßt." Oder: „Hanna, holde Tochter, geh' und rette deinen armen Vater vor dem Hungertod."

Wenn ich mit voll gepackten Brötchentüten zurückkam, hatten sich meine Lieben bereits um den großen Tisch herum versammelt. Mutter bemühte sich, ihre Morgen-Agonie mit ein paar Schlucken Kaffee zu vertreiben. Sie umfasste ihren Becher mit beiden Händen, als müsse sie sich an ihm wärmen: die Ellbogen auf die Tischplatte gestützt, den Blick ins Ungewisse gerichtet. Ihre Miene wirkte, als müsse sie ihre Gesichtsmuskeln von den mimischen Verrenkungen des Lehrerinnendaseins lockern.

Fünf Tage in der Woche Pokerface, keine unkontrollierte Gemütsbewegung, kein Beben der Lippen; dazu endlose amicus-, amici-, amico-Deklinationen im Lateinunterricht, Goethe, Schiller, Lessing in den Deutschstunden, da durfte man am Wochenende schon mal die Kinnladen hängen lassen.

Dennoch wirkte sie selbst in ihrer Samstagmorgenstarre noch attraktiv und mit ihren sechsundfünfzig Jahren richtig jung.

Ich beneidete sie um ihr Aussehen. Noch mehr aber beneidete ich Olli, meinen Bruder, dass er – von den kastanienbraunen Locken, den Rehaugen und langen Wimpern bis zur feingliedrigen, sportlichen Figur – Mutters Erscheinungsbild großzügig vererbt bekommen hat. Dagegen kam ich mir mit meinen widerspenstigen dackelbraunen Haarborsten, den Sommersprossen im Gesicht und der schlaksigen Gestalt, an der Arme und Beine eindeutig zu lang geraten sind, wie ein Aschenputtel vor. Von Kopf bis Fuß bin ich äußerlich ganz nach meinem Erzeuger geraten.

Vater hatte bis zu meiner Rückkehr seinen Schlabberlook vom Morgen gegen abgewetzte, nicht weniger schlabberige Jeans und einen alten Pullover eingetauscht. Das naturwollene Ungetüm, das er in seiner Freizeit trägt, hat er aus seiner Studenten- und Wohngemeinschaftszeit in die Gegenwart herübergerettet. Mit den Jahren ist es, umgekehrt proportional zu seinem Haupt- und Barthaar, immer länger geworden. Vater sieht am Kopf heute recht manierlich aus. In seinen Revoluzzerjahren hätte er mit der langen Mähne und dem zugewachsenen Gesicht ohne Weiteres als potenzieller Terrorist auf einem Fahndungsplakat auftauchen können.

Der Pullover ist, Mutters vernichtendem Urteil zufolge, mehr als eine Zumutung. Vater schert sich auch darum nicht. Das abgetragene Ding scheint in seinem Alltag mit ihm verwachsen zu sein, es ist Teil seiner Persönlichkeit geworden.

Meist lehnte er, wenn ich die Küche betrat, an unserem Kühlschrankmonstrum, das er nur um Haupteslänge überragte, und las aus der Zeitung vor. Passagen, die ihn besonders begeisterten, kommentierte er mit einem lauten „Ha" und donnerte mit dem Hintern gegen den Eisschrank.

„Das Geschwurbel der Kanzlerin kommt immer mehr einer rhetorischen Wolkenschieberei gleich, ha." Wumm – klirr, es hörte sich an, als vollführten Gläser, Flaschen und Schüsseln in dem von ihm malträtierten Riesending einen irren Tanz.

„Ich frage mich, wie wir erreichen, was wir gemeinsam erreichen wollen - dummes Kanzlerinnengeschwätz, ha." Wumm – klirr.

„Berlins so genannter Hauptstadtflughafen entpuppt sich bereits kurz nach Baubeginn als Pannenflughafen, ha."

Bevor er seiner Erregung durch erneutes Rumsen an die Kühlschranktür Ausdruck verleihen konnte, wurde ihm sanft von Oma Lisa Einhalt geboten: „Thomas, du kannst dich setzen, Frühstück ist fertig."

Oma Lisa, die bei uns im Erdgeschoss wohnt, ist Mutters Mutter. Wir nennen sie nie anders als mit ihrem Namenszusatz. So können wir sie von unserer anderen Oma, Vaters Mutter in Ulm, unterscheiden.

Eine Verwechslung mit dieser wäre auch ohne Nennung ihres Vornamens kaum möglich. Die Ulmer Oma bringt ein ziemliches Lebendgewicht auf die Waage und weist auch sonst keinerlei Ähnlichkeit mit Oma Lisa auf, die mit ihren nahezu achtundsiebzig Jahren jugendlich schlank und beweglich daherkommt. Sie könnte ohne Weiteres als Mutters ältere Schwester durchgehen. Ihr dunkelblondes Haar weist keine Spur von Grau auf. Ob sie dabei farblich ein bisschen nachhilft, weiß ich nicht. Die Achtung vor ihr verbietet mir die Nachfrage.

Oma Lisa ist der gute Geist der Familie. Ohne sie könnte ich mir unser Zusammenleben nicht vorstellen. Ruhig, besonnen und unauffällig führt sie Regie im Haus. Allein ihre Anwesenheit strahlt Ruhe und Behaglichkeit aus.

So auch bei den Frühstücksrunden und anderen Mahlzeiten, die sie mit uns teilt. Während Vaters Rezitationen aus der Zeitung und Mutters mimischen Aufwärm-Entspannungsübungen wirkte sie im Hintergrund, deckte den Tisch, verteilte Obst, Müsli, Joghurt und Rührei und überzeugte sich mit einem Blick von der Vollständigkeit des reichlich vorhandenen Frühstücksangebots.

Vater, der bei seiner turnerischen und rhetorischen Verrenkungen genug Dampf abgelassen hatte, plauderte friedlich vor sich hin. Auch Mutter war nach dem zweiten Becher Kaffee aus ihrer Erstarrung erwacht und nahm entspannt am Frühstücksgespräch teil.

Nur Olli, der eigentlich Oliver heißt, aber selten so genannt wird, fehlt in unserer Runde. Mein vier Jahre älterer Bruder wohnt seit Beginn seiner Banklehre in einer eigenen kleinen Wohnung im Stadtteil Prenzlauer Berg. Schon in der Zeit zuvor war er selten zu Hause gewesen. Nach dem Abitur meinte er, Sohn eines „Alt-68ers" und „Friedensfreundes", zur Bundeswehr gehen zu müssen. Ausgerechnet in einer Zeit, als die Abschaffung der allgemeinen Wehrpflicht schon absehbar war. Selbst als Vater Olli vorschlug, er wolle seine Beziehungen spielen lassen und seinem Sohn von einem befreundeten Arzt ein Attest zur Befreiung sowohl vom Wehr- als auch Zivildienst verschaffen, blieb mein Bruder stur.

Olli sorgte mit seiner Entscheidung für die ersten größeren Konflikte in unserer sonst so harmonischen Familie. Auch sein Entschluss, nach der Bundeswehr Banker werden zu wollen, stieß bei Vater auf heftige Abwehr. „Was, mein Sohn macht sich mit diesen Haien und Heuschrecken gemein?"

Oma Lisa und Mutter hatten alle Mühe die Wogen zu glätten. „Lass gut sein, Thomas, Olli weiß, was er tut", beruhigten sie Vater.

Ich war froh, als Ruhe eingekehrt war und mein Bruder, wenn er uns besuchte, wieder in Gnade aufgenommen worden war.

Wie konnte ich ahnen, dass die Ruhe nicht von langer Dauer sein würde? Naiv von mir anzunehmen, dass Zaunkönigweg, Kopfsteinpflaster, Kastanien Garanten für ein „verlässliches und ungefährdetes Zuhause" sein könnten in dem Sinne, wie wir es vor Kurzem im Philosophie-Leistungskurs als Definition des Begriffes „Heimat" geliefert bekommen haben.

Verglichen mit dem Wolkengebirge, das derzeit unser trautes Heim verdüstert, waren die atmosphärischen Störungen beim Vater-Olli-Konflikt niedliche Schäfchenwolken gewesen. Mein Erzeuger, der als Psychologe und Anhänger einer modernen Pädagogik eigentlich einen Ruf zu verlieren hat, betätigt sich seit geraumer Zeit als Ekel mit Hang zur Despotie.

Woran das liegt? Wenn ich das nur wüsste.

Irgendwie muss es mit dem Tod seines Vaters, meines Ulmer Großvaters, zusammenhängen. Aber bitteschön: Der alte Herr war vierundneunzig Jahre alt gewesen, da muss man das Ableben eines Menschen schon mal einkalkulieren, da braucht man doch nicht so aus den Latschen zu kippen wie Vater.

Klar, dass wir alle traurig waren. Aber warum Vater nach Opas Beerdigung dermaßen auf depri kam, ist mir ein Rätsel.

Vorbei die Zeiten, da wir als heile Familie in unserer Villa zusammenlebten. Der Ausgang ist bis heute ungewiss.

Keine Spur mehr von Gutemorgenküsschen, „holder Tochter", von „Göttin der Morgenröte" ganz zu schweigen. Samstags richten wir es so ein, dass wir uns auf der Treppe nicht zu begegnen brauchen. Wenn sich ein Zusammentreffen absolut nicht vermeiden lässt, gibt er, wenn's hoch kommt, ein unbestimmtes „Gnmong" von sich, was sich mit gutem Willen als „Guten Morgen" interpretieren lässt, und wendet den Blick demonstrativ auf die Titelseite seiner Zeitung. Auch ich bin nicht zimperlich und gönne ihm lediglich ein unverbindliches „Hi" in seine Richtung. In puncto Sturheit tun wir uns gegenseitig nichts.

Beunruhigend an der ganzen Sache ist, dass Vater nach Opas Beerdigung innerhalb kurzer Zeit zu altern schien. Seine Bart- und Haupthaare wurden grau, er ließ die Schultern hängen, zog den Kopf ein, sein Körper schien gebeugt. Noch viel schlimmer war: Er suchte sich mich als Blitzableiter für seine emotionalen Turbulenzen aus.

Gnadenlos nörgelte er an mir herum: an meinem Äußeren, meiner Kleidung, meiner „Pflichtauffassung", mit der es „nicht weit her" sei, an meinen „nicht vorhandenen Zukunftsplänen", meiner „Unart", einfach so in den Tag hinein zu leben: „Meinst du, es ginge ewig so weiter, dass du die Füße unter unseren Tisch stellst und dich von uns versorgen lässt?", machte er mich an.

Warum ihn Opas Tod dermaßen aus der Bahn geworfen hat, war mir ein Rätsel. Hatte doch die Art, wie die beiden miteinander umgegangen sind, nie auf eine gelungene Vater-Sohn-Beziehung schließen lassen. Im Gegenteil: Wenn sie zusammen waren, belauerten sie sich wie zwei Raubkatzen. Vater kritisierte die konservative Haltung seines Vaters, den er in dessen Abwesenheit seinen „Alten" nannte. Auch mein Großvater hatte sich Vater gegenüber seltsam distanziert verhalten.

Wie gesagt: Opas Tod war ein Schock für uns gewesen. Er schien trotz seines Alters bei einigermaßen guter Gesundheit, unternahm jeden Tag Spaziergänge an der Donau, drehte seine Runden im hauseigenen Pool. Aber, bitteschön, in seinem Alter, da war der Tod doch etwas Normales. Opa war an einem Schlaganfall gestorben, die Putzfrau hatte ihn tot im Garten liegend gefunden.

Vater lief völlig neben der Spur bei der Beerdigung. Schluchzend und bebend stand er am offenen Grab auf dem Ulmer Friedhof, während ein Chor „So nimm denn meine Hände" und etwas von „Engelein" und „Seele mein" sang. Hätte Mutter ihn nicht weggeführt, ich glaube, er wäre zusammengebrochen.

Sie ging mit ihm in die hinterste Ecke des Friedhofs, nahm ihn in die Arme. Er weinte hemmungslos an ihrer Schulter. Logisch, dass auch ich total aus der Fassung geriet und sich bei mir sämtliche Tränenschleusen öffneten.

Nach unserer Rückkehr von der Beerdigung setzte Vaters seltsame Verwandlung ein. Er wurde mürrisch, ging bei jeder Kleinigkeit an die Decke oder hüllte sich stundenlang in Schweigen. Bei den gemeinsamen Mahlzeiten kam es vor, dass er plötzlich innehielt, seufzte, sein Besteck in den fast vollen Teller sinken ließ und ohne ein Wort zu sagen aufstand und die Küche verließ. Oder er schnappte sich die Zeitung und versteckte sich hinter ihr.

Wenn er sich überhaupt aufraffte den Mund zu öffnen, tat er es nur, um mich anzumachen. Seine Angriffe erfolgten überraschend. Wie bei einem Raubvogel, der in der Luft seiner Beute auflauert und dann blitzartig zustößt.

Ob ich es eigentlich in Ordnung fände, halb nackt durch die Gegend zu laufen, war neben den Vorhaltungen über mein angeblich nicht vorhandenes Pflichtbewusstsein eine seiner beliebtesten Anmachen. Dabei trug ich nichts als ein stinknormales T-Shirt, das lediglich oberhalb der Jeans ein paar Millimeter Bauch zur Besichtigung freigab.

Doch nicht nur an meinem Äußeren hatte er etwas auszusetzen, an allem Möglichen nörgelte er herum. Ich ordnete die Pöbelei unter der Rubrik „väterlicher Frust" ein und hoffte, sie würde bald vorübergehen.

Doch Vater legte gnadenlos nach.

Wir saßen beim Abendessen. Es gab Spaghetti bolognese, mein Leibgericht. Während wir anderen brav unsere Pasta um die Gabel wickelten und sie mehr oder weniger elegant in den Mund hineinbeförderten, rückte Vater ihnen mit Messer und Gabel zu Leibe, zerlegte sie und stopfte sie mit einem Löffel in sich hinein. Mutters kritischen Blick ignorierte er. Stattdessen nahm er wieder mal mich in die Zange: Was mit meinem Jurastudium sei, das ich Opa „in die Hand hinein versprochen" hätte, laberte er mich mit vollem Munde an. Ich fasste es nicht.

„Was soll ich ihm versprochen haben?"

„Dass du in seine Fußstapfen trittst."

Vater fuchtelte mit seinem Löffel in der Gegend herum, als wolle er mich mit einem Degen zum Duell auffordern. „Du, du", jetzt richtete er den Löffel direkt auf meine Brust. „Du, seine Lieblingsenkelin, sein Hatschipuppi, hast dem Alten Hoffnungen gemacht, seine Nachfolge antreten zu wollen, nun musst du dich auch daran halten."

Hammerhart: „Fußstapfen", in die ich treten sollte? Ich verstand die Welt nicht mehr! Was wollte mir Vater denn noch alles anhängen? Wann soll ich Opa ein Versprechen von wegen „Nachfolge" gegeben haben? „Hatschipuppi", ich glaube es hakt. Was konnte ich dafür, dass Opa in mir, der Jüngsten unseres merkwürdigen Clans, eine „Lieblingsenkelin" gesehen hatte?

Gut, Opa hatte hin und wieder davon gefaselt, wie sehr er sich freuen würde, wenn ich als Einzige seiner Nachkommenschaft Jura studieren würde – Opa war zuerst Staatsanwalt in Breslau, das heute in Polen liegt und Wrocław heißt, und zuletzt Oberstaatsanwalt in Ulm gewesen. Aber ein Versprechen? Wenn ich es je gegeben haben sollte, was ich stark bezweifle, dann war ich damals ein kleines Mädchen gewesen, mit dem man keine obskuren Abmachungen traf. Das hätte für meinen Vater, den Psychologieprofessor, eigentlich zum Einmaleins seines Faches gehören müssen.

Außerdem, was sollte das Geschwätz vom „In-den-Tag-Hineinleben"? Von wegen „mangelnde Einstellung dem Leben und der Zukunft gegenüber"? Ich bin kein kleines Kind mehr, werde im Sommer volljährig, mache im kommenden Jahr mein Abitur mit einem Notendurchschnitt um die 1,5, wenn nichts Entscheidendes dazwischenkommt. Ich glaube, dass ich soweit ganz okay bin, meinen Mitmenschen nichts Böses will und neugierig bin auf diese Welt: was sie mir zu bieten hat und was ich ihr bieten könnte. Baustellen, die zu bearbeiten wären, gibt es schließlich genug.

Also, geht's noch, lieber Vater? Könntest du, bitteschön, den Ball flach halten?

Ich flippte aus und kannte kein Halten mehr. Oma Lisa nennt das Unvermögen, sich in kritischen Situationen zusammenreißen zu können, den „Czichowskischen Zorn", benannt nach unserem aus dem Polnischen stammenden Nachnamen. Großvater hat ihn aus seiner einst schlesischen Heimatstadt aus der er „vertrieben" wurde, mit nach Ulm gebracht.

„Czichowski", der Name hat mir schon eine Menge Ärger bereitet, ständig muss ich ihn buchstabieren. Eilige Zeitgenossen beim Arzt, in der Reinigung oder bei Behörden ersparen sich die Nachfrage, vertrauen ihrem Gehör und hauen ein „Tschikowski" aufs Papier oder in den Computer und tun genervt, wenn sie das Geschriebene korrigieren müssen.

Der „Czichowkische Zorn" schlug also über mir zusammen.

Das Blut schießt dir in den Kopf. Du wirst blass und rot zugleich. Etwas in dir zerreißt und du entgleitest dir. Vater neigt dazu, sein Bruder Adi ebenso. Von Großvater wird Ähnliches berichtet, ich habe ihn allerdings nie so erlebt.

Ich warf das Besteck in meinen Teller. Tomatensoße spritzte nach allen Seiten, bekleckerte mein T-Shirt und die Bluse meiner Mutter, die neben mir saß.

„Vater, hör auf", brüllte ich. „Es reicht! Willst du mich mit aller Gewalt fertig machen? Du hast sie wohl nicht mehr alle!"

Was immer mit ihm los sei, er solle sich gefälligst einen anderen Sündenbock suchen als mich. Ob er alle Grundsätze seiner „Erziehung zur Ich-Stärke" und anderes Blabla über Bord geworfen habe, die er als Psychologe an der Uni lehre? Mir dürfe er nicht so kommen, mir nicht!

„Es ist zum Kotzen, dass du dich von jetzt auf gleich vom guten Kumpel zum autoritären Arschloch verwandelt hast."

Wow, das saß. Autoritäres Arschloch! Es herrscht bei uns zwar ein lockerer Umgangston, hin und wieder fallen, besonders von Vater, auch mal deftige Worte. Doch unter die Gürtellinie zielt bei uns keiner. Ich war eindeutig zu weit gegangen.

Vater sagte nichts. Er erstarrte, presste die Lippen aufeinander, seine Wangenmuskeln gingen auf und ab. Dann schmiss er seinen Löffel auf den Tisch, steckte sich, obwohl es gegen jede Gepflogenheit in unserem Hause war und wir das Essen noch lange nicht beendet hatten, ein Zigarillo an und hüllte sich und uns in Qualmwolken. Bis Oma Lisa aufstand, ein Fenster aufriss und mit ihrer Serviette die Rauchschwaden hinaus wedelte.

„Puh, Thomas, das ist jetzt aber sehr unangenehm."

Mit heftigen Bewegungen, die er kaum unter Kontrolle hatte, drückte er das Zigarillo in seinem Teller aus, was, gemischt mit Pasta und Sauce bolognese, eine ziemliche Sauerei hinterließ. Dann sprang er auf. Der Stuhl polterte hinter ihm zu Boden.

„Seid ihr denn alle miteinander verrückt geworden?", brüllte er und rannte aus der Küche. Die Türe fiel krachend ins Schloss.

„Was hat er denn bloß?", fragte ich, den Tränen nahe.

Mutter reagierte erstaunlich gelassen. Statt mich zu tadeln, wie ich erwartet hatte, oder geschockt zu sein, aß sie seelenruhig weiter. Dann umfasste sie ihr Wasserglas mit beiden Händen, wie sie es mit dem Kaffeebecher beim Frühstück zu tun pflegte.

„Was wird sein: Die Geister der Vergangenheit melden sich, typischer Fall von Vater-Sohn Konflikt."

„Aber Susanne", sagte Oma Lisa, „Thomas ist achtundfünfzig, was sollen da Geschichten von früher, für ihn, den Psychologen".

„Na eben: Psychologie schürzt vor Torheit nicht", meinte sie gelassen. Vater kriege sich bestimmt wieder ein, Gefühlswallungen wie die eben gezeigte kenne sie, das sei früher schon so gewesen.

Mit „früher" spielte sie an auf die Zeit, als sie mit Vater vor über dreißig Jahren in einer Wohngemeinschaft in Kreuzberg zusammengelebt hatte. Die beiden hatten damals eine kurze Liaison miteinander gehabt, sich dann aus den Augen verloren und erst zehn Jahre später wieder getroffen, als beide weit in den Dreißigern waren und etliche andere Beziehungen hinter sich hatten. In dieser Hinsicht herrscht Offenheit zwischen Mutter, Vater und uns Kindern.

Die alte Liebe flammte auf, sie gründeten gemeinsam mit anderen eine neue Wohngemeinschaft. Als Olli sein Kommen ankündigte, heirateten sie.

Nach meiner Geburt vier Jahre später fanden meine Eltern die WG in einer Charlottenburger Altbauwohnung zu beengt und kauften sich unsere Villa im Zaunkönigweg.

Eigentlich hatten sie hier das Zusammenleben mit Freunden fortsetzen wollen, in dem Riesenhaus wäre das auch ohne Weiteres möglich gewesen. Beherbergt es doch drei in sich abgeschlossene Wohneinheiten. Eine im Erdgeschoss, in der Oma Lisa lebt. Eine weitere, bestehend aus Ess-, Wohnzimmer, Küche in der ersten sowie den Arbeitszimmern der Eltern und deren gemeinsames Schlafzimmer in der zweiten Etage. Im Dachgeschoss gibt es noch eine kleine Wohnung, die seit Ollis Auszug mir alleine zur Verfügung steht.

Der Plan des gemeinsamen Wohnens scheiterte jedoch kurz vor seiner Verwirklichung an nicht geklärten Besitzverhältnissen: Wem sollte das Haus gehören? Den Eltern? Allen zusammen? Sollte es gar „vergemeinschaftet" werden? Bevor die Fragen geklärt werden konnten, verkrachten sich die einstigen Freunde, die Wohngemeinschaft wurde zu Grabe getragen.

Stattdessen zog Oma Lisa bei uns ein. Sie hatte nach dem Tod ihres Mannes, meines anderen Großvaters, ihr Haus in Schleswig-Holstein verkauft und den Erlös dem Erwerb unseres Anwesens in Dahlem beigesteuert. Außerdem hatte meine Ulmer Oma, Tochter und Alleinerbin eines Brauereibesitzers aus Oberbayern, einen stattlichen Betrag ihres Erbes abgedrückt und schon waren aus einstigen Alternativen, als die sich meine Eltern bis heute ausgeben, stolze Villenbesitzer geworden.

Keine Ahnung, wie sie mit diesem Widerspruch umgehen. Er scheint nicht der einzige in Mutters und besonders in Vaters Leben zu sein. Das geht aus seinem derzeitigen Verhalten eindeutig hervor.

Trotzdem wünsche ich, Mutter würde recht behalten und er kriegte sich von selbst wieder ein. Wenn nicht, würde das Dasein in unserem trauten Heim ziemlich unerträglich werden.

2

Mutters Vorhersage traf ein, die Gewitterwolken zogen vorüber, Vater wurde langsam wieder der Alte. Seine Gestalt richtete sich auf, er schaute freundlicher in die Welt hinein, stierte beim Essen nicht mehr in seinen vollen Teller hinein, um dann wortlos aufzustehen und die Küche zu verlassen. Dass seine Miene, wenn er sich unbeobachtet fühlte, hin und wieder noch Zeichen von Melancholie zeigte, seine ironischen Sprüche – „wer nach allen Seiten offen ist, kann nicht ganz dicht sein" – etwas aufgesetzt daher kamen, er abends verdächtig oft und ausgiebig dem Rotwein zusprach, mein Gott, auch das würde sich legen.

Wir nahmen uns wieder wahr, wenn wir uns samstags auf der Treppe begegneten. Zwar verkniff er sich seine huldvollen Sprüche, aber was sollte es, ein freundliches „Guten Morgen, Hanna, gut geschlafen?" tat es auch. Ich antwortete brav: „Danke, Vater, du hoffentlich auch?" und hauchte ihm von Weitem ein Küsschen auf die Wange. Noch fassten wir uns mit Samthandschuhen an. Aber nach langer Durststrecke war wieder ein Stück Normalität eingekehrt.

Ich blickte optimistisch in die Zukunft, der Frühling half mir dabei. Die Natur erwachte. An den Kastanienbäumen zeigte sich erstes Grün. Die Luft roch nach Moos, feuchter Erde, Primeln, Hyazinthen, Narzissen. In den Gärten brachen die Blüten von Forsythien. Magnolien, Rhododendren mit Macht hervor.

Ich genoss die Idylle von der Nische meines Dachzimmers aus: einer Gaube, die direkt in die Dachschräge eingebaut war. Die geniale Konstruktion erlaubte mir, mich mit meinen 1,74 Metern Körpergröße bequem auf dem Fensterbrett breit zu machen. Oft verzog ich mich mit einem Buch oder meinem Laptop hierher. Selbst Schulstoff erledigte ich auf diese Weise. Oder ich zog mir Musik per Kopfhörer rein: AC/DC, Amy Wynehouse, die Prinzen rauf und runter: „Schwein sein", „Alles nur gestohlen und geklaut". Auch mal die Beatles oder Stones. In Sachen Musik war ich nicht besonders wählerisch.

Meine gesamte Umgebung habe ich im Blick. Ich sehe Harry Potter, unseren Straßenkater, übers Kopfsteinpflaster schnüren. Der schwarzweiß getigerte Streuner sieht tatsächlich ein wenig aus wie sein literarisches Vorbild: Die Zeichnung um die Augen herum wirkt, als trüge er eine Brille. Harry Potter gehört den Gudjohns', die zwei Häuser weiter, neben Frau Klein, wohnen. Er ist Professor für irgendetwas Sprachliches, sie Richterin in Spandau.

Herr Morel von gegenüber geht mit seinem Hund spazieren. Nein, eigentlich ist es umgekehrt: der Hund führt sein Herrchen Gassi. Das Vieh, ein Golden Retriever, zerrt dermaßen an der Leine, dass der alte Herr, ein emeritierter Theologieprofessor, kaum hinterher kommt.

Warum die Morels ihren Hund, der seinem Besitzer zwar an Kräften weit überlegen, sonst aber lammfromm ist, ausgerechnet den Namen des wilden Pferdes Bronco gegeben haben, weiß der Geier, im Falle des Theologen eher der liebe Gott. Der alte Herr und seine Frau, eine ehemalige Klavierlehrerin mit grauem Kurzhaarschnitt und Seitenscheitel, sind sanft und total auf Liebe eingestellt. Vom Temperament eines ungezähmten Mustangs also weit entfernt.

Wenn ich, in meiner Gaube hingestreckt, in den Zaunkönigweg mit den alten Bäumen, den Straßenlaternen und dem Morel-Haus gegenüber schaue, erscheint es mir unmöglich, mich jemals an einem anderen Ort zuhause fühlen zu können.

Die Villa des Theologen und der ehemaligen Klavierlehrerin ist ein verwinkelter Traum aus Fachwerk, Nischen, Erkern, Balkonen, umgeben von hohen Tannen und einem schmiedeeisernen Gartenzaun. Verglichen mit diesem Märchenschloss, in dem weit mehr Menschen Platz fänden als ein Ehepaar mit Hund, ist unser Heim mit seinem immerhin vom Erdboden bis zum zweiten Stock reichenden runden Vorbau, seinen zwei Balkonen – einer vor unserem Wohnzimmer im ersten, einer vor Mutters Domizil im zweiten Stock – und meiner Gaube eine bescheidene Bleibe.

Schaue ich nach draußen, dann habe ich direkte Sicht in das Arbeitszimmer des Ex-Theologen. Stundenlang sitzt der alte Herr, ich schätze ihn auf gut achtzig Jahre, an seinem Schreibtisch, auf dem sich Unmengen von Büchern stapeln. Sämtliche Wände sind bis zur Decke mit Regalen zugestellt, in denen unzählige Wälzer vor sich hin stauben. Ich kann mir gut vorstellen, dass die Bibliothek umfangreicher ist als die Anhäufung von Publikationen, die mein Vater in seinem Arbeitszimmer um sich herum versammelt hat.

Auch sonst gibt es wenig Ähnlichkeit zwischen Vater und Herrn Morel, obwohl sie beide Professoren sind. Allein, was ihr Äußeres betrifft. Nie würde sich der alte Herr im Schlabberlook wie mein Vater sehen lassen. Selbst wenn er am Schreibtisch sitzt, ist er korrekt mit Anzug und Krawatte bekleidet. Auf der Straße trägt er einen Hut, über dem Anzug einen nicht der aktuellen Mode entsprechenden Mantel mit Kragen und Schulterpolstern, der ihm, ebenso wie die Anzüge, ein wenig um die hagere Gestalt schlackert.

Wenn wir uns begegnen, zieht er den Hut und erwidert meinen Gruß freundlich mit „Guten Tag, Hanna". Sein weißes Haar, das er ziemlich lang trägt, ist immer ein bisschen zerzaust.

Eine gewisse Ähnlichkeit zwischen ihm und meinem Großvater ist nicht zu übersehen. Der Theologe kommt ebenso korrekt, freundlich, altmodisch daher wie einst der alte Herr in Ulm. Oder bilde ich mir die Ähnlichkeit nur ein in diesen Wochen, da ich mich so viel mit Opa und den atmosphärischen Störungen beschäftige, die sein Ableben in unserer Familie hervorgerufen hat?

Sobald der Nachbar von gegenüber in mein Blickfeld gerät, kommt die Erinnerung an Opa und den unsäglichen Zoff mit Vater wieder in mir wieder hoch. Was hatte es auf sich mit dem angeblichen Versprechen, das ich Großvater gegeben haben sollte? Hin und wieder spricht Vater gar von einem „Vermächtnis". Warum liegt ihm so viel daran, dass ich als Juristin die Nachfolge des einstigen Oberstaatsanwalts antrete?

Wenn ich in meinen Erinnerungen grabe, fällt mir ein Ereignis ein, das so eine Art Pakt zwischen mir und meinem verstorbenen Vorfahr zur Folge gehabt haben könnte. Allerdings war ich damals höchstens fünf, sechs Jahr alt und weit davon entfernt, geschäftsfähig zu sein. Verträge, Abmachungen, geschweige denn Pakte mit einem noch nicht schulpflichtigen Kind? Geht gar nicht. Man muss kein Jurist sein, um das zu wissen.

Es war ein klirrend kalter Winter. Mutter, Vater, Olli und ich waren über Weihnachten nach Ulm gefahren. Wir hatten im Wohnzimmer der Großeltern inmitten von Plüsch, Teppichen, antiken Möbeln und Ölbildern Heiligabend gefeiert. Die Kerzen an der riesigen Tanne brannten. Echtes Bienenwachs, von Hand gezogen, etwas anderes kam für Opa nicht in Frage. Wir sangen uns, soweit wir es beherrschten, durchs Repertoire der gängigen Weihnachtslieder hindurch: „Stille Nacht, heilige Nacht", „Vom Himmel hoch, da komm ich her", wir Czichowskis sind keine begnadeten Sänger. Dann trugen wir den Geschenkeberg unterm Christbaum ab. Opa bedachte uns stets großzügig mit Spielen, Büchern, Markenklamotten und allem Möglichen, was ein Kind und Jugendlicher braucht oder auch nicht braucht. Ein neues Fahrrad für mich, für Olli einen teuren Computer. Alles viel zu üppig, befanden meine Eltern. Mein altes, vom Bruder geerbtes Rad, an dem ich sehr hing, hätte es noch lange getan, meinten sie. Und für Olli mit seinen neun Jahren hätte Mutters abgelegter PC bei Weitem ausgereicht.

Wir saßen an einer großen Tafel. Außer uns Vieren waren Vaters Geschwister Adi, der eigentlich Adolf heißt, und Wiltrud, Willein genannt, mit ihren Familien dabei. Friede, Freude, Eierkuchen auf der ganzen Linie. Opa hatte rote Bäckchen, lächelte still vor sich hin und fühlte sich im großen Familienkreis sichtlich wohl. Zu allem Überfluss hatte es zu schneien begonnen. Schöner konnte Heiligabend nicht sein.

Am ersten Weihnachtsfeiertag krabbelte ich früh aus dem Bett und fand Opa in der Küche, wo er sich der Hausarbeit widmete. Alle anderen schliefen noch. Adi und Willein, die in der Nähe wohnten, waren mit ihren Familien spät in der Nacht noch nach Hause gefahren.

Dass Opa im Haus und in der Küche herumwerkelte, die Spülmaschine füllte, den Tisch deckte, Brötchen aufbuk und eigentlich den ganzen Haushalt alleine stemmte, sogar den Einkauf besorgte, gehörte zu den Grau- und Tabuzonen der Familie. Alle wussten Bescheid, keiner sprach darüber. Besonders, da Großvater sich seinen Haushaltspflichten immer zu Zeiten widmete, in denen die übrige Familie nicht dabei war: früh morgens, wenn die anderen noch schliefen, oder spät in der Nacht, wenn alle schon zu Bett gegangen waren. Immerhin kam einmal in der Woche eine Putzfrau zum Reinemachen.

Der Grund für den für einen Oberstaatsanwalt a. D. ziemlich ungewöhnlichen Zeitvertreib war seine Frau, meine Oma Czichowski: Sie war zu körperlicher Arbeit, auch leichter Art, angeblich nicht fähig. Nie habe ich sie anders als korpulent und unbeweglich im karierten Kostüm, das fast aus den Nähten platzte, in einem Sessel sitzen sehen. Die weißen Haare zu Dauerwellen gekräuselt, die dicken Hände auf den Sessellehnen liegend.

„Mein Rheuma", beklagte sie ihren Zustand. Träge und faul sei sie, lautete Mutters Urteil. Oma Lisa sprach als Einzige aus, was der Wahrheit am nächsten kam, aber keiner aus der Familie beim Namen nennen mochte: „Frau Oberstaatsanwalt zwitschern gerne einen."

Tatsächlich hatte die Ulmer Oma auf einem Tischchen neben sich immer ein Glas mit Sherry, Likör oder Portwein stehen, aus dem sie in regelmäßigen Abständen mit spitzem Mund einen Schluck nahm.

Sie, die Brauereibesitzerstochter aus Oberbayern, sprach, wenn sie überhaupt den Mund aufmachte, einen kehlig-bajuwarischen Dialekt. „Bub, du bist aber mager", das war so ungefähr der längste Satz, den ich je von ihr gehört habe. Wobei sich „mager" wie „mackr" und „Bub" wie „Bup" oder sogar „Bppp" anhörte.

Mit diesen Worten begrüßte sie regelmäßig meinen Vater, ihren Jüngsten, der im Vergleich zu seinen Geschwistern, die, was ihre Leibesfülle betraf, der Mutter nacheiferten, figürlich tatsächlich stark abfiel. Von „mager" konnte allerdings keine Rede sein. Er war ziemlich normal und schlank gebaut.

Auf welche Weise Opa, der distinguierte, auf Etikette bedachte Mensch, an eine so gewöhnliche Frau wie Oma geraten konnte, war mir ein Rätsel.

Mutter hatte dafür eine einfache Antwort: „Er hat sie während seiner Referendarzeit in München bei einer Landpartie geschwängert und sie dann, Kavalier alter Schule, brav geheiratet und mit nach Breslau genommen."

Nach Opas Tod habe ich Oma Czichowski nicht mehr gesehen. Sie wird zu Hause von einem Pflegedienst betreut, der sie, wie anzunehmen ist, weiterhin ausreichend mit Sherry, Likör und Portwein versorgt.

Am Morgen des ersten Weihnachtsfeiertags jedenfalls, als ich frühmorgens Opa beim Herumwerkeln in der Küche vorfand, schlief sie noch wie alle anderen auch. Nach getaner Arbeit lud mich der alte Herr zu einem Spaziergang an der Donau ein.

Über Nacht war eine Menge Schnee gefallen. Wir waren beide eingepackt bis zu den Nasenspitzen. Opa hielt mich an der Hand. Ich gab mir alle Mühe, mit ihm Schritt halten zu können.

Wir gingen an der Stadtmauer und den mittelalterlichen Fachwerkhäusern der Altstadt entlang. Groß, übermächtig, dunkel und bedrohlich erhob sich das Münster in den frostig blauen Himmel. Der Stadtmauer entlang floss die Donau.

Meine anfängliche Freude über die gemeinsame Unternehmung wich bald einem wachsenden Unbehagen. Opa war ein anderer Mensch als noch am Abend zuvor. Er war unnahbar, sein Gesicht sah alt und grau aus. Kein Lächeln, keine roten Bäckchen. Er sprach kein Wort, hielt den Blick auf einen unsichtbaren Punkt in der Ferne gerichtet. Mich an seiner Seite schien er vergessen zu haben. Er hielt meine Hand fest umklammert. Der große, schweigsame Mann an meiner Seite machte mir zunehmend Angst. Er ging immer schneller, ich konnte kaum mehr Schritt halten mit ihm.

Panik kroch in mir hoch. Ich fürchtete, der Mann, der mein Opa sein sollte, mir aber plötzlich wie ein böser Rübezahl vorkam, könnte mich weit weg in die Ferne ziehen. Oder er würde, ohne dass er es merkte, in die Donau stolpern und vom eiskalt-graugrünen Wasser mitgerissen werden und ich mit ihm. Oder der riesige Münsterturm, der mir immer dunkler, bedrohlicher schien, könnte umstürzen und uns unter sich begraben.

Irgendwann hielt ich den Zustand nicht mehr aus. Ich musste etwas zu meinem und zum Schutz meines düsteren Rübezahl-Großvaters unternehmen.

Ich blieb stehen. Zwang auf diese Weise Opa dazu, sein Gerenne und Gezerre einzustellen. Im Zeitlupentempo wandte er mir sein Gesicht zu. Er schien erstaunt, neben sich ein kleines Mädchen auftauchen zu sehen, und sah so jämmerlich aus, dass meine mitleidsvolle kleine Seele überfloss: blass, faltig, traurig und so, als fröre ihn entsetzlich.

Ich wusste mir keinen anderen Rat, als meine in einem bunten Wollfäustling steckende Patschhand auf seine Rechte zu legen, die mich immer noch umklammerte. Mit dem ganzen Charme meiner wenigen Jahre strahlte ich ihn an und umgarnte ihn mit einem einschmeichelnden: „Opa." Und noch einmal: „Ooopaaa."

Unglaublich, welch eine Veränderung daraufhin mit dem Mann vor sich ging, der gerade noch streng, gefährlich und abwesend ausgesehen hatte. Seine Augen kehrten langsam, ganz langsam ins Hier und Jetzt zurück. Nach und nach schien er zu begreifen, dass er sich nicht an einem unheimlichen Ort oder in finsterer Vergangenheit befand, die ihm – seinem Äußeren nach zu schließen – so viel Unbehagen bereitet hatte. Er wandte mir sein Gesicht zu und beugte sich zu mir herab. Sein eben noch verschlossenes Gesicht wurde zusehends freundlicher. Er lächelte mich an.

Dann ließ er mich los, zog den Lederhandschuh von seiner Rechten und strich mir über Haar und Wollmütze, einmal, zweimal, immer wieder.

„Hanna, kleine Hanna!", sagte er, ich weiß nicht, wie oft. „Hanna, kleine Hanna!"

Gut möglich, dass er dann die Gelegenheit nutzte und einen Pakt mit mir schloss: „Wenn du, kleines Mädchen, mir dein Leben und deine Zuneigung schenkst und in meine Fußstapfen trittst, werde ich nicht mehr traurig und abwesend sein, dich nicht mehr ins Wasser ziehen, sondern dich für immer und ewig lieb haben und dich zu meiner Vorzugsenkelin erklären."

Wie gesagt: So kann es gewesen sein. Ganz genau weiß ich es nicht mehr. Auf jeden Fall hat er sein Versprechen, so er es je gegeben hat, gehalten und mich zu seiner Lieblingsenkelin gemacht.

Ich bin mir nicht sicher, ob Olli das immer gut fand. Anmerken ließ er sich nichts. Er war wie Mutter und versteckte seine Gefühle hinter einem Pokerface.

Schwer einzuschätzen, wie meine Kusinen und Vettern in der Hinsicht tickten. Sie waren damals schon erwachsen. Logisch: Vaters Geschwister waren um einiges älter als er und hatten wesentlich früher geheiratet.

Wäre es bei dem einen Erlebnis an der Donau geblieben, hätte ich das Abkommen mit Großvater guten Gewissens vergessen können. Es gab aber eine Neuauflage des verhängnisvollen Pakts, so es einer gewesen war, als ich vierzehn Jahre alt und somit, juristisch gesehen, strafmündig und zumindest eingeschränkt geschäftsfähig war.

Es war Opas neunzigster Geburtstag. Zu zweit erklommen wir den Turm des Ulmer Münsters.

Der Ablauf der Feier war wie immer gewesen: Man saß zum Mittagessen an festlich, mit weißem Tischtuch, Stoffservietten und Silberbesteck gedeckten Tafeln. Das Essen war, wie oft bei solchen Gelegenheiten, von einem Catering-Service gebracht worden.

Zwischen Vorspeise und Hauptgang stand Opa auf, rückte die Krawatte zurecht, knöpfte das Jackett zu und hielt eine seiner Reden, die mit der Begrüßung „aller meiner hier versammelten Lieben" begann und mit den Worten endete: „Lasst uns unser Glas erheben und auch derer gedenken, die nicht mehr unter uns weilen dürfen."

Ich liebte diese altmodischen Ansprachen, die auch die anderen in der Runde wohlwollend lächelnd und ein bisschen verlegen über sich ergehen ließen. Einzig Vater rutschte unangenehm berührt auf seinem Stuhl hin und her. Wenn dann Opa jeden Einzelnen mit ein paar Worten bedachte, verschränkte sein jüngster Sohn die Arme vor der Brust und mahlte mit den Kiefern, als kaue er an einem zähen Stück Fleisch herum.

Opa lobte Adi und Willein für ihre Tüchtigkeit als Geschäftsleute. „Sie stehen den Schwaben, die uns nach der Vertreibung aus Breslau eine zweite Heimat beschert haben, an Fleiß und Beharrlichkeit in nichts nach." Adi ist stolzer Besitzer eines Baumarkts in der Nähe von Sigmaringen, Willein und ihr Mann betreiben ein Wellness-Hotel auf der Schwäbischen Alb, das sie – so Großvater in seiner Rede – „weit über die Grenzen Baden-Württembergs hinaus zu einem Hort der Gastlichkeit haben werden lassen". Auch die Kusinen und Vettern wurden wohlwollend erwähnt.

Meinen Vater lobte er dafür, dass er als Psychologie-Professor „die Seelen und Charaktere junger Menschen auf die rechte Bahn leitet". Mutter, „seine schöne Schwiegertochter", bedachte er mit Schmeicheleien über ihre „Fähigkeiten als Gymnasiallehrerin, die Sprache als ein von der Antike bis zur Gegenwart zu bewahrendes Kulturgut weitertragen zu können". An „meinem Enkel Oliver" - Opa war ziemlich der einzige Mensch, der meinen Bruder mit vollem Namen ansprach – fand er „vorbildlich", dass er zu der Zeit gerade als Gefreiter bei der Bundeswehr „seinem Volke dient".

Als er auf mich zu sprechen kam, da muss er jenen verhängnisvollen Satz ausgesprochen haben, dessen Inhalt mir in der Auseinandersetzung mit Vater zum Verhängnis geworden ist: „Meine jüngste Enkelin, die mir besonders ans Herz gewachsen ist und mir Anlass zur Hoffnung gibt, dass sich wenigstens einer meiner Nachkommen der Jurisprudenz widmen und in meine Fußstapfen treten wird." So oder so ähnlich dämmerte es mir aus der Vergangenheit herauf.

Am Nachmittag hatte ich mit Opa zusammen den Turm des Ulmer Münsters bestiegen. Die übrige Familie war zu Hause geblieben, sie hatte keine Lust zu der Kraxelei.

„Siebenhundertachtundsechzig Stufen, wirst du das schaffen, Hannchen?", fragte er mich. Ich glaubte, er mache Witze, denn meine sportliche Kondition ließ nichts zu wünschen übrig. Aber er, in seinem Alter?

Er bewältigte die engen Windungen den Turm hinauf erstaunlich gut. Immer weiter ging es in den Himmel hinein. Die Leute auf dem Münsterplatz wurden immer kleiner. Die alten Häuser, die Gassen der Innenstadt, die Donau rückten immer weiter weg.

Zwischendurch schlug eine Glocke. Es rasselte mächtig im Turm.

Zwei Stockwerke hoch waren wir geklettert, dann kam die letzte noch steilere, noch engere Treppe.

Ich ging vor Opa. Als ich auf die Plattform stieg, fuhr mir der Wind zur Begrüßung kräftig in die Haare.

Was ich sah, machte mich sprachlos: In der Ferne bot sich uns der Anblick der schneebedeckten Alpen dar. So nah, als seien sie nur ein paar Kilometer entfernt. Opa folgte mir. Er hielt sich an der Brüstung fest. Auch ihm wehte der Wind mächtig um die Ohren. Seine weißen Haare, die er sonst tadellos gekämmt hinter den Ohren trug, wurden völlig zerzaust.

Alles an ihm geriet in Unordnung: die Haare, sein Schal, sein Mantel, seine Hose. Jegliche ihm sonst anhaftende Starre löste sich zusehends auf. Ich musste lachen.

„Opa, du siehst herrlich aus!"

Da fing auch er an zu lachen, wie ein übermütiger Junge. Er strich sich die Haare aus der Stirn, ließ es dann aber bleiben, weil es ohnehin keinen Sinn machte. Er atmete tief ein und hielt das Gesicht in den Wind. Seine Miene veränderte sich. Auch seine Augen lachten, er bekam Fältchen um den Mund herum.

Noch nie hatte ich Opa so entspannt erlebt. Nicht einmal damals, als ich ihm am Donauufer meine Hand auf seine Rechte gelegt hatte.

„Das habe ich mir erhofft – bei dieser klaren Sicht heute!", erklärte er mir stolz. Er zeigte auf die Alpen, als gehörten sie zu seinem persönlichen Besitz.

Im Vordergrund die Donau. Im Westen und Norden die Schwäbische Alb mit ihren flachen Bergen.

Ich glaube, ich hatte einen Höhenrausch. Opa ebenso. Sein Gesicht wirkte immer noch ausgelassen. Wahrscheinlich hatte ihn noch niemand aus der Familie, nicht einmal seine Frau, so gesehen. So, wie er dastand, wurde er zum Kumpel, mit dem ich ein Geheimnis teilte. Der Turm schwankte ein wenig unter uns. Es war, als bewegte er sich im Überschwang unserer Gefühle mit. Und wir mit ihm.

Opa kam mir in diesen Momenten vor wie Pan Tau, der vornehme Herr aus dem alten Schwarzweiß-Kinderfilm. Schwarzer Anzug, weiße Nelke im Knopfloch, Regenschirm und eine Zaubermelone. Ein Freund der Kinder, der, wenn er an seine Kopfbedeckung greift, alles bewirken, sich sogar in die Lüfte schwingen kann.

Pan Tau und ich hielten uns an den Händen, lachten. Vielleicht umkreisten wir auch den Ulmer Münsterturm in der Luft. Erhoben uns über die Fachwerkhäuser, über Alb, Alpen, Zugspitze hinweg.

Gut möglich, dass ich in der Schwerelosigkeit in über hundert Metern Höhe über der Donau, auf dem höchsten Kirchturm der Welt, jenen fiktiven Vertrag mit Opa abgeschlossen habe: „Ich, Hanna Czichowski, als jüngste und hoffnungsvollste Enkelin des Juristen und Oberstaatsanwalts a. D. Dr. Ernst Czichowski, erkläre mich bereit, dereinst in dessen Fußstapfen zu treten." Wer weiß?

Der Höhenrausch dauerte an. Bis in den nächsten Tag hinein.

Vater und ich waren zum Münsterplatz gegangen, weil er dort einen Schulfreund treffen wollte.

Es war „Landesposaunentag", wie ich erfuhr: Mehrere Tausend Posaunen-, Trompeten-, Tubabläser hatten sich rund um die Kirche versammelt und spielten. Die Klänge, die sie erzeugten, kamen in großen Wogen auf mich zu. Sie gingen über mich hinweg, ohne mich zu Fall bringen zu können. Wie Wellen an der See, in die man sich hineinwirft im Bewusstsein, dass sie einen sicher an Land spülen würden.

Eine mächtige Musik, irgendetwas Kirchliches, hallte mit tausendfachem Echo über den Platz. Dann setzten die Glocken ein, die wir tags zuvor noch so harmlos im Münsterturm hatten hängen sehen. Die hohen zuerst, dann die mittleren, tiefen und zum Schluss die ganz tiefe, wie ein bedeutungsschweres Pochen des Schicksals. Das volle Geläut. Zu allem Überfluss mischten sich auch noch Fanfaren in den Wettstreit von Bläsern und Glocken. Ich war wie berauscht, wurde Teil der gigantischen Inszenierung. Es war die perfekte Fortsetzung zur Turmbesteigung des Vortags.

Ich erfuhr eine bis dahin nicht gekannte Lust, mich in einem großen Ganzen, Höheren auflösen zu wollen.

Mein Entschluss stand fest: Ich möchte Trompete spielen.

Wieder einmal war es Opa, der mich in meinem Wunsch bestärkte und mir trotz Vaters Gespött – „was, du willst bei den Trompetern von Jericho mitmischen?" - zur Seite stand. Er schenkte mir zum Geburtstag ein wunderbar golden glänzendes Instrument in einem mit blauem Samt ausgekleideten Etui.

Ich nahm Unterricht, übte, bis mir die Lippen wund wurden. Brachte es, wenn ich auch musikalisch alles andere als hochbegabt bin, immerhin so weit, in der Bigband unserer Schule mitspielen zu können. Zu den Trompetern von Jericho, dem Posaunenchor einer Kirche, ging ich nicht.

Opa, mein Pan Tau, mein Wohltäter, der, wie das Original aus der Fernsehserie, nicht nur eine tadellose Er-

scheinung gewesen war, sondern auch Zauberkräfte be-
saß. Ein Griff an seinen Hut und er konnte sich und seine Umgebung verändern, wie er wollte. Er ließ die Menschen schrumpfen oder riesig groß werden, ganz nach
seinem Belieben.

Deshalb hatte ich ihn geliebt. Aber genau deshalb war
er mir auch ein wenig unheimlich gewesen. In entschei-
denden Momenten blieb er, wie das Original aus der
Fernsehserie, stumm. Ich wusste nie, woran ich war mit
ihm. „Seine Interaktionen laufen nonverbal ab", hatte
Vater in seiner Psychologensprache einmal bemerkt.

Vielleicht bringt mir die Zukunft Aufschluss über den
geheimnisvollen Pakt zwischen mir und Opa.

3

Wenn sich auch die Gewitterwolken nach Opas Tod verzogen hatten, Vater wieder halbwegs normal tickte, beschäftigte mich mehr denn je die Frage: Was fange ich mit meiner Zukunft an?

An Power fehlt es mir nicht, neugierig bin ich auf vieles. Aber meine Begeisterung ist eher auf das Leben an sich als auf einen Beruf hin gerichtet. Geld, Karriere, Ansehen sind mir ziemlich egal. Wenn es auch komisch klingt für mich, als Tochter wohlhabender Eltern: Ich brauche nicht viel, auf den meisten Schnickschnack, der uns als unverzichtbar angepriesen wird, kann ich verzichten.

Hauptsache, die Welt ist und bleibt ein guter Platz, auf dem ich gerne lebe. Leben soll mit Kribbeln im Bauch verbunden sein. Ich weiß, das klingt abgepsycht. Ein bisschen auch nach unbedarftem Denkzwerg. Ich höre schon Klugschnacker auf mich einreden: Meinst du, Hanna, das Leben ist ein Zuckerschlecken? Weißt du nicht, dass es neben Höhen auch Tiefen mit sich bringt?

Logisch weiß ich das. Opas Tod war so ein Tiefschlag, der Zoff mit Vater ein anderer. Ich weiß, dass Abschiede, böse Überraschungen, Schicksalsschläge im Leben nicht ausbleiben. Dennoch bin ich überzeugt, dass Lebenslust und Lebensfreude in mir ausreichen, die Tränentäler des Lebens durchschreiten zu können.

Die meisten Mitschüler aus meinem Jahrgang wissen auch noch nicht, was sie werden wollen. Bei Isabel und Olga, meinen besten Freundinnen, ist das anders.

Isabel kommt aus einem sozial eingestellten Elternhaus. Ihre Mutter und ihr Vater betreiben zusammen eine Arztpraxis. Die Familie ist auf eine unkonventionelle Weise fromm. Wie ihre Eltern, will Isabel sich nach dem Medizinstudium bei „Ärzte ohne Grenzen" engagieren. Nach dem Abitur absolviert sie ein Freiwilliges Soziales Jahr in der tansanischen Partnerkirche ihrer Berliner Gemeinde.

Olga und ihre Familie sind „Spätaussiedler" aus Kasachstan. Als wir in der ersten Klasse waren, kam sie als schüchternes kleines Mädchen zu uns, das nur wenige Worte Deutsch sprach.

Ihre Mutter ist Pianistin. Sie wollte Olga, die schon in der alten Heimat Anzeichen eines musikalischen Wunderkindes zeigte, in Deutschland eine gute Ausbildung ermöglichen.

Tatsächlich machte Olga in kurzer Zeit unglaubliche Fortschritte im Cellospiel. Man kann gar nicht zählen, wie viele Preise sie bei Jugend musiziert gewonnen hat. Seit einigen Monaten ist sie „Jungstudentin" an der Musikhochschule. Was sollte da noch schief gehen?

Mitten hinein in meine Überlegungen über Zukunft und Beruf platzte ein Ereignis, das diese Grübeleien zur totalen Nebensache machte. Es galt nur noch Gegenwart: eine wunderbare, wonnige Gegenwart, in die ich mich fallen ließ wie in eine Wolke. Weltumarmungsgefühl pur.

Etwas Wunderbares geschah: Ich verliebte mich!

Er war die erste große Liebe meines Lebens: Atze! Mein Wesen vom anderen Stern, mein Geliebter, mit dem ich durch den Weltraum tanzte. Atze, der Mensch, der mich aus der Eintönigkeit meines Daseins riss.

Ich erfuhr meine Existenz völlig neu. Drei Monate waren uns vergönnt. Sie wiegen mehr als mein ganzes bisheriges Leben.

Alles begann wunderbar und herrlich sorglos: im Mai bei der Geburtstagsfeier von Isabel im Garten der „Villa Kunterbunt", in der sie mit ihren Eltern und ihren drei Brüdern lebt.

Ich kam etwas später zu der Feier, denn ich hatte noch eine Bigband-Probe an unserer Schule zu absolvieren. Mit meinem Instrumentenkoffer in der Hand erschien ich in Isabels Garten.

Noch heute sehe ich Atze dort am Stamm eines Kirschbaums lehnen: groß, schlank, drahtig. Im Nacken zusammengebundene blonde Rastalocken, die einen spannenden Gegensatz zu seinen braunen Augen bildeten. Gelbes T-Shirt, geflickte Jeans, das eine Bein am Stamm angelehnt. Mit den Händen im Rücken hielt er sich am Kirschbaum fest, der aussah, als würden sich seine Blüten im Moment unseres Kennenlernens öffnen: Sie gingen auf und strömten ihr rosafarbenes Innenleben über uns aus.

Die Sonne ging gerade unter. Atze wirkte in dem Licht nicht ganz von dieser Welt. Sein Gesicht mit dem markanten Profil, der hohen Stirn und dem energischen Kinn sah aus, wie von einem alten Meister gemalt. Raphael, Rembrandt, Tizian oder so, ich kenne mich da nicht so genau aus. Öl mit viel Rotbraun und Gold in schräg einfallendem Licht.

Doch als er den Kopf wandte und mich angrinste, war er ganz und gar irdisch.

„Hi, Hanna", sagte er.

Auf meine Frage, woher er meinen Namen kenne, antwortete er: „Das steht auf deiner klugen Stirn geschrieben", gestand dann aber, dass mein Kommen angekündigt worden sei.

Er gehörte zu einer Clique, die in der Nähe von Potsdam in Bauwagen lebte: im Park eines alten Gutshauses, das sich ein berühmter Schauspieler aus DDR-Zeiten als Alterssitz erworben hatte. Atze und seine Freunde durften kostenlos dort wohnen. Dafür pflegten sie den Park und gingen dem Ex-Schauspieler beim Renovieren seines abgewrackten Gutes zur Hand.

Nachdem wir uns in Isabels Garten eine Weile in der Abendsonne angestarrt hatten, zeigte Atze auf den Kasten in meiner Hand.

„Und was trägt du da mit dir herum?"

Ich musste tatsächlich kurz überlegen, was er meinte, so hin und weg war ich von dem Liebespfeil, der mich unterm blühenden Kirschbaum getroffen hatte. Ich war mir in diesem Moment nicht einmal bewusst, dass ich überhaupt etwas in der Hand hielt.

„Ach das", stotterte ich, als ich wieder einigermaßen bei Sinnen war, „das ist meine Trompete."

Wir standen wie angewachsen und grinsten uns an. Erst nach einiger Zeit bewegten wir uns von der Stelle weg und gingen aufeinander zu. Worüber wir sprachen? Ich weiß es nicht. Über's Trompetespielen? Den schönen Maientag? Über Raphael, Rembrandt, Tizian und andere alte Knacker? Keine Ahnung.

Irgendwann machte sich im ersten Liebestaumel, der über uns gekommen war, ein handfestes Bedürfnis in uns bemerkbar: der Hunger. Wir gingen rüber zum Buffet. Dort häuften wir unsere Teller voll mit Bouletten, gefüllten Weinblättern, Würstchen, Salaten und anderen Köstlichkeiten und verschwanden damit im Garten. An einem mit Seerosen bewachsenen Teich ließen wir uns im Gras nieder und standen bis spät in die Nacht hinein nicht wieder auf.

„Kathode, Anode, Schlag!" hätte Paul, der Ober-Casanova aus meinem Jahrgang, auf eine physikalische Formel gebracht, was Atze und mir an diesem Abend widerfuhr. Vom ersten Moment an waren wir total verknallt ineinander. Liebe auf den ersten Blick. Entflammt vom Scheitel bis zur Sohle. Ich hatte bis dahin gedacht, so etwas gäbe es nur in TV-Soaps.

Wie Brüderchen und Schwesterchen saßen wir – damals noch! – nebeneinander und hielten uns an den Händen. Wir hörten den ersten Fröschen des Jahres im Teich zu und beobachteten die Seerosen, die langsam ihre Blüten schlossen.

Natürlich redeten wir auch miteinander.

Das heißt, wir wollten allerlei voneinander wissen. Aber es war zum Totlachen: Jedes Mal, wenn einer von uns zu einer Frage ansetzte: „was machst du so?", „wo kommst du her?" oder „welche Musik hörst du am liebsten?", tat der andere im selben Moment den Mund auf, um haargenau dieselbe Frage zu stellen.

Für Außenstehende müssen wir ein wenig gaga gewirkt haben, wie wir den ganzen Abend am Teich saßen und uns anhimmelten. Ich merkte es daran, dass einige von Isabels Gästen zu uns herunterlinsten und Bemerkungen von sich gaben wie „die beiden hat's erwischt" oder „muss Liebe schön sein". Wir kümmerten uns nicht darum. Nicht einmal der Tau, der allmählich auf die Wiese fiel, konnte uns vertreiben.

Ich erzählte Atze von meinen Eltern und von Olli. Was Atze von sich berichtete, haute mich um. Hammerhart, was der Junge, der gerade dreiundzwanzig Jahre alt geworden war, schon alles erlebt hatte. Mit richtigem Namen hieß er Joachim. „Ist aber viel zu lang, nur meine Lehrer nannten mich so."

Er stammte aus Greifswald und hatte seine ersten vier Jahre im anderen, dem zugemauerten Deutschland verbracht. Seine Eltern arbeiteten früher in einem inzwischen still gelegten Atomkraftwerk. Nun waren sie schon viele Jahre arbeitslos. Der Vater war immer noch Kommunist und DDR-Anhänger. „Unbelehrbar, aber wenigstens keiner, der schon immer dagegen gewesen war und schnell auf Weltanschauung West umschwenkte", sagte Atze.

Seinen Frust ertränkte der Vater im Alkohol: „Wenn er so richtig breit war, wurde er gewalttätig und drosch auf mich, meine Schwester und auf meine Mutter ein – mir hat er sogar einmal das Nasenbein gebrochen." Die Mutter soff mit, bis sie ihren Führerschein und damit ihren Job als Krankenschwester einer Sozialstation verlor. „Trautes Heim, du merkst schon."

Als Atze fünfzehn Jahre alt war, hielt er es zu Hause nicht mehr aus, ging zum Jugendamt und ließ sich in eine Wohngruppe einweisen. Da habe es ihm ganz gut gefallen, sagte er: „mit Sozialpädagogen, Gruppengesprächen, Therapie und anderem Trallala."

Nach der Mittleren Reife und einigen Jobs mal hier, mal da machte er Zivildienst in einem Kinderheim in Potsdam und lernte dort die Bauwagen-Leute kennen: Zivis, Studenten, ein Bäcker, Männlein und Weiblein.

Da er gerne in der Erde buddele und sich am liebsten im Freien aufhalte, absolviere er gerade sein zweites Lehrjahr als angehender Gärtner, erzählte Atze. Mal habe er in Gärten, mal in Parks, aber auch auf Friedhöfen zu tun.

Seine Eltern habe er nie wieder gesehen. Auch seine Schwester nicht. „Ich hoffe aber, dass sie, wie ich, den Absprung geschafft hat."

Himmel, was für ein Leben! Verglichen mit Atzes gewalttätigem Vater kam mir der Zoff mit meinem Erzeuger wie Pillepalle vor. Banal und total unwichtig.

4

Nach dem Abend in Isabels Garten verging kaum ein Wochenende, an dem wir uns nicht sahen. Entweder besuchte ich Atze in seinem Bauwagen, oder er kam zu mir nach Berlin. Bald wurde aus dem Brüderchen und Schwesterchen-Verhältnis ein intimes und wir schliefen miteinander.

Es geschah in Atzes Bauwagen und das Schönste daran war, dass es wie von selbst geschah, weder er noch ich hatten es von Vornherein darauf angelegt.

Der Wagen war kuschelig wie eine Puppenstube: Die Wände mit Holz verkleidet, auf dem Bettkasten an der einen Stirnseite eine Liegewiese. Die Matratze mit Kissen und Fellen ausgelegt. In die Decke hatte Atze eine Glasscheibe eingesetzt, durch die winkten Zweige eines Apfelbaumes zu uns herein.

Atze hatte eine CD von Bruce Springsteen, seinem Lieblingssänger, aufgelegt. „Outlaw Pete", auf dieses Lied stand er besonders. Es füllte den Raum aus, hüllte uns ein, trug uns hinaus ins Weltall, in die Wolken: nur wir beide, zu zweit allein in der Unendlichkeit.

Die rauchige Stimme des Sängers, der vom Alter her eigentlich besser zur Generation meiner Eltern als zu unserer passte, uns aber total anturnte: „Outlaw Pete", der Außenseiter, der Unangepasste, der immer weiter nach Westen reitet, bis er ein Navajo-Mädchen trifft, es heiratet und eine Tochter mit ihr zeugt.

Traurig, leidenschaftlich, zärtlich, sehnsuchtsvoll. Meine Sinne, mein Gefühl, mein Innerstes, mein Verstand:

alles drängte mich zu Atze hin. Wellen, die über mich hinweggingen, meine Organe weiteten sich. Eines fügte sich zum anderen. Wir waren nackt. Küsse, Berührungen, der Weg zueinander. Wie von selbst fanden wir zusammen. Kein Vergleich mit dem Geknutsche, Gefummle und manchmal auch mehr, wie ich es bisher erlebt hatte.

„Outlaw Pete, oh outlaw Pete."

Der Refrain, der einen um den Verstand brachte.

„Can you hear me? Can you hear me?"

Die sich sehnsuchtsvoll wiederholende Frage des Navajo Mädchens, das sich einen Streifen aus Petes Wildlederhose ins Haar flicht. „Ja, ja, ja – ich höre dich", möchte ich schreien, schreie ich innerlich. An das Navajo Mädchen, das alleine zurückbleibt und um ihren Liebsten weint, möchte ich nicht denken.

Outlaw Pete war unser Held, auch wenn er ein bisschen ein Killer und ein Dieb war, das gehörte im Wilden Westen dazu. Outlaw Pete war der Größte, auch wenn er am Ende des Lieds auf den Gipfel eines Berges reitet, dem Flug eines Falken folgt, hinter dem Gipfel auf Nimmerwiedersehen verschwindet und das Navajo Mädchen um ihn weint: „Wo bist du, Pete? Can you hear me?". Keine Liebe ohne Schmerz, das galt im Wilden Westen ebenso wie im wirklichen Leben.

Hinterher lagen Atze und ich noch eine ganze Weile nebeneinander auf der zerwühlten Liegewiese, umarmten und streichelten uns und wollten uns nicht mehr loslassen. Ich hätte weinen und lachen mögen zugleich.

Vielleicht habe ich auch ein bisschen geweint, ich weiß es nicht mehr. Das Band, mit dem Atze sich seine Rasta-Locken im Nacken zusammenhielt, hatte sich gelöst. Seine Haare hingen ihm wild ums Gesicht herum. Er drückte mir viele kleine Küsse auf Wangen, Nase und Stirn und ich jauchzte innerlich: „I can hear you, yes! - ich höre dich, mein Atze!"

Grübeleien über meine Zukunft waren fürs Erste auf Eis gelegt. Jetzt war Gegenwart: Nichts als herrliche, sorglose und wunderbar glückliche Gegenwart.

Nur hin und wieder schoss es mir, vielleicht durch einen forschenden Blick meines Vaters, eine harmlose Bemerkung von Mutter ausgelöst, als Frage durch den Kopf: Was soll einmal aus mir werden? Vielleicht doch Juristin, wie es Opa gewollt hatte? Sollte ich seinen Herzenswunsch doch erfüllen und in seine Fußstapfen treten?

Irgendwann erzählte ich Atze davon.

Seine Reaktion darauf war schockierend: Er lachte!

Er brach in schallendes Gelächter aus und kriegte sich fast nicht wieder ein. „Prinzessin, du in einer schwarzen Kutte, ich fasse es nicht."

Als er mir das sagte, lagen wir nackt auf einer Wiese an einem Seitenarm der Spree und beinahe wäre unsere schöne Kanutour, zu der wir zwei Tage zuvor gestartet waren, im Eimer gewesen.

Ein verlängertes Wochenende lang waren wir auf den Flüssen, Flüsschen und Kanälen von Dahme-Spreewald südöstlich von Berlin unterwegs. In einer Gegend, die mehr aus Wasser als aus Land zu bestehen schien. Wir kamen an Kiefernwäldern vorbei, fuhren unter Laubdächern hindurch. Die Ufer waren mal sandig, mal mit Farn, mal mit Schilf bewachsen. Beim Paddeln zirkelten wir sorgsam um Seerosen herum, damit wir sie nicht verletzten. Die Nächte verbrachten wir im Igluzelt.

Wir fühlten uns wie im Honeymoon. Immer wieder verschlug es uns die Sprache vor lauter Romantik, Verliebtsein und dem Gefühl, die Welt ganz für uns alleine zu haben. Ab und zu begegneten wir anderen Wassersportlern. Die Ruhe wurde nur vom Eintauchen unserer Paddel ins Wasser und den Rufen der Brachvögel, Graugänse und Kraniche unterbrochen, die vom Ufer aufflogen.

Dann wieder alberten wir herum und hantierten absichtlich so ungeschickt mit den Paddeln herum, dass wir uns mal rechts, mal links in den Ästen der am Ufer stehenden Bäume verfingen. Alles natürlich von viel Kichern begleitet.

Es kam, wie es kommen musste: Das Kanu neigte sich zur Seite und wir kippten in den Bach.

Das war nicht weiter schlimm, das Wasser war warm und reichte uns nur knapp bis zu den Oberschenkeln. Unsere Habe hatten wir in Plastikcontainern verstaut. Die brachten wir als erstes in Sicherheit, bevor wir Kanu und Paddel an Land zogen und vom Wasser entleerten. Dann rissen wir uns die paar Klamotten vom Leib, die wir bei der Wärme trugen, und hängten sie zum Trocknen in einen Baum. Da uns, nass wie wir waren, nun doch ein wenig kühl wurde, nutzten wir die Gelegenheit, uns gegenseitig zu wärmen, zu trocknen, zu toben. Und uns zu lieben.

Hinterher, als wir nebeneinander auf der platt gewalzten Wiese lagen, kamen wir auf Zukunft und Beruf zu sprechen und ich offenbarte Atze die Sache mit der Juristerei, was bei ihm den Lachanfall auslöste.

Ich war beleidigt, drehte mich auf den Rücken und starrte böse in die Wolken.

„Ey, Prinzessin, war nicht so gemeint", versuchte Atze einzulenken.

Doch so schnell ließ ich mich nicht besänftigen. Ich setzte mich auf, umschlang meine Knie mit den Armen.

Atze versuchte es noch einmal: „Sei mir nicht böse, aber ich kann es mir einfach nicht vorstellen: du, umgeben von Gesetzen und Paragraphen."

Er richtete sich ebenfalls auf, öffnete das Band, mit dem er seine nassen Rastalocken im Nacken zusammengehalten hatte, und wrang sie aus.

„Was gibt es da zu lachen? Hast du was gegen Juristen?", wenn ich wollte, konnte ich ganz schön zickig sein.

Atze wrang noch immer seine Haare aus, warf sie dann nach hinten.

„Das ist doch ein viel zu trockener Job für dich. Du hast so viele Ideen, gib bloß deine Freiheit nicht auf. Du bist kreativ, du musst etwas zum Wachsen bringen können, wie ich, wenn ich in der Erde buddle."

Noch war ich nicht bereit, meinen Zorn fallen zu lassen, fühlte mich aber dennoch geschmeichelt. Hatte er mit diesen Worten doch genau das zum Ausdruck gebracht, was mir selbst schon durch den Sinn gegangen war.

„Ich verstehe nicht, was du meinst", noch gab ich mich bockig.

Atze verschränkte die Arme im Nacken, begab sich wieder in die Rückenlage und schaute in den Himmel.

„Du bist neugierig, kannst kämpfen, hast, 'ne Menge Power und einen ganzen Sack voller Mut. Du knickst nicht bei jeder Gelegenheit ein wie die Normalos dieser Welt."

Mehr Kompliment ging nicht. „Positive Rückmeldung" hieß es in Vaters Psychologensprache. An Selbstbewusstsein hatte es mir zwar noch nie gemangelt, aber in so einem strahlenden Licht hatte ich mich noch nie gesehen.

Atze riss einen Grashalm ab und fuhr mir damit behutsam über den Rücken. Der Wirbelsäule entlang, hinauf und hinunter.

Ich bekam Gänsehaut, Schmetterlinge im Bauch. Dann sagte er noch etwas von meinen „wunderschönen Augen", in denen man lesen könne wie in einem Buch: „Wenn du fröhlich bist, strahlen sie wie Moos im Wald, wenn du zornig bist, funkeln sie gefährlich grün. Hin und wieder tauchen Geistesblitze wie Sternschnuppen in ihnen auf."

Wow! So etwas Schönes hatte noch niemand zu mir gesagt. Ich schmolz dahin. Wie oft in außergewöhnlichen Situationen flog mir ein Gedicht zu. Ein altmodisches von der Sorte, wie sie Mutter, die Deutschlehrerin, mir mit Erfolg nahezubringen versucht hat. Rilke, was denn sonst:

„Durch meine Seele zieht's mit Zauberweben,
o! wie's im Herzen glückverheißend brennt!
Die Pulse fliegen mir, die Lippen beben,
ich fühl's, das ist es, was man Liebe nennt!"

Meine ganze Existenz floss im Hier und Jetzt zusammen. Kein Gestern, kein Morgen. Nur Gegenwart. Abendwind kam auf, die Sonne sank tiefer und verströmte jenes zauberhafte Licht, das die Welt für wenige Momente einhüllt in ein Reich zwischen Irgendwo und Nirgendwo. Nur wir beide. Mehr Intimität geht nicht.

„Und möge alles rings in nichts versinken,
ich lebe und der Liebe Sterne winken."

Atze und ich, zwei Bäume im Wind. Birken, jede für sich im Erdreich verwurzelt, dennoch bogen sich Stämme und Zweige aufeinander zu, umschmeichelten, umwarben, umschlangen sich.

Erneut versanken wir ineinander, entschwebten ins Zwischenreich der untergehenden Sonne.

Hinterher schlugen wir auf der völlig niedergewalzten Wiese unser Iglu-Zelt auf. Die Weiterfahrt lohnte sich nicht mehr an diesem Tag.

Wir wärmten auf dem Campingkocher ein Linsengericht auf. In Ermangelung eines geeigneten Gefäßes stellten wir die Dose direkt auf die Flamme. Atze kramte einen Rotwein aus seinem Container hervor, den wir aus der Flasche tranken. Dann krochen wir in unsere Schlafsäcke.

Meinen „Berufsfindungsprozess", wie Vater es nannte, hatte ich auf Eis gelegt. Drum ließ es mich kalt, als ich eines Morgens – rein zufällig! – einen „Leitfaden für angehende Juristen" neben meiner Frühstückstasse fand. Untertitel: „Erfolgreich, schon vor dem Studium". Vater, alter Schlawiner, du kannst es wohl nicht lassen!

Ich nahm die Broschüre mit zu Atze, den ich am Wochenende besuchte. Wir lagen im Bauwagen auf der Liegewiese. Die Blüten im Apfelbaum über uns waren verblüht, die Zweige voller Grün. Mit einem Auge schaute ich in das Geäst, mit dem anderen las ich in Vaters juristischer Morgengabe: Man solle sich als angehender Jurist tunlichst schon während des Studiums bekannt, beliebt und unersetzbar machen, indem man sich etwa einem Professor als studentische Hilfskraft andiene. Aha! Auch verschaffe man sich früh einen guten Ruf in der Öffentlichkeit: trete einem Verein bei oder engagiere sich ehrenamtlich in der Kirche, einer Obdachlosen-, Flüchtlings- oder Umweltschutzinitiative. Wie gaga ist das denn?

Die juristischen Fälle, die nun geschildert wurden, fand ich teilweise so komisch, dass ich kichern musste und Atze, der neben mir eingeschlafen war und vor sich hin schnarchte, die Augen aufschlug und sich mir fragend zuwandte.

Ein Fall kam besonders krass daher: Ein Mensch kauft sich eine Fell-Synthetik-Jacke und steckt sie, da sie dreckig geworden ist, in die Waschmaschine. Dort löst sie sich während des Waschgangs in Einzelteile auf und verstopft den Abfluss der Maschine. Die Reparaturkosten sind erheblich.

Fragen an den Juristen: Muss der Jackenverkäufer für die Reparatur löhnen? Stellt der Verkauf der Jacke eine „Pflichtverletzung" und eine „Vertragsverletzung des Kaufvertrages" dar? Muss der Verkäufer deshalb für den „Mangelfolgeschaden" aufkommen?

Atze richtete sich nicht einmal auf von unserer Spielwiese. Er lag auf dem Rücken und schaute den Eichhörnchen im Apfelbaum zu.

„Total abgepycht", urteilte er gelassen, „hätte der Typ sich nicht so einen Schrott gekauft, womöglich von Kindern in der Dritten Welt genäht, wäre ihm die Schweinerei in der Waschmaschine nicht passiert."

Wir amüsierten uns noch ein bisschen über Ausdrücke im Juristenkauderwelsch wie „Drittschadensliquidation", „die von beiden Seiten zu vertretenden Unmöglichkeiten" oder „die Zweckverfehlung beim Betrug".

Atze hatte wahrscheinlich recht: Juristin war nicht der richtige Beruf für mich.

5

Mit Atze schwebte ich auf Wolke Sieben. Was kümmerte es mich, dass Vater an meinem „Verhältnis" herummeckern musste? Dieses „intensive Zusammensein", sogar über Nacht, könne er nicht gut heißen. Ich solle mich nicht so früh binden und blabla.

Hallo, Vater, geht's noch? Hörst du schon die Hochzeitsglocken für uns läuten oder was?

„Du bist noch nicht einmal volljährig", warf er mir an den Kopf, als habe er mich bei einer Straftat erwischt. Er habe absolut nichts dagegen, Großvater zu werden, aber jetzt müsse es, weiß Gott, noch nicht sein.

„Was heißt hier, noch nicht volljährig?", konterte ich, „in ein paar Wochen werde ich achtzehn, so what?" Von Großvaterfreuden könne außerdem keine Rede sein, so blöd sei ich schließlich nicht. „Noch nie was von der Pille gehört? Wirst du jetzt auf deine alten Tage auch noch prüde?" Ich erinnerte ihn an einen Aufkleber „Mein fester Wille, nie ohne Pille", der auf Mutters und seinem VW-Käfer klebte. Ein entsprechendes Foto in schwarz-weiß prangte auf der Bildergalerie in Vaters Zimmer.

Doch mein Erzeuger ließ nicht locker. Ob „dieser Gärtnerlehrling" nicht ein wenig unter meinem Niveau sei? Und überhaupt: „Ossi, der Vater sicher bei der Stasi."

Ich schluckte dreimal und schwieg, obwohl ich die Nölerei ziemlich daneben fand. Als er aber Atzes „Erscheinungsbild", seine Rastalocken, seine ausgefransten

Jeans, aufs Korn nahm, die nicht gerade den besten Eindruck in der Nachbarschaft hinterließen, flippte ich mal wieder aus.

„Ich glaube, du tickst nicht mehr richtig! Kein Aas interessiert sich hier dafür, wer wann und in welchem Aufzug bei uns ein und ausgeht. Unsere Nachbarn würden sich auch dann noch vornehm hinter ihre Gardinen zurückziehen, wenn einer nackt mit Federboa im Po durch den Zaunkönigweg hüpfte."

Ausgerechnet er, der Alt-68er redete einen solchen Dünnsinn daher: er, der – besonders wenn alte Kumpels, die inzwischen längst als Rechtsanwälte, Ärzte, Oberstudienräte ihre Brötchen verdienten, zu Besuch waren – sich an Sprüchen wie „Wer zweimal mit derselben pennt, gehört schon zum Establishment" hochzog?

„Was bist du nur für ein Spießer geworden", giftete ich ihn an.

Vater wurde blass, presste die Lippen aufeinander und verließ wieder einmal ohne ein Wort zu sagen die Küche.

Mutters Gesichtsausdruck, mit dem sie mich über ihren Becher hinweg ansah, schwankte zwischen Grinsen und Missbilligung.

„Wie kann man sich nur dermaßen vom Anarcho zum autoritären Sack verwandeln", schimpfte ich. Mutters Pokerface verzog sich zu einem breiten Grinsen.

„Mmh, verspätete midlife crisis, dazu eine gehörige Portion Eifersucht: Ein Nebenbuhler nimmt ihm seine Tochter weg, merkst du das nicht, Hannchen?", sie schien die Sache nicht weiter ernst zu nehmen.

Wenig später feierte ich meinen achtzehnten Geburtstag. Endlich volljährig, und das auch noch an einem Sonntag!

Drei Tage später würde ich mit meinen Eltern in die USA fliegen. Mutter und Vater hatten mich mit allen Regeln der Kunst überredet, die Reise mitzumachen. „Sieh mal, es ist wahrscheinlich die letzte Gelegenheit, dass wir miteinander Urlaub machen, wer weiß, was die nächsten Jahre mit sich bringen." Nur widerwillig hatte ich zugestimmt. Ich wäre lieber zu Hause und bei Atze geblieben.

Die Nacht vor meinem Geburtstag war heiß wie der gesamte Juli. Kurz nach Mitternacht wachte ich auf, als Steinchen durch mein geöffnetes Fenster auf den Fußboden fielen. Ich sprang aus dem Bett und schaute hinaus. Unten stand Atze an sein Fahrrad gelehnt, vom Mondlicht und der Straßenlaterne beschienen. Im Arm hielt er einen riesigen Blumenstrauß.

Mein erster Gratulant, ich fasste es nicht. Typisch Atze, dieser Überraschungscoup. Eigentlich hatte er sich erst für den kommenden Morgen angesagt, da er am Samstag tagsüber noch arbeiten musste. Nun war er stundenlang von seinem Dorf über Potsdam und den Stadtrand Berlins entlang bis zu mir nach Dahlem geradelt.

Es passte zu ihm, dass er Steinchen durchs Fenster warf und nicht einfach meine Klingel im Dachgeschoss betätigte oder sich per Handy meldete. Das hätte der

Romantik des Augenblicks und der Stille der Nacht erheblichen Abbruch getan.

Die Szene war märchenhaft. War es ein Fahrrad, an dem er lehnte, oder ein Pferd, auf dem er durch die Nacht zu mir geritten war? Mein Märchenprinz! So schnell ich konnte eilte ich die Treppen hinunter und öffnete die Haustür.

Irre diese Nacht. Ein Duftgemisch aus Kiefernnadeln, trockener Erde, tausend wilden Kräutern und einem Hauch von Süden, wie ich ihn bei einem Familienurlaub in der Provence kennengelernt hatte, betörte die Sinne und versetzte mir sämtliche Antennen in Empfangsbereitschaft. Die Grillen zirpten. Die Hitze des Tages war noch zu spüren, die leichte Abkühlung der Nacht ließ einen dennoch frösteln.

Atze stand mit seinem Blumenstrauß vor der Tür. Umarmung, als wollten wir völlig miteinander verschmelzen. Sein hagerer Körper, die nackten Arme, an denen ich jeden Muskel spürte. Seine Haut war kühl von seiner Fahrt durch die Nacht. Seine Hand aber, die er mir im Rücken unters T-Shirt schob, ganz warm.

„Mein Mädchen, mein Mädchen", flüsterte er immer wieder. Mir war, als hätten wir Stunden unter der Haustür gestanden: umschlungen im Zauber der Sommernacht mit ihren nur zu dieser Stunde offenbarten Düften und Geräuschen. Ich schnupperte an Atzes Haut und sog seinen Geruch nach Schweiß und Nachtfrische in mich hinein. Mein Herz floss über.

Vielleicht wären wir die ganze Nacht so stehen geblieben, wenn wir nicht ein Geräusch von oben, aus dem

Haus, gehört hätten. Vater streckte den Kopf über das Treppengeländer zu uns herunter. Wahrscheinlich hatte ihn das Öffnen der Tür geweckt und er wollte nachschauen, ob vielleicht Einbrecher im Haus wären.

„Alles in Ordnung?", flüsterte er und verschwand, als wir mit den Köpfen nickten, sofort wieder von der Bildfläche. Echt stark von ihm. Nach all dem Knatsch, den wir miteinander gehabt hatten, rechnete ich ihm die Diskretion hoch an.

Der Strauß, den Atze mir mitgebracht hatte, war phänomenal: Margeriten, Sonnenblumen, Rittersporn, Lupinen, Löwenmäuler, rote und weiße Rosen – eine Fülle, als hätte er sämtliche Parks und Gewächshäuser Potsdams für mich geplündert.

Wir stellten die Blumen erst einmal in einen Eimer, nachdem wir auf Zehenspitzen nach oben geschlichen waren. Den Rotkäppchensekt, den Atze in seinem Rucksack mitgebracht hatte, packten wir in den Kühlschrank. Er war zu warm und viel zu sehr durchgeschüttelt, als dass wir ihn gleich hätten trinken mögen. Außerdem waren wir für einige Zeit anderweitig beschäftigt.

Als wir die Flasche schließlich öffneten, wurde es draußen gerade hell und die Vögel stimmten mir zu Ehren ein Geburtstagsständchen an. Ich schaffte nur ein, zwei Schlucke, dann schlummerte ich in Atzes Armen ein.

Als der Vormittag schon weit fortgeschritten war, wurde ich vom Gesang meiner Familie geweckt, die mir zu Ehren „Zum Geburtstag viel Glück" anstimmte. Das

Lied schallte vom Flur aus in meine Träume hinein. Mutter, Vater, Oma Lisa und sogar Olli, der seinen ihm sonst heiligen Sonntagsschlaf geopfert hatte und schon in der Frühe von Prenzlauer Berg mit U- und S-Bahn zu uns herausgefahren war: Alle hatten sich vor meiner Türe versammelt.

Vater hielt einen Blumenstrauß in der Hand. Auf der Geburtstagstorte, die Oma Lisa mir präsentierte und auf die sie kunstvoll mit Schokoladencreme „Hanna" und „Alles Liebe!" aufgespritzt hatte, brannten Kerzen, natürlich achtzehn an der Zahl. Der Inhalt des kleinen Päckchens, das Mutter mir hinhielt und das ich gleich seiner Umhüllung entledigte, trieb mir fast Tränen der Rührung in die Augen: Es enthielt ein Goldkettchen mit einem aufklappbaren, mit Bernsteinen geschmückten Medaillon, in dem zwei verblichene Fotos von Mutters Großmutter und ihrem Großvater steckten, Oma Lisas Eltern.

Das Kettchen hatte Mutter zu ihrem einundzwanzigsten Geburtstag, der damals den Eintritt ins Erwachsenenleben bedeutete, ebenfalls von ihrer Mutter geschenkt bekommen. Es ist das einzige Erinnerungsstück, das Oma Lisa nach ihrer Flucht aus Ostpreußen übrig geblieben war. Nun ging das Andenken an mich weiter.

Ich schluckte meine Tränen hinunter, stattdessen drückten wir uns lange und fest.

Mein Eintritt in die Volljährigkeit wurde zu einem rauschenden Fest, bei dem alles stimmte: das Wetter, die

Gäste, die Stimmung und der wunderbare Zufall, dass es an einem Sonntag stattfand.

Zwischendurch kam mir kurz in den Sinn, dass dies mein erster Geburtstag war, an dem ich keinen Brief von Opa voller Zitate - von Hermann Hesses „Wie jede Blüte welkt und jede Jugend dem Alter weicht, blüht jede Lebensstufe" bis Rilkes „Jetzt kommen wieder die Pläne, die ins Weite geh'n" - und voller Komplimente an seine „über alles geliebte Enkelin" erhalten hatte.

Oma Lisa und Atze hatten ein grandioses Buffet für mich und meine Gäste vorbereitet, dafür hatte er sogar seinen Feierabend geopfert und war die Woche zuvor abends zu uns nach Dahlem gekommen. Oma Lisa hatte Atze in ihr Herz geschlossen. In seiner Gesellschaft lebte sie richtig auf.

„Er erinnert mich an den jungen Grafen", hatte sie erklärt.

In den einstmals „jungen Grafen" aus ihrem ostpreußischen Dorf war sie verliebt gewesen und er in sie wohl auch, obwohl es die damaligen Standesunterschiede wohl nicht erlaubt hätten. „Er hatte den Kopf voller Locken und war genau so rank und schlank wie Atze", schwärmte sie.

Ich kannte den „jungen Grafen", der heute ein beleibter alter Herr mit Glatze ist und nach seiner Flucht eine Reinigungsfirma in Niedersachsen betrieben hatte. Zwischen ihm und Atze konnte ich nicht die geringste Ähnlichkeit feststellen. Hin und wieder fährt der „Graf" mit seinem BMW vor und lässt sich von Oma Lisa mit Königsberger Klopsen bekochen.

Am Nachmittag meines Geburtstags trudelten nach und nach die Gäste ein, gut fünfzig an der Zahl. Viele aus meinem Jahrgang, ein paar Mädels aus der Volleyball-Mannschaft und fast die ganze Schul-Bigband, die bald mit einem kräftigen „Blue Moon" und „Chatanoooga choo choo" unseren Garten und die Umgebung beschallte. Natürlich hatte ich die Nachbarn zuvor von dem Großereignis unterrichtet und mich für akustische Belästigungen schon im Voraus entschuldigt. „Ich würde mich sehr freuen, Sie an diesem Nachmittag als meine Gäste begrüßen zu können", hatte ich im Opa-Czichowski-Stil meinen Reden angefügt. Tatsächlich tauchten einige von ihnen bei uns im Garten auf: Herr Morel und seine Frau, die sich wider Erwarten als witzige Zeitgenossen erwiesen und die Jazzklänge sichtlich genossen. Die Gudjons und mit ihnen Kater Harry Potter, der immer wieder Brocken vom Buffet stibitzte. Besonders Krabben hatten es ihm angetan.

Frau Klein hatte ich nicht eingeladen und prompt erschien sie bei den ersten Klängen von „In the Mood" in ihrem Garten und schaute misstrauisch zu uns herüber. Ich bereitete mich innerlich auf eine Beschwerde vor. Doch da eilte schon Atze auf sie zu, um sie zu beschwichtigen.

Ich fürchtete, die alte Frau würde ihn wüst beschimpfen. Sie war kauzig, unfreundlich und ätzend. In unseren Kindertagen hatte sie sich ständig über den Lärm beschwert, den Olli und ich angeblich verursachten. Oder darüber, dass Äste unserer Bäume in ihren Garten hineinragten. Bälle, die beim Spielen auf ihrem Grundstück landeten, gab sie nicht zurück.

An einem meiner Geburtstage, als eine große Kinderschar durch den Garten tobte, tauchte sie am Zaun auf und keifte zu uns herüber. Es sei eine Frechheit, eine alte Frau dauernd zu belästigen. Keine Ruhe habe sie mehr, seit wir neben ihr wohnten. Sie kriegte sich nicht wieder ein.

Schließlich ging Vater zur ihr an den Zaun und redete nach Psychologenart mit vielen guten Worten auf sie ein. Ich sehe ihn noch heute vor mir, wie er der Nachbarin gegenüber stand, die Arme ausbreitete und die Ärmel seines Schlabberpullovers wie Flügel an ihm herunterhingen.

„Ich verstehe Sie gut, aber bitte, verstehen Sie uns auch, es sind doch Kinder."

Als sie nicht aufhörte zu zicken, gab Vater auf, ließ Frau Klein am Gartenzaun stehen und zischte, als er außer Hörweite war: „Leck mich am Arsch, alte Hexe."

Seither war Funkstille zwischen uns. Wenn wir im Garten erschienen, warf sie uns böse Blicke zu und drohte auch mal mit der Faust zu uns herüber.

Meine Furcht, sie würde Atze anmachen, war also nicht unbegründet. Doch nichts da. Sie ließ seine Beschwichtigungen schweigend über sich ergehen, nickte und ging friedlich in ihr Haus zurück.

Bis in den späten Abend hinein saßen wir im Garten zusammen. Als es dämmerig wurde, stellten wir Kerzen auf und hängten Lampions in die Bäume. Alle waren lieb und nett und freundlich zu mir und ich kam mir nicht nur wie Atzes Prinzessin, sondern wie everybody's darling vor. Stolz wie die Königin von England schritt ich die Reihen meiner sich an Bier- und Stehtischen und anderen Gartenmöbeln tummelnden Gäste ab und ließ mich feiern.

An diesem Tag fühlte ich mich wie im Paradies: ewiges Glück, ewiges Blühen, ewige Liebe, Früchte, die mir in den Mund hineinwachsen. Nicht einen Moment kam mir in den Sinn, wie zerbrechlich dieses Glück sein könnte. Inzwischen weiß ich es besser: Je größer das Glück, desto größer die Fallhöhe, wenn sich das Blatt wendet. Je höher die Amplitude auf den Koordinaten des Lebens in die Positivseite ausschlägt, desto tiefer auch die Kurve im Minusbereich.

Nachdem die übrigen Gäste an meinem Geburtstag längst weg waren und Atze und ich noch eine ganze Weile auf der Terrasse geschmust hatten, bis alle Kerzen in den Windlichtern und Lampions verlöscht waren, machte er sich mit seinem Fahrrad wieder auf den Heimweg.

„Willst du dich wirklich auf der Gurke abstrampeln? Nimm morgen früh die S-Bahn, ist doch viel bequemer", schlug ich ihm vor. Doch er lachte nur.

„Ach was, Prinzessin, die paar Kilometer reite ich auf einer Arschbacke ab, in der schönen Luft – und morgen muss ich schon wieder um sieben Uhr auf der Matte stehen."

Seither versuche ich immer wieder, mir die letzten Augenblicke mit ihm ins Gedächtnis zu rufen. Ein letzter Kuss, eine letzte Umarmung an der Gartenpforte.

„Viel Spaß bei den Amis – ich freue mich schon auf die Kanutour, wenn du wieder da bist!", das müssen seine letzten Worte gewesen sein. Wir hatten geplant, nach meiner Rückkehr zwei Wochen mit Boot und Zelt auf der Havel herumzuschippern.

Hat er sich, als er sich aufs Fahrrad schwang, noch einmal umgedreht, bevor er in der Dunkelheit verschwand? Haben wir uns noch einmal ausgiebig geküsst?

Heute bin ich mir sicher, dass er sich, als er endgültig davonfuhr, noch einmal auf dem Sattel umwandte, mir einen Kuss mit der flachen Hand zuhauchte und ich noch lange hinter ihm herschaute, bis ich das Treten seiner Pedale nicht mehr hörte und auch das Flackern seines Rücklichtes in der Dunkelheit verschwunden war.

Es war das letzte Mal, dass ich Atze gesehen habe.

6

Warum nur bin ich nach meinem Geburtstag nicht sofort mit Atze zur Kanutour gestartet? Warum musste ich braves Töchterchen spielen? Mich von meinen Eltern in die USA schleppen lassen?

„Du freust dich doch sicher darauf, die Witts wiederzusehen?", hatten sie mich belabert. Bei den Witts — Jill, John und Tochter Jennifer — habe ich vor zwei Jahren sechs Monate als Austauschschülerin in Buffalo verbracht. Jennifer, die so alt ist wie ich, kam anschließend für den gleichen Zeitraum zu uns nach Berlin.

Jill war vor langer Zeit Austauschschülerin in Ulm gewesen, hatte mit Vater das Gymnasium besucht und wohl eine kleine Lovestory mit ihm gehabt. Die Verbindung hielt über das Stadium des Verliebtseins hinweg bis heute an. Der Urlaub sollte den vorläufigen Höhepunkt unserer transatlantischen Beziehungen darstellen.

Klar, es war nett, die drei wiederzusehen und mit ihnen durchs Land zu reisen. An den Niagarafällen, nicht weit von Buffalo entfernt, ließen wir uns die Gischt der herabstürzenden Wassermassen ins Gesicht spritzen. In Pennsylvania, wo Jill ursprünglich herstammt, bestaunten wir die Amish-People in ihren altbackenen Trachten und ihren Pferdekutschen. An einem mörderisch heißen Tag schwitzten wir uns im Tropenklima Washingtons die Seele aus dem Leib, im nahe gelegenen Heldenfriedhof Arlington erstarrten wir ehrfürchtig vor dem Grab des Strahlemanns Kennedy, der einst vor dem Schöneberger Rathaus behauptet hatte, er sei ein Berliner, sowie anderer militärischer und nichtmilitärischer Helden.

Die letzten Tage verbrachten wir in New York.

Am Abend vor unserem Rückflug fuhren wir mit dem Aufzug zur Aussichtsplattform des Empire State Buildings, um den Sonnenuntergang zu genießen.

Unter uns die Wolkenkratzer von Manhattan: ein Wahnsinn an Gigantomanie, dessen Ästhetik dennoch frappierte. Hier und da blitzten die Dächer golden und silbern auf. Die Abendsonne stand als riesiger Ball am Himmel, die Umgebung war tief rot. Ein grandioses Schauspiel, Postkartenkitsch bis zur Schmerzgrenze.

Einer jener Augenblicke, die einen euphorisch, aber auch ziemlich einsam machen. Immer tiefer wanderte die Sonnenscheibe. Sie wurde halbiert, geviertelt und tauchte schließlich im Hudson River unter.

Plötzlich der totale Schrecken: Atze! Wo ist Atze? Wie, zum Teufel, kam ich dazu, ihn alleine zu lassen? Er gehörte doch zu mir! Seit Stunden versuchte ich ihn auf seinem Handy zu erreichen, es war mir nicht gelungen.

Was war mit ihm? Warum meldete er sich nicht? Warum antwortete er nicht auf meine vielen SMS?

Am liebsten wäre ich die Stufen des Wolkenkratzers hinuntergerannt, hätte das nächste Flugzeug gestürmt und wäre zurück nach Deutschland geflogen.

Tags darauf dann der Rückflug. Ich konnte es kaum erwarten, wieder nach Berlin und in den Zaunkönigweg zu kommen. Atze hatte ich auf dem Handy immer noch nicht erreicht. Als uns Oma Lisa zu Hause die Türe öffnete, wirkte sie merkwürdig bedrückt. „Kommt erst mal rein", antwortete sie auf unsere Frage, was denn los sei.

Kaum waren wir drin, standen Isabel und Olga vor der Tür. Sie waren am Vorabend schon einmal da gewesen und hatten sich bei Oma Lisa nach unserer Rückkehr erkundigt.

Was sie mir mitzuteilen hatten, traf mich wie ein heftiger Schlag in die Magengegend. Ich glaube, ich ging vor Schmerz sogar in die Knie und hielt mich irgendwo fest.

Atze war nach einem total heißen Tag, an dem er viele Stunden lang in der prallen Sonne gearbeitet hatte, mit Ebbi, seinem Bauwagen-Nachbarn, mitten in der Nacht schwimmen gegangen. Im See, der an den Park seines Gutshofes grenzt.

Atze sei weit hinaus geschwommen. Plötzlich habe Ebbi nichts mehr von ihm gehört. Dann nach ihm gerufen, ihn gesucht, getaucht. Schließlich über Handy alle mögliche Hilfe herbeigerufen: Polizei, Feuerwehr, Notarzt, Taucher und was weiß ich noch was. Am Morgen haben sie ihn gefunden: tot.

Vorgestern Nacht war es passiert. Es muss die Zeit gewesen sein, als ich auf dem Empire State Building den irren Sonnenuntergang erlebt hatte und mich plötzlich die Angst um Atze überfallen hatte. So musste es gewesen sein, ich habe doch gespürt, dass er in Not war.

Bis zu diesem Zeitpunkt hatte ich mir nie Gedanken darüber gemacht, was es heißt, wenn einem der Boden unter den Füßen weggerissen wird. Jetzt weiß ich es. Du meinst, dass du keinen einzigen Schritt mehr gehen kannst. Die Erde tut sich auf. Nein, sie tut sich eben nicht auf, so sehr du es auch herbeisehnst. Du möchtest von ihr verschlungen werden, doch es geschieht nichts. Absolut nichts, totale Leere. Eine fürchterliche, grausame, unnachgiebige Leere. Der Sturz aus der Normalität in die Nicht-Normalität beträgt nichts mehr als eine Hundertstelsekunde. Und stellt doch die ganze Welt infrage.

Du bist erstarrt und wunderst dich, dass du Arme und Beine hast, die du bewegst, ohne dass du ihnen den Befehl dazu erteilst. Du atmest, isst, trinkst und weißt nicht, wie und warum du das tust. Du verzweifelst an der Stille, die dich umgibt. Und an der Unerbittlichkeit, in der die Zeit um dich herum vergeht, gegen deinen Willen. Jede Sekunde, jede Minute, jede Stunde führt dich weiter hinein ins Nichts und weg von dem Menschen, der bis vor Kurzem der Mittelpunkt der Welt für dich war.

Du denkst: Alles auf dieser Erde ist ersetzbar. Sind deine Schuhe im Eimer, kaufst du dir neue. Gibt dein Auto seinen Geist auf, dann steht im Nu das nächste vor der Tür. Willst du einen Film oder eine Stelle im Video noch einmal ansehen, spulst du einfach zurück und hältst an der Stelle an, die dir am besten gefällt.

Warum, verdammt noch mal, warum kannst du das Gleiche nicht mit Atzes Leben tun? Einfach den Film zurückspulen, die Nacht auslöschen, in der er gestorben ist, und an einer früheren Stelle noch einmal ansetzen. Bei meinem Geburtstag zum Beispiel: Ich hätte auf die

Scheiß-Amerikareise verzichtet, wir wären mit dem Kanu auf der Havel herumgeschippert und alles wäre gut gewesen.

Nach einer Woche dann die Beerdigung. Obwohl Atze nicht Mitglied der Kirche war, hielt der junge Pfarrer aus dem Dorf eine Ansprache. Isabel und ein paar Freunde, die ziemlich religiös sind, hatten das in die Wege geleitet. Die kleine Backsteinkirche: voll besetzt. Atze war beliebt gewesen bei seinen Freunden, den Gärtner-Kollegen und auch bei den Leuten im Dorf. Cat Stevens' „Morning Has Broken" erklang, Atze stand auf solche Pop-Oldies. Keine Ahnung, wie ich alles ertragen habe.

Atzes Eltern waren nicht erschienen. Sie hatten mitteilen lassen, dass sie für die Kosten der Beerdigung nicht aufkommen könnten. Die übernahmen der Gutshaus-Typ, Atzes Kollegen und Freunde. Auch wir haben für ihn gesammelt.

Nur seine Schwester war zur Beerdigung gekommen: eine verhärmte weibliche Ausgabe von ihm, die ein Kind von dem Menschen erwartete, mit dem sie zusammenlebte. Ich glaube, Atze hat nicht einmal gewusst, dass er Onkel werden würde.

Die Zeit nach der Beerdigung war hammerhart. Wie hatte ich noch vor ein paar Monaten rumgetönt? Dass die Welt ein guter Platz sei, an dem ich gerne lebe? Mein unerschütterliches Weltumarmungsgefühl hatte ich beschworen, von einem großen Tisch geträumt, an den ich die ganze Menschheit einladen wollte. Auf meine tief in mir verwurzelte Fröhlichkeit gebaut, auf meine Lebenslust und Lebensfreude, die mir helfen würden, die Tränentäler des Lebens durchwandern zu können.

Jetzt war ich mir da nicht mehr so sicher.

Ich fühlte mich, als seien ich und meine Existenz auf Eis, auf allzu dünnes und brüchiges Eis geraten.

So ähnlich musste es Oma Lisa ergangen sein, als sie nach ihrer Flucht aus ihrem Dorf die zugefrorene Ostsee überquerte, neben sich Menschen und Tiere ertrinken sah und selbst fürchtete, einzubrechen und in der Tiefe zu versinken.

Das Schlimmste war: Alles um dich herum ist völlig normal. Unglaublich, unerbittlich, unanständig normal. Nichts, aber auch gar nichts ändert sich in dieser geschniegelten Umgebung mit den glatten Fassaden, den wie mit dem Lineal abgezirkelten Hecken, geharkten Vorgärten. Kein Unkraut weit und breit. Kein Brachland, auf dem sich das Leben neu entfalten könnte.

Erbarmungslos unverändert: stumm, mitleidslos und schrecklich tot.

Menschen gehen ihren Verrichtungen nach, mähen ihren Rasen, decken ihre Dächer. So, als gewähre dies alles ein Stück Unsterblichkeit. Als könnten sie dem Unausweichlichen entfliehen: den Abschieden, dem Tod.

Ich hätte ihnen an den Hals gehen können. Merkt ihr nicht, dass ihr Marionetten seid? An Fäden bewegt, von fremder Hand gesteuert in eurem Tun?

Ich hätte auf dem Empire State Building intensiver an Atze denken sollen, als der glühende Ball im Hudson versank und die Spitzen der Wolkenkratzer silbern und golden aufgeblitzt waren. Ich hatte den Wink des Schicksals nicht erkannt.

Atze war doch nicht krank gewesen. Das hatten auch die Mediziner nach seinem Tod bestätigt. Nur kurz das Bewusstsein verloren. Überhitzung? Hunger? Einsamkeit? Wäre ich bei ihm gewesen, ich hätte auf ihn aufgepasst. Das schwöre ich.

Alles in mir war in Unordnung geraten. Nichts passte mehr zusammen. Meine äußere Hülle mochte die gleiche geblieben sein. Nichts von „Vor Kummer war ihr Haar über Nacht weiß geworden", wie „Schicksalsschläge" in der Literatur kommentiert werden. Ich schrumpfte auch nicht auf Embryo- oder Eizellengröße zusammen, wie es meinem Gefühl der Nichtexistenz entsprochen hätte. Aber in mir lag nichts mehr dort, wo es vorher gelegen hatte. Meine Organe schienen sich gedreht zu haben: Magen, Nieren, Herz, Hirn, Gedärme – nichts lag mehr dort, wo es eigentlich hingehörte.

Natürlich waren alle fürchterlich lieb zu mir. Zum Glück laberte mich niemand an mit Sprüchen wie: „Du wirst schon darüber hinwegkommen", oder: „Du bist doch noch jung, du wirst bestimmt noch jemand anderen kennenlernen". Oder gar: „Die Zeit heilt Wunden". Wenn das jemand zu mir gesagt hätte: Ich schwör's, ich hätte ihm den Hals umgedreht.

Ich wurde behandelt wie ein rohes Ei, alle fassten mich mit Samthandschuhen an. Mutter, Vater, Olli, wenn ich ihn mal sah. Aber auch Isabel und Olga. Ich bemerkte ihre unsicheren Blicke, wenn sie meinten, ich sähe sie nicht. Niemand mochte mich auf Atze ansprechen. Logo, was hätten sie auch sagen sollen?

Oma Lisa ließ mich spüren, dass sie mit mir litt. Zwar machte auch sie nicht viele Worte, das war nicht ihre Art. Aber: hier mal ein mitfühlender Blick, dort eine Umarmung. Oder sie legte kurz ihre Hand auf die meine. Und vor allem: Sie verstellte sich nicht. Tat weder auf heiter nach dem Motto „Wird schon wieder, Hannchen" noch auf niedergeschlagen. Oma Lisa gab sich einfach so, wie ihr zumute war.

Vielleicht, weil sie Atze als einzige in der Familie, außer mir, richtig gern gemocht hatte?

In seiner Gesellschaft hatte sie ihren abwesenden Blick verloren, mit dem sie manchmal in die Ferne starrt – in ihr ostpreußisches Dorf wahrscheinlich.

Vielleicht war es aber auch so, dass Oma Lisa als einzige nachvollziehen konnte, was Verlust – ein wirklich großer Verlust – im Leben bedeutete.

Bei Eis und Schnee auf der Flucht. Die Mutter unterwegs gestorben und in Decken gehüllt am Wegesrand zurückgelassen. Es blieb nur Zeit für ein kurzes Gebet, dann musste der Treck weiter. Die Straßen waren verstopft, alle Landwege über den Fluss hinweg nach Westen abgeschnitten. Blieb nur die Flucht über das zugefrorene Ostseehaff hinweg.

Oma Lisa, gerade fünfzehn Jahre alt, war allein auf der Welt, dem Schicksal preisgegeben. Schutzlos auf sich selbst zurückgeworfen. Um sie herum nichts als Dunkelheit und Kälte. Unheil aus der Tiefe. Keine Zukunft. Keine Aussicht auf Heimat. Sie sprach nicht oft von dieser Zeit. Wenn sie es aber doch einmal tat, hörte ich aufmerksam zu. Ihr Schicksal ging mir nahe.

Auch ich fühlte mich jetzt, genau wie sie damals, von nichts als Nacht, Kälte, Hoffnungslosigkeit umgeben.

Irgendwie ging trotzdem alles weiter. Ich funktionierte. Das neue Schuljahr begann, mein letztes vor dem Abitur. Alles ging seinen Gang. Selbst Vater ließ mich in Ruhe mit seinem Gequassel von Jurastudium und Großvater-Vermächtnissen. Vielleicht hatte er auch Schuldgefühle, weil er mich zu dem Amerikaunternehmen überredet hatte?

Ich saß meine Zeit in der Schule ab. Schluckte den Wissensstoff, der mir vorgesetzt wurde. Würgte ihn, wenn er von mir gefordert wurde, aus mir heraus, um ihn ganz schnell wieder zu vergessen.

Merkwürdigerweise wurden meine Zensuren nicht schlechter dadurch. Im Gegenteil: Sie vollführten einen Aufwärtstrend hinauf in den obersten Bereich der Notenskala.

Mein Trompetenspiel in der Bigband indes stellte ich ein. Es war mir unerträglich. Viel zu laut, viel zu falsch. Ich hätte vor meinen eigenen Klängen davonlaufen mögen.

Die Trompete wanderte in die Abstellkammer. Stattdessen widmete ich mich wie besessen dem Volleyballspiel. Die einzige Möglichkeit, meine viel zu langen Beine, die mir überall im Wege waren, sinnvoll einsetzen und meiner ungeheuren Wut und Verzweiflung, die ich in mir spürte, Ausdruck verleihen zu können.

Ich pritschte, schmetterte, baggerte wie wild um mich. Hechtete unerreichbar erscheinenden Bällen hinterher, als hinge mein Leben davon ab, dass ich sie erwischte. Sprang, so weit es meine nicht geringe Körpergröße erlaubte, hoch und knallte die Würfe mit einer solchen Wucht übers Netz, dass die Spielerinnen im gegnerischen Feld um ihr Leben fürchteten und nicht die geringste Chance hatten, die Bälle einzufangen.

Der Rausch, in den ich mich hineinspielte, tat kurzfristig gut, stürzte mich hinterher aber in ein noch tieferes Loch.

Plötzlich war ich ein Star in der Schulmannschaft. Wenn ich mitspielte, war der Sieg so gut wie vorprogrammiert. Sogar das Match gegen die gefürchteten Tiger Girls eines Berliner Elitegymnasiums gewannen wir.

Als ich nach hartem Kampf in die Kabine kam und mich im Spiegel sah, erschrak ich. Mir schaute ein Mädel mit wirren Haaren, irrem Blick, knallrotem Gesicht und weißem Kranz um Mund und Nase herum entgegen, das mir völlig fremd erschien. Das sollte ich sein? Ich warf mich, ohne zu duschen, verschwitzt wie ich war, in meine Klamotten und fuhr in einem Wahnsinnsritt auf dem Fahrrad nach Hause.

Gut, dass alle ausgeflogen waren. Vater an der Uni, Mutter in der Schule und Oma Lisa wahrscheinlich beim Einkaufen. Keiner störte mich, als ich den Garten durchstreifte, in dem die Sonnenblumen zwar noch

Gelb in der Sonne leuchteten, ihre Köpfe aber schon erheblich hängen ließen. Die Rosen dagegen blühten noch tapfer gegen den Spätsommer an.

Im hinteren Teil des Gartens fand ich das Baumhaus, das Vater für Olli und mich in einer Eiche gezimmert hatte, als wir noch Kinder waren. An dieser Arbeit hatte er bewiesen, dass er nicht nur zur Geistesarbeit taugte, sondern handwerklich auch einiges drauf hatte. Ein solides Bauwerk, dicker Bretterboden, ringsum durch Seitenwände geschützt, vorn eine breite Einstiegsluke.

Es war völlig intakt. Sogar die Strickleiter, an der ich mich vorsichtig nach oben hangelte, hielt meinem Gewicht stand.

Wann war ich zum letzten Mal hier oben gewesen? Richtig, vor zwei Jahren, vor dem Aufbruch in mein Austausch-Halbjahr nach Buffalo. Im luftigen Versteck hatte ich Abschied genommen und mein bevorstehendes Heimweh vorweggenommen.

Die Kerzenstummel waren noch da. Das Kissen ebenfalls, in das ich damals meine heimlich vergossenen Tränen geweint hatte. Seine violette Farbe war verblichen, der Stoff an einer Stelle aufgeplatzt. Schaumstofffetzen quollen daraus hervor.

Trotzdem legte ich es in meinen Schoß, als ich mich im Schneidersitz auf die Bretter niederließ.

Durch die Einstiegsluke hindurch sah ich Frau Klein in ihrem Garten auftauchen. Mühsam auf ihren Stock gestützt hangelte sie sich an ihren Rosenstöcken entlang und schnitt mit einer Schere verwelkte Blüten ab.

Die alte Frau, die wir als Kinder fürchteten und die Vater als „alte Hexe" beschimpft hatte, tat mir plötzlich unendlich leid. Es dauerte Ewigkeiten, bis sie eine der welken Blüten mit ihrer Gartenschere abgeschnitten hatte. Am liebsten wäre ich zu ihr rübergerannt, hätte ihr das Gerät aus der Hand genommen, ihr geholfen und mich bei ihr entschuldigt für all das, was wir ihr angetan hatten: den Lärm, die Streiche, die Ruhestörungen, das ungehörige Verhalten meines Vaters. Und dafür, dass sie alt, einsam und hinfällig war und vielleicht bald sterben musste. Ich war kurz vor dem Heulen.

So weit kam es aber nicht. Es knackte in den Ästen. Harry Potter, der Gudjons-Kater, brach durch die Zweige und landete mit einem Satz neben mir im Baumhaus.

Ein paar Male wäre er mir schon beinahe in die Speichen meines Fahrrades geraten, als er vor mir die Straße überquerte. Der vorwurfsvolle Blick aus seinen grünen Kateraugen ließ keinen Zweifel offen: In unserem Zaunkönigweg war die andernorts gültige Straßenverkehrsordnung außer Kraft gesetzt. Hier gab Harry Potter die Maßstäbe an, die besagten: Kater haben in jedem Falle Vorfahrt.

Für einen Moment schaute er mich erstaunt und vorwurfsvoll an, sperrte sein Maul zu einem lautlosen Miauen auf. Offenbar war ich in sein Reich eingedrungen, das er, nachdem es von uns Kindern verlassen worden war, für sich okkupiert hatte.

Nachdem er sich von seiner Überraschung erholt und sich ausführlich das Fell geleckt hatte, stieg er auf das Kissen in meinem Schoß, drehte sich einige Male um die eigene Achse und legte sich, den Kopf auf die gekreuzten Pfoten gelegt, zum Schlafen nieder. Er schnurrte.

Zum ersten Mal seit langer Zeit spürte ich von Ferne meine verloren geglaubte Lebensfreude wieder. Harry Potter, beschloss ich, war mein Freund.

7

Der Anflug von Lebensfreude, den der Kater in mir entfacht hatte, machte mir Mut. Ich hegte und pflegte das Flämmchen, um es vor dem Erlöschen zu bewahren. In der Hoffnung, dass die alte Hanna mit ihrer Lebenslust und ihrem Weltumarmungsverlangen irgendwann das armselige Bündel, als das ich mich im Moment fühlte, wieder besiegte.

Oma Lisa und ihr Schicksal gingen mir nicht aus dem Kopf: ihre einsame Flucht, ihr langer Weg übers Eis, ihre Angst. Eine Hoffnungslosigkeit, die – wie sie mir in vertraulichen Momenten geschildert hat – bis zum ersten Frühling nach der Flucht anhielt: „Als der Flieder blühte, spürte ich zum ersten Mal wieder Leben in mir. Und Mut, dass es für mich weitergehen kann."

Nach langen Irrwegen war sie mit ihrem Treck in Schleswig-Holstein gelandet. Dort wurden sie alles andere als freudig begrüßt.

„Die Einheimischen taten so, als hätten wir, einzig um sie zu ärgern, unsere Heimat verlassen. Unsere Anwesenheit fassten sie als Zumutung auf. Wir mussten in Ställen hausen und für das bisschen Essen, das wir bekamen, auf den Feldern arbeiten."

Oma Lisa setzte sich durch: sowohl gegen die neuen Nachbarn als auch gegen ihre eigenen Landsleute, die über die Vollwaise verfügen wollten. Als sie neunzehn

Jahre alt war, kam der Mann, den sie später heiraten sollte, aus der russischen Kriegsgefangenschaft zurück.

Er war früher Stellmacher in ihrem ostpreußischen Dorf Pilonaiken gewesen und hatte, als er nach Deutschland zurückgekommen war, erfahren, dass der Treck aus der alten Heimat in Schleswig-Holstein gelandet war. Er hatte gehofft, dort seine erste Frau und seine beiden Jungs wiederzufinden. Was er nicht wusste: die drei waren nicht mit dem Treck geflüchtet. Sie hatten sich in Danzig bei Verwandten aufgehalten und wollten mit denen auf dem Flüchtlingsdampfer Wilhelm Gustloff nach Westen fliehen. Alle drei waren mit dem Schiff, das von russischen Torpedos beschossen wurde, im Meer versunken.

Oma Lisa und der einsame Mann fanden zusammen und heirateten, als Oma Lisa volljährig geworden war und anstelle des amtlichen Vormunds selbst über ihr Leben bestimmten konnte. Über das Geschwätz der Landsleute setzte sie sich hinweg. „Das gehört sich nicht: die Marjell und der neunzehn Jahre ältere Mann, der ihr Vater sein könnte, es ist eine Schande", hatten sie sich die Mäuler zerrissen. Oma Lisa schaut heute noch finster drein, wenn sie davon erzählt.

Ein Jahr nach der Hochzeit wurde Mutter geboren. Nachdem Mutters Vaters eine Anstellung bei der am Ort stationierten Bundeswehr gefunden hatte, baute er – meist in Eigenarbeit – ein kleines Haus hinterm Nordseedeich. Hier lebten sie zuerst zu dritt und, als Mutter zum Studieren nach Berlin gegangen und dort hängengeblieben war, zu zweit zusammen. Als ihr Mann starb, verkaufte Oma Lisa Haus und Garten, butterte den Erlös in den Kauf unseres Hauses und zog zu uns nach Berlin.

Ich glaube, sie ist mit sich und ihrem Schicksal im Reinen. Sie hat sich, trotz anfänglicher Schwierigkeiten, einst in Schleswig-Holstein wohlgefühlt, sie lebt gerne in Berlin – und hegt und pflegt die Erinnerungen an ihre Heimat Ostpreußen wie einen kostbaren Schatz. „Ob ich auf dem Nordseedeich spazieren gehe oder in Berlin an der Krummen Lanke sitze: Ich kann immer auch ein bisschen in Ostpreußen sein", sagt sie.

Ich nahm mir Oma Lisa zum Vorbild. So taff wie sie wollte ich auch sein. Wenn sie es geschafft hat, unter ungleich schwereren Bedingungen als ich nach innerer und äußerer Heimatlosigkeit wieder ins Leben zurückzufinden, warum sollte es mir nicht auch gelingen?

„Als der Flieder blühte, spürte ich zum ersten Mal nach der Flucht wieder Leben in mir", der Satz war wie ein Mantra für mich.

Von blühendem Flieder konnte derzeit keine Rede sein, das war jahreszeitlich schwer möglich. Der beginnende Herbst kroch mir durch sämtliche Poren und Knopflöcher in mein Innerstes hinein. Die Sonnenblumen waren endgültig verwelkt und sahen mit ihren braunen hängenden Köpfen aus wie Skelette. So, als wäre ein Flächenbrand über sie hinweggegangen. Rot, gelb, braun das Laub auf den Bäumen. Hin und wieder ein paar Astern, einsame Rosen. Die Luft roch nach Moder, Nebel, Verfall.

Die Blätter fielen und fingen im Herbstwind an zu treiben.

Großvater und sein ewiger Rilke fielen mir ein: „Herr, es ist Zeit, der Sommer war sehr groß", das berühmte Herbstgedicht, das zwar schön, aber ziemlich abgedroschen ist. Auf jeder zweiten Postkarte oder Traueranzeige kannst du es lesen. Vor einem Jahr noch hatte er die Zeilen bei unserem letzten Zusammentreffen in Ulm von sich gegeben, es musste Oma Czichowskis Geburtstag gewesen sein. Keiner von uns hatte wahrhaben wollen, wie alt und tatterig Opa geworden war. Der Gedichtband in seiner Hand zitterte, mit dem Taschentuch musste er hin und wieder den Sabber von den Mundwinkeln abwischen. Seine brüchige Altherrenstimme kippte einige paar Male um, besonders bei der letzten Strophe:

„Wer jetzt kein Haus hat, baut sich keines mehr,
Wer jetzt allein ist, wird es lange bleiben."

Vetter Florian und Kusine Ria neben mir kicherten, wir anderen schauten betreten auf die Tischdecke.

Tja, Opa, nun brauchst du kein Haus mehr, Briefeschreiben ist nicht mehr. Wachen, lesen und durch Alleen kannst du auch nicht mehr wandern. Nun liegst du unter der Erde. Christlich angehauchte Zeitgenossen würden dir vielleicht ein Plätzchen droben, im Himmel, zugestehen.

Viele Stunden meines Daseins verbrachte ich im Baumhaus. Am liebsten hätte ich mein Domizil ganz dort aufgeschlagen. Ich erledigte meinen Schulkram hier oben, manchmal schleppte ich sogar meinen Laptop mit. Oft sinnierte ich in die Zweige der Eiche und den Himmel über mir hinein.

Schon einmal, vor zig Jahren, hatte ich mein Domizil im Baumhaus aufschlagen wollen, es war mir bitter ernst damit gewesen. Ich war im Grundschulalter und hatte mich Heiligabend aus Frust und Ärger hierher geflüchtet. Vater und Olli hatten ohne mich einen Weihnachtsbaum gekauft. Dabei hatten sie fest versprochen, mich mitzunehmen.

Die Strickleiter hatte ich zu mir hochgezogen. In regelmäßigen Abständen tauchte Vater auf und versuchte, mich herunterzulocken: „Hannchen, es tut mir leid, sei bitte nicht böse, es war keine böse Absicht, nächstes Mal nehmen wir dich ganz bestimmt mit, ich verspreche es dir." Ich blieb standhaft in meinem Zorn.

Schließlich erschien Mutter und stellte mir ein Ultimatum: „Entweder du kommst sofort herunter, oder wir fangen ohne dich an mit der Bescherung." Es wirkte und ich war froh, dass ich endlich ins Warme kommen konnte.

Die Geschichte kam mir vor wie eine Episode aus einer anderen, heilen Welt.

Irgendwann nahm ich meine Reclam-Ausgabe von Schillers „Don Carlos", Abi-Pflichtlektüre im Deutsch-Leistungskurs, mit in mein Refugium. Ich hätte es bleiben lassen sollen. Ich erlebte den schlimmsten Absturz seit Atzes Tod. Mein Flämmchen neu erwachter Lebensfreude erlosch.

Jedes Wort erinnerte mich an den Freund. Don Carlos, der zweifelhafte Posa, Carlos grausamer Vater – in allen dreien erkannte ich Atze wieder. Bei jedem Satz, den ich las, hörte ich seine Stimme, als säße er neben mir im Baumhaus.

Grauenvoll. Seelenpein pur.

Atze hatte das Bändchen bei mir im Zimmer entdeckt, es in die Hand genommen, darin geblättert und sich amüsiert: „Wow, das musst du dir mal reinziehen: ‚löwenkühner Jüngling', ‚erhabenes Herz', ‚unser Seelen zartes Saitenspiel', wie schräg ist das denn?"

Trotzdem lieh er sich das Heft bei mir aus und erschien am nächsten Abend völlig übermüdet bei mir. Die ganze Nacht habe er darin gelesen. „Don Carlos" sei gar nicht so abgefahren, wie er zuerst gedacht habe. Im Gegenteil: „‚Ein Augenblick, gelebt im Paradiese, wird nicht zu teuer mit dem Tod gebüßt': echt genial, geht einem richtig an die Psyche."

Ich hätte heulen können, als ich jetzt die Stelle wieder las. Nein, nein: Ich pfeife auf das Paradies und den Augenblick darin, wenn es letztlich mit dem Tod gebüßt werden muss.

Ich Riesenross hatte Atze noch getröstet, als er nachdenklich Carlos' Satz zitierte: „Dreiundzwanzig Jahre, und noch nichts für die Unsterblichkeit getan!"

Er sei auch schon dreiundzwanzig und habe noch nichts für die Unsterblichkeit getan. Das hatte total traurig geklungen. Ich hätte ihn in die Arme nehmen und trösten sollen: „Doch, Atze, doch, du hast schon eine Menge für die Menschen und, wenn du willst, für die Unsterblichkeit getan: für mich, für deine Freunde, für euren Gutsherrn, deine Pflanzen." Was habe ich stattdessen von mir gegeben? Ich habe rumgeflachst, lockere Bemerkungen gemacht: „Mann Atze, mach dir keinen Kopf, du hast noch eine Menge Zeit dazu."

Ich war so von der Rolle, dass ich mich erst lange nach Einbruch der Dunkelheit vom Baumhaus hinunterquälte.

Am nächsten Nachmittag erschienen Isabel und Olga bei mir und warteten mit dem Vorschlag auf, wir könnten zu dritt in eine Disco gehen.

Mir war es gleich. Warum nicht in die Disco gehen? Oder sonst etwas tun? Welche Rolle spielte es?

Ich zog also mit den beiden los, obwohl ich genau wusste, dass weder sie noch ich Discogängerinnen sind und sie von mir das Gleiche wussten. Es war nichts als eine hilflose Geste von Isabel und Olga, mir zu helfen. Aber auch das war mir wurscht an diesem Tag.

In der Disse am Kudamm tauchte plötzlich Winfried aus dem zwölften Jahrgang auf. Ein Knabe, der aussieht wie ein Musterschüler mit sauber gescheiteltem Haar und Brille auf der Nase. Chefarztsöhnchen, der das totale Doppelleben führt: in der Schule brav und unauffällig, im Alltag ein durchgeknallter Kiffer, der heimlich Dope unter die Leute bringt.

Er bot mir einen Joint an. Der kam mir gerade recht in meiner Weltuntergangsstimmung. Zwar ist mir Dope völlig gleichgültig, ich hatte noch nie das geringste Verlangen gespürt, es auszuprobieren.

Bis zu diesem Abend. Ich ging mit Winfried nach draußen, Isabels und Olgas Proteste schlug ich in den Wind. In einem dunklen Winkel in der Nähe der Disse zogen wir uns das Zeug rein. Als ich wieder zurückkam in den flackernden, dröhnenden, rappelvollen Zappelbunker, haute mich der Stoff total um und ich erlebte einen Horrortrip, der sich gewaschen hatte. Wer weiß, vielleicht habe ich mir mit meinem kaputten Hirn vorgestellt, dass ich, wenn ich mich mittels Drogen von der Wirklichkeit entferne, Atze irgendwie und irgendwo wiederfinden würde.

Dass ich aber derart auf Horror kommen würde, hatte ich nicht geahnt. Ich entfernte mich immer mehr aus mir heraus und schaute von außen in meine leere Hülle hinein. Ich sah die anderen um mich herum und nahm sie gleichzeitig nicht wahr. Ich wollte etwas sagen und brachte keinen Ton hervor. Zum einen, weil mir die Stimme weggeblieben war, zum anderen, weil ich völlig vergessen hatte, was ich sagen wollte. Wie im Traum, wenn du schreien oder etwas sagen willst, den Mund öffnest und es kommt nichts als heißeres Krächzen heraus.

Olga und Isabel, Winfried und die anderen um mich herum sahen aus, als würde ich sie mal durch ein umgekehrtes Fernrohr, mal durch das Froschauge einer Kamera betrachten. Ihre Gesichter waren schmal, verzerrt, ihre Nasen und Ohren riesengroß. Wie Monster sahen sie aus. Sie sperrten die Mäuler auf. Ich hatte Angst, sie würden mich verschlingen.

Schließlich stand ich auf, ging auf die Tanzfläche und mischte mich dort ins Gewühl. Um mich herum sah ich zuckende, sich verrenkende Gestalten, deren Bewegungen im flackernden Disco-Licht völlig abgehackt wirkten. Dazu die Technorhythmen. Panik schlug über mir zusammen und ich hatte nur noch einen Gedanken: Raus! Nichts wie raus hier, bevor ich ersticke. Ich schnappte meinen Rucksack, meine Jacke und rannte aus der Disco. Isabel und Olga, die auch auf der Tanzfläche abhotteten, kriegten es nicht mit.

Weg! Nichts wie weg. Irgendwohin, egal, wo. Nein, bloß nicht die U-Bahn nehmen. Nicht diese Treppen hinunter und in den finsteren Schlund hinein. Weiß man's, ob nicht der Zug auf Nimmerwiedersehen vom Tunnel verschluckt wird?

Kapuze über den Kopf, Rucksack aufgesetzt, Hände in die Jackentaschen. Straße hinunter. Mehr Stolpern als Gehen. Uhlandstraße, Lietzenburger Straße. Kenn' ich doch irgendwie. Aber woher?

Nach Hause.

Nach Hause? Wo ist das? Habe ich ein Zuhause? Weiter. Vorwärts. An einen Ort, an dem mich keiner kennt, an dem ich mich auflösen kann. Ins Nichts. In eine Welt jenseits von Raum und Zeit. Zwei Parallelen treffen sich im Unendlichen. Atze! Vielleicht treffe ich dich in der Unendlichkeit wieder.

Lichtblitze, Leuchtreklamen. Typen rempeln mich an. Ich remple zurück. Fratzen. Leere Mundhöhlen.

Autos, massenhaft Autos. Rote und weiße Schlangenlinien. Ampeln. Rot, gelb, grün. Grün, gelb, rot. Verdammt!

Wo bin ich überhaupt? Hollenzollernplatz? Hohenzollerndamm?

Weiter durch die Nacht. Ins Niemandsland. Schule? Abi? Studium? Kannst du knicken! Wenn du sowieso einmal von dieser Welt abtreten musst.

Keine Ahnung, wie lange ich schon durch die Nacht irre. Eine Stunde? Zwei Stunden? Eine Unendlichkeit? Spielt es eine Rolle? Spielt es irgendeine verdammte, verfluchte Rolle, ob ich nachts durch die Straßen Berlins stolpere? Ob ich zu einem Ziel komme? Ob ich atme, lebe? Existiere?

Straßentunnel. Stadtautobahn. Breitenbachplatz. Bin ich etwa doch auf dem Weg nach Hause? Was soll ich dort?

Doch die U-Bahn nehmen? Lohnt sich nicht für zwei Stationen. Außerdem fährt sie ja gar nicht mehr. Oder schon wieder? Ich habe keine Ahnung, wie spät es ist.

Die Gebäude hier kenne ich doch. Richtig, Vaters Uni. Kopfsteinpflaster, Kastanienbäume. Straßen mit Vogelnamen. Rotkehlchen, Zeisig, Nachtigall, Zaunkönig.

Zaunkönig? Scheint, als sei ich hier in der Gegend irgendwo zu Hause.

Alte Berliner Straßenlaternen. Mit dem Fuß dagegen treten. Dann gehen sie aus und brennen nicht mehr in der Nacht, sondern am Tag. Ha! Tut gut der Schmerz im Knöchel. Hoho! Ich kann die Nacht zum Tag machen und umgekehrt.

Fachwerkhaus mit Türmchen, hier wohnen doch die Morels, drüben das Haus der Gudjons. Ich habe wie ein Pferd den Weg in den Stall gefunden.

Aber mir ist schlecht! Verdammt schlecht ist mir und schwindlig obendrein. Muss mich an eine Kastanie lehnen. Der Magen dreht sich mir um. Ich kotze mir die Seele aus dem Leib. Kann nicht aufhören zu reihern und zu würgen.

Es dauert Ewigkeiten, bis sich die Welt um mich herum nicht mehr dreht und ich wieder zu Atem komme. Jetzt ist mir nur noch kalt. Verdammt, meine Zähne klappern. Wo ist bloß mein Hausschlüssel? Rucksack, Jackentaschen durchwühlen. Wenn nur meine Finger nicht so klamm wären. Das Gartentor, die Haustür.

Die verdammte Tür, warum geht sie verdammt nochmal nicht auf? Endlich.

Ich falle Mutter in die Arme, die im Bademantel die Treppe herunterkommt und aussieht, als hätte sie seit Stunden auf mich gewartet. Ich bin zu Hause, meine Reise durch die Nacht und das Nichts ist beendet.

Noch heute wundere ich mich, wie ich in jener Nacht, bekifft und neben der Spur, wie ich war, instinktiv den richtigen Weg gefunden habe. Wie Harry Potter, wenn er auf Trebe ist, in der Gegend herumstromert und plötzlich wieder bei Gudjons vor der Türe steht. Heimatinstinkt? Stallgeruch?

Waren alle total lieb zu mir, als ich vollgekotzt und bekifft zu Hause ankam. Mutter brachte mich, nachdem ich mich noch eine Weile an ihrer Schulter ausgeweint hatte, nach oben. Halb tragen musste sie mich. Vater, der ebenfalls nach unten kam, half ihr dabei. Ich bin den beiden heute noch dankbar dafür, dass sie nicht dumm rumlaberten und fragten.

Mutter bettete mich in ihrem Zimmer aufs Sofa, kochte mir Tee, füllte mir eine Wärmflasche. Ich kam mir vor wie ein kleines Kind. Total aufgehoben und beschützt.

Auch am nächsten Tag, einem Sonntag, waren alle unheimlich lieb zu mir. Olga und Isabel riefen an, als ich noch auf Mutters Sofa lag und vor mich hindämmerte. Sie hatten sich ziemliche Sorgen um mich gemacht, als ich plötzlich aus der Disco verschwunden war. Sie hatten mich gesucht und x-mal versucht, mich anzurufen. Zuerst auf dem Handy, dann auf meinem Telefon in meinem Zimmer. Schließlich hatten sie es über das Telefon meiner Eltern versucht.

Als ich mein Handy anmachte, war die Mailbox voll. Alle hatten sich Sorgen um mich gemacht. Es tat mir im Nachhinein leid, dass ich eine so rotzige Ansage darauf gesprochen hatte: „Ich bin nicht auf Sendung, wer aber trotzdem meint, mir eine Nachricht hinterlassen zu müssen: bitte nach dem Piep." Der totale Frust. Noch am selben Tag änderte ich den Text.

Sogar Olli tauchte auf. Wahrscheinlich hatten ihn meine Eltern angerufen. Er umarmte mich, gab mir Küsschen auf beide Wangen und strich mir übers Haar. Am Nachmittag rückte Vater mit dem Vorschlag heraus, er habe unheimlich Lust, mal wieder hinaus in den Spreewald zu fahren.

Das war natürlich eine faustdicke Lüge. Ich wusste genau, dass es ihn überhaupt nicht danach drängte, sich in das Touristengeschwader an der Spree zu stürzen, und er den Vorschlag nur mir zuliebe machte. Ich bin noch heute richtig gerührt darüber, wie sich alle um mich bemühten.

Zu viert fuhren wir zum kleinen Volk der Sorben an der Spree, ließen uns auf dem Kahn über die tausend Wasserwege schippern, die dort das Land durchziehen, tranken Kaffee und bestaunten die Einheimischen in ihren Trachten. Wir hatten einen sonnigen Spätherbsttag erwischt. Die Touristenströme hielten sich in Grenzen. Zum ersten Mal machte ich die Erfahrung, dass man traurig und glücklich zugleich sein kann. Dass man dunkle Wolken sieht und doch spürt, dass irgendwo die Sonne scheint.

Am nächsten Tag schrieb ich einen langen Brief an Atze: Wie schön es mit ihm gewesen sei, besonders unsere letzte gemeinsame Nacht an meinem Geburtstag.

Wie froh ich darüber sei, dass ich ihn kennengelernt habe. Dass er im Gegensatz zu anderen Original und keine Kopie gewesen sei und ich ihn deshalb so liebte. Dass ich ihn im Gedächtnis bewahren wolle: seine Art zu sein, zu leben und zu lieben. Dass ich von ihm gelernt habe, Dinge zu denken, auf die ich nie im Leben gekommen wäre.

Dann lieh ich mir Mutters Golf aus – vor meinem achtzehnten Geburtstag hatte ich den amerikanischen Fahrerschein, den ich in Buffalo in der Highschool erworben hatte, umschreiben lassen – und fuhr hinaus in Atzes Dorf, zu ihm auf den Friedhof. Ich stellte ihm eine Vase mit allerletzten Astern aus unserem Garten auf sein Grab und saß noch eine ganze Weile neben dem Holzkreuz, das ihm seine Bauwagen-Freunde aufgestellt hatten und auf dem nur „Atze" stand. In der Birke über mir pfiff eine vom Sommer übrig gebliebene Amsel. Sonst war es völlig ruhig in dem kleinen Park hinter der Backsteinkirche. Nur die Glockenschläge der Turmuhr waren hin und wieder zu hören.

Schön, dass er eine Birke über sich hatte.

Ein bisschen war es jetzt tatsächlich wie bei Oma Lisa und ihrem Flieder: Meine Lebensgeister machten sich wieder bemerkbar. Anscheinend hatte ich nachts unter der Kastanie nicht nur meinen Mageninhalt, sondern meinen ganzen in sämtlichen Körperhöhlen und Seelentiefen eingekapselten Schmerz ausgekotzt. Mein Horrortrip, so dusselig er war, hat nachträglich einen Sinn ergeben und mich aus der Erstarrung gelöst.

8

Logisch, dass nicht alles Friede, Freude, Eierkuchen war von jetzt auf gleich. Logisch, dass Phantomschmerzen blieben. Wie bei Menschen, denen man ein Bein, einen Arm oder einen Finger amputiert hat und die lange noch ihre abgeschnittenen Gliedmaßen spüren, besonders den Schmerz darin. Das musste ich aushalten. Das wollte ich aushalten. Schließlich war Atze ein Teil von mir gewesen.

Aber wenigstens waren meine inneren Organe wieder in Ordnung: Nieren, Galle, Magen, Herz, Gedärm befanden sich wieder dort, wo sie von Natur aus hingehörten. Ich hatte in meiner Horrornacht nicht nur meinen Frust, sondern mit meinem Mageninhalt auch meinen Zorn von mir gegeben. Denn, ja, zornig war ich auch: Mistkerl, elender! Was musste Atze mitten in der Nacht überhitzt, wie er wahrscheinlich war, im See schwimmen? Warum hatte er nicht auf mich gewartet? Zwei Tage später wäre ich bei ihm gewesen.

Etwas Merkwürdiges geschah nach dem verunglückten Discobesuch: Atze kam zu mir zurück, so eigenartig es klingen mag. Natürlich nicht als Mensch aus Fleisch und Blut, den du anfassen, mit dem du schmusen, mit dem du schlafen kannst.

Dennoch spürte ich ihn um mich herum. Er war in den Kastanien im Zaunkönigweg, er saß auf dem Gepäckträger meines Fahrrades, wenn ich zur Schule fuhr, wünschte mir gute Nacht, wenn ich mich schlafen legte.

Ich sprach mit ihm, er antwortete mir. Ich hörte seine Stimme, wenn mir mal wieder mies zumute war: „Prinzessin, ist alles gut!"

Den Neuanfang wollte ich auch äußerlich sichtbar machen: Ich ließ mir die Haare zu einer kurzen Zottel-Wuschelfrisur schneiden und karminrot färben. Nachdem die Friseurin mir die Färbe-Pampe vom Kopf gewaschen und das Haar geföhnt hatte, blickte mir aus dem Spiegel eine Hanna entgegen, die ich selbst kaum wiedererkannte: frisch, lebenslustig, frech.

Auf dem Heimweg kam mir Herr Morel entgegen. Ich grüßte ihn. Der Professor blickte mich verwirrt an, zog seinen Hut und stotterte etwas wie einen Gruß vor sich hin. Offenbar hatte er mich nicht erkannt.

„Wie Pumuckl, steht dir gut", sagte Mutter. Auch Vater schien ausnahmsweise mal zufrieden.

Mein Eremitendasein im Baumhaus gab ich auf, langsam wurde es zu ungemütlich dort oben. Schade, dass ich Harry Potter im Stich lassen musste. Wie oft hatte er mir in diesen Wochen Gesellschaft geleistet, mich gewärmt, mit der Pfote übers Gesicht gestrichen.

Es tat mir in der Seele leid, wenn er mich jetzt, wenn ich nach Hause kam, vor der Tür erwartete, mich mit großen runden Augen vorwurfsvoll anschaute und ärgerlich miaute. Heimlich nahm ich ihn mit auf mein Zimmer. Doch als mich Mutter mit dem Kater auf dem Arm im Treppenhaus erwischte, wurde sie giftig. Sie dulde keine Katzen im Haus, das könne sie bei ihren Allergien gegen „Viehzeug" aller Art nicht vertragen. Sie nieste und schniefte demonstrativ, um zu zeigen, dass sie in diesem Punkt keine Gnade kenne.

Der Herbst schlug unbarmherzig zu. Die Kastanien in unserer Straße wurden kahl. Ihre abgefallenen Blätter vollführten, vom Wind getrieben, einen irren Aufruhr auf dem Kopfsteinpflaster. An manchen Tagen war die Welt morgens mit Raureif bedeckt, Nebel inbegriffen. Zum Fahrradfahren zog ich Mütze und Handschuhe an. Es war ungemütlich, ich war lieber drinnen als draußen.

„Wohl dem, der jetzt noch Heimat hat!", noch so eine Zeile aus Opas Gedichte-Kollektion. Friedrich Nietzsche. Ich murmelte die Zeilen vor mich hin, wenn ich, wie oft in diesen Tagen, durchs abgefallene Laub schlurfte und melancholischen Gedanken nachhing.

Vergänglichkeit, Abschied, Einsamkeit, Tod, Heimatlosigkeit.

Es war nicht das erste Mal, dass ich über „Heimat" nachdachte. Im Sommer hatten Olga, Isabel und ich gemeinsam diesen altmodischen, jetzt aber wieder in Mode gekommenen Begriff von allen Seiten beleuchtet, „Fächer übergreifend" interpretiert, erörtert und unsere Ergebnisse samt Powerpoint und Thesenpapier vor einer Prüfungskommission dargelegt. „Präsentation" nennt man dieses als Teil des Abiturs geltende Pipapo.

Viel Intellektuelles und Philosophisches war zur Sprache gekommen: von der Heimat als „verlässlichem und ungefährdeten Zuhause im Kleinsten, das einen auch im Großen furchtlos werden lässt" (Ernst Bloch), „Winkel vielfältiger Geborgenheit" (Siegfried Lenz), „etwas, das man haben muss, um es nicht nötig zu haben" (Jean Améry), „Gefühl eines sicheren Aufgehobenseins in der Welt" (Sigmund Freud).

Damals graue Theorie, jetzt eine Frage der Existenz. Wo war mein „Winkel vielfältiger Geborgenheit", wo mein „verlässliches und ungefährdetes Zuhause im Kleinen"?

„Weh dem, der keine Heimat hat" heißt es bei Nietzsche. Wie wahr! Oma Lisa hat es hautnah erlebt. Andere Verwandte auch: Meine Großeltern, sowohl mütterlicher- als auch väterlicherseits, haben ihre Heimat „verloren": Die Czichowskis mussten Schlesien und Breslau verlassen, Mutters Eltern aus Ostpreußen flüchten. Das Heimat-Fundament meiner Sippe ist also mehr als wacklig. Ich gehöre einer Familie der Heimatlosen, Heimatvertriebenen, Heimatsuchenden an.

Schlimmer noch: Außer den Angehörigen meiner bayerischen Oma wurde keiner meiner Urgroßväter und Urgroßmütter in ein ordentliches Grab auf einem ordentlichen Friedhof gelegt. Sie gingen sang- und klanglos auf der Welt verloren. Keine Feier, kein Abschied, kein Ort zum Trauern.

Oma Lisas Vater ist als Soldat im Krieg in Stalingrad „geblieben", offiziell gilt er als „vermisst", so wurde mir erzählt. Wahrscheinlich wurde er bei dem furchtbaren „Häuserkampf" in der Stadt, wie er in alten Schwarzweißfilmen zu sehen ist, getötet und von Trümmern begraben. Seine Frau, meine Urgroßmutter, war krank, hatte hohes Fieber, als sich die Menschen aus Pilonaiken auf die Flucht begeben mussten. Sie wurde auf einen der Pferdewagen des Trecks gebettet, zwei Tage später ist sie gestorben. In eine Decke gehüllt wurde sie in Eis und Schnee am Wegesrand zurückgelassen, Oma Lisa und die anderen Pilonaiker haben ein Gebet für sie gesprochen, dann mussten sie weiterziehen. Mir trieb es jedes Mal Tränen in die Augen, wenn Oma Lisa davon erzählte. Mit fünfzehn Jahren war sie Vollwaise geworden.

Opa Czichowskis Eltern sind nicht auf die Flucht gegangen. Sie sind in Breslau geblieben. Aus Angst vor den Russen hat Opas Vater, ein Gerichtspräsident, erst seine Frau, dann sich selbst erschossen. Was mit ihren Leichnamen geschah, ist nicht bekannt. Vielleicht haben Nachbarn sie im Garten oder auf einer Wiese verscharrt? Oder sie wurden irgendwo hingekarrt, abgelegt und liegengelassen? Ich sog solche Geschichten, wenn sie erzählt wurden, gierig in mich auf. Sie hatten mit mir und meinem Seelenleben zu tun, das spürte ich.

Auch die Eltern meines anderen Opas, Oma Lisas Mann, sind aus der Welt gefallen, ohne Spuren zu hinterlassen. Sie wurden vom Einmarsch der Russen in der Nähe von Königsberg überrascht und konnten nicht mehr auf die Flucht gehen. Oma Lisas Mann hat bei seinen Nachforschungen einige Hinweise auf ihren Verbleib bekommen. Die waren so widersprüchlich, dass mit ihnen nichts anzufangen war.

Einige berichteten, die alten Leute seien in ihrem Haus gleich nach Ankunft der Russen von diesen erschossen worden. Andere wollten sie in einem Transport von Kriegsgefangenen Richtung Osten gesehen haben. Eine Frau schwor Stein und Bein, die Frau habe überlebt und mit ihr im selben Zug gesessen, in dem sie einige Monate nach Kriegsende von den Russen in den Westen abgeschoben worden war. Eine Familie erzählte, sie habe den alten Mann im Winter nach Kriegsende auf der Chaussee Richtung Königsberg getroffen: völlig abgemagert und verwirrt.

Geflüchtet, vertrieben, verschollen, vom Erdboden verschluckt, die Leichname an unbekanntem Ort vermodert. Aus der Welt gefallen. Hammerhart, welche Familiengeschichten mir mit meinen Genen vererbt worden waren. Ich sehe meine geflüchteten, vertriebenen Vorfahren in einem langen Zug vor mir: eingehüllt in Lumpen, die letzten Habseligkeiten eng an sich gepresst, die Gesichter eingefallen, von Angst gezeichnet, blass auf dem langen Weg von Ost nach West ziehen. „Weh dem, der keine Heimat hat."

Oma Lisa hat den Verlust ihrer Heimat Ostpreußen besser verkraftet als Opa Czichowski den seines geliebten Schlesiens und seiner Heimatstadt Breslau. Er schloss sich nach dem Krieg einer Gruppe von „Heimatlosen und Entrechteten an" und forderte, Polen müsse die „widerrechtlich angeeigneten Ostgebiete" an die Deutschen zurückgeben. Vater schüttelt sich heute noch vor Widerwillen, wenn er die Jugendtreffen dieser „Heimatlosen und Entrechteten" schildert, an denen er teilnehmen musste: „Volkstanz, Ringelpiez, markige Sprüche und Trallala."

Anders als Opa Czichowski setzte Oma Lisa auf Versöhnung: Sie besuchte ihr ehemaliges Dorf und knüpfte Kontakte zu den heutigen Bewohnern ihres Elternhauses.

Gemeinsam mit ihr fuhren auch wir – Mutter, Vater und ich – vor vier Jahren nach Pilonaiken, das heute Palichnowy heißt und in Polen liegt. Olli war nicht mit dabei, er hatte anderes vor.

Aus Erzählungen kannten wir das „Land der dunklen Wälder und kristall 'nen Seen", wie es im „Ostpreußenlied" besungen wird: Sandwege, Störche, Rapsfelder, Backsteinhäuser.

Bei unserer Ankunft präsentierte sich die Gegend genau so, wie ich es mir vorgestellt hatte.

Blühende Bäume, Flieder, Maigrün. Die berühmten Rapsfelder, baumbestandene Alleen, Seen, der blaue Himmel. Störche brüteten auf Strommasten, Dächern, Kirchtürmen. Einer marschierte vor uns in aller Gemütsruhe über die Straße. Mutter konnte gerade noch rechtzeitig bremsen.

Dann unser Einzug in Pilonaiken/Palichnowy.

Oma Lisa hatte uns bei den Leuten angemeldet, die heute in ihrem Geburtshaus wohnen. Ganz still war es im Auto. Es war Pfingsten. Oma Lisa saß neben mir auf der Rückbank. Normalerweise ist sie sehr beherrscht und lässt sich ihre Gefühle nicht anmerken. Als ich sie jetzt von der Seite betrachtete, entdeckte ich in ihrem Gesicht eine Mischung aus Freude, Aufregung, Wehmut. Ein paar Tränen kullerten ihr über die Wangen.

Die Buchen an den Straßenrändern mit ihrem frischen Grün waren so alt, dass sie bestimmt viele Generationen von Pilonaikern und Palichnowyern an sich vorüberziehen sahen. Auch den Treck, mit dem die Deutschen im eiskalten Winter aus dem Dorf hinauszogen.

Auf Kopfsteinpflaster fuhren wir in den Ort hinein. Hier der Marktplatz, eine Kneipe, der frühere Dorfkrug. Mitten auf dem Platz eine blaue Handpumpe. Vor der Kirche, in der Oma Lisa getauft und konfirmiert worden war, standen Mädchen in langen weißen Kleidern, Jungs in feschen Anzügen, alle mit großen Kerzen in der Hand. Kommunionkinder, wie mir schien. Ach ja, Omas Konfirmationskirche war ja heute katholisch.

Dann hielten wir vor Oma Lisas Elternhaus, der ehemaligen Dorfschule von Pilonaiken, in der sie gewohnt hatte. Hier war mein Urgroßvater Lehrer gewesen. Hier hatte er seinen Schülern Lesen und Schreiben beigebracht. Mit ihnen gesungen, Theater gespielt. Im Garten hatte er Bienen gezüchtet. Bis er als Soldat in den Krieg musste und sich seine Spur in Stalingrad verlor. Hier hatte Oma Lisa als knapp Fünfzehnjährige in den Monaten vor der Flucht, als die letzte Hilfslehrerin den Ort verlassen hatte, die Kinder unterrichtet. Ihren Traum, Lehrerin zu werden, musste sie nach der Flucht begraben.

Ein schmuckes Haus: Backstein, ein hoher Giebel in der Mitte, zwei Seitenflügel. Die Fensterrahmen weiß gestrichen, das Dach frisch gedeckt. Eine Linde und Fliederbüsche davor. Vom Auto aus betrachtete ich die Szenerie, die mir vertraut schien, als sei ich schon einmal hier gewesen.

Plötzlich passierte Merkwürdiges: Ich sah die Schule vor mir, wie sie damals ausgesehen haben musste, kurz bevor die Pilonaiker auf die Flucht gingen. Etwas unscharf, vergilbt, wie auf einer alten Fotografie: Der Schnee türmt sich bis zu den Fenstern des Erdgeschosses hinauf. Ich sehe Oma Lisa mit langen Zöpfen, traurigen, verzweifelten Augen vor dem Haus stehen, einen Rucksack auf dem Rücken, Stiefeln an den Füßen, eingepackt in Mantel, Mütze, Schal, lange Hosen. Gemeinsam mit Nachbarn bettet sie ihre kranke Mutter auf einen Leiterwagen, der Treck setzt sich langsam in Bewegung.

Für ein paar Momente verschmelzen Gegenwart und Vergangenheit ineinander, ein Bild schiebt sich über das andere: Bin ich es, die da steht? Ist es Oma Lisa?

Plötzlich wurde das, was ich vor mir sah, wieder hell, nach und nach floss Farbe in die alte Ansicht hinein: Die Linde neben der Eingangstür wurde grün, der Fliederbusch setzte lila Blüten auf, das Haus mit dem Giebel und der großen Eingangstür in der Mitte bekam seine rotbraune, der Himmel seine blaue Farbe zurück.

Die Tür öffnete sich. Eine kräftige Frau mit blond gefärbten Haaren stürzte heraus, breitete die Arme aus.

Umarmte Oma Lisa, die als Erste aus dem Auto gestiegen war. Beide weinten.

Die Frau, die Oma Lisa so herzlich begrüßte, war Grazyna Owczarek, die jetzt in dem ehemaligen Schulhaus wohnte. Dass die beiden Freundinnen geworden waren, glich einem Wunder. Grund genug, einander zu hassen, hätten beide gehabt.

Grazyna Owczarek, die ein paar Jahre älter war als Oma Lisa, war von den Deutschen im Krieg zur Zwangsarbeit nach Deutschland verschleppt worden. In der Lüneburger Heide musste sie bei Bauern arbeiten. Gut habe sie es da gehabt, versicherte sie uns, „sehr gut sogar". Vielleicht stimmte es. Vielleicht auch nicht und sie wollte uns nur einen Gefallen tun mit ihrer Aussage. Ein Zuckerschlecken war es für sie bestimmt nicht gewesen.

Oma Lisa muss es schwer ums Herz gewesen sein, als sie vor zwanzig Jahren zum ersten Mal mit einer Reisegruppe in die alte Heimat zurückgekehrt war. Sie war an dem Haus vorübergegangen, in dem sie aufgewachsen war. Eine Frau, es war Grazyna Owczarek, die im Garten herumwerkelte, betrachtete sie misstrauisch. Was will die Fremde? Will sie uns unser Haus wegnehmen? Oma Lisa, die von früher her ein wenig Polnisch konnte und ihre Kenntnisse in der Volkshochschule aufgefrischt hatte, wagte einen Gruß: „Dzien dobry – Guten Tag" und erklärte der fremden Frau, die später ihre Freundin werden sollte, dass sie früher einmal hier gelebt habe und nur ein wenig schauen wolle. „Przebraszam, pani, Entschuldigung, meine Dame, lassen Sie sich bitte nicht stören."

Gut vorstellbar, dass Frau Owczareks Herz überfloss, als sie Oma Lisa einsam und verlassen vor ihrem Haus stehen sah. Sie bat sie herein, bewirtete sie mit Speis und Trank, wie es bei Polen üblich ist. Die Unterhaltung wurde in einem Mischmasch aus Deutsch und Polnisch geführt. Grazyna Owczarek beherrschte von ihrem Zwangsaufenthalt in der Lüneburger Heide her noch ein paar Brocken der fremden Sprache.

Oma Lisa erfuhr, was im Dorf vorgegangen war, nachdem die Pilonaiker es verlassen hatten: Das Gutshaus, in dem sie mit dem „jungen Grafen" im letzten Herbst vor Kriegsende Erntefest gefeiert hatte, hatten die Russen in Brand gesteckt, die übrigen Häuser des Dorfes seien geplündert worden.

Die Owczareks waren nicht freiwillig nach Ostpreußen gekommen. Sie stammten aus Ostpolen, das von den Russen besetzt worden war und heute zur Ukraine gehört. Von dort hatten sie die Russen vertrieben und in Pilonaiken „zwangsangesiedelt". Heute leben sie mit ihrer Tochter, deren Mann und drei Kindern in dem Backsteinhaus. In den beiden ehemaligen Klassenzimmern der Schule im Erdgeschoss hat sich der Schwiegersohn eine Elektronikwerkstatt eingerichtet.

Es kam mir vor, als sei ich mit Oma Lisa ein wenig in meine eigene Vergangenheit zurückgekehrt: Oma Lisas ehemaliges Zimmer, eine Dachkammer, war es nicht ein wenig wie mein Domizil zu Hause? Die Wohnstube mit den Fenstergauben, dem Kachelofen mit der Sitzbank drumherum, hatte ich hier nicht schon einmal gesessen? An kalten Winterabenden mit den Pilonaikern bei „Vertellches", Handarbeiten, Gesang und dem einen oder anderen „Schlubberche" aus selbst angesetztem Eierlikör zusammengesessen? Lag es an Oma Lisas Schilderungen? Oder an einem Déjà-vu? Vererbten Erinnerungen? Komme mir keiner und behaupte, so etwas gäbe es nicht.

Logisch, dass die Tränen flossen, als wir nach einer gefühlten Ewigkeit – tatsächlich waren es nur fünf Tage – wieder Abschied nehmen mussten. Die Gastfreundschaft der Owczareks war überwältigend. Unglaublich, was wir aufgetischt bekamen: Kluski, Bigosz, Hähnchen, Piroggi. „Von der Fürsorge können wir Deutsche uns eine Scheibe abschneiden", sagte Vater, als wir den Zurückgebliebenen zum Abschied zuwinkten.

Unser anderer Besuch in einer „alten Heimat", die Fahrt mit Opa und der gesamten Czichowski-Sippe nach Breslau, dem heutigen Wrocław, war weit weniger erfreulich. Unterschiedlicher als das Wiedersehen mit Oma Lisas Dorf hätte diese Begegnung nicht sein können.

Peinlich, peinlich! Wenn ich jemals wieder in die Gegend kommen sollte, werde ich den Ort weiträumig umfahren.

Urheber der Aktion war Vaters Bruder Adi gewesen. Richtig Lust zu dem Familienausflug hatte außer ihm keiner, mitgemacht haben alle.

Fünfzehn Czichowskis in vier Autos: Opa, Oma, Adi mit Frau in einem, die drei Adi-Kinder in einem zweiten, von Vetter Florian gelenkten, Wiltrud, Ehemann Schorsch und ihre beiden Söhnen im dritten und wir vier aus Berlin in einem vierten, so fielen wir in Opas Straße in Breslau ein, die früher einmal Heinrich Himmler gewidmet war, heute eine polnische „ulica" war.

Laut palavernd nahm die Meute Aufstellung auf der Straßenseite gegenüber von Opas ehemaligem Haus. Für die wenigen Passanten, die an dem Sonntagmorgen unterwegs waren, müssen wir ziemlich durchgeknallt gewirkt haben. Für die Anwohner, die uns ganz bestimmt von ihren Häusern aus beobachteten, ebenso.

Unglaublich! Die Straße sah fast aus wie unser Zaunkönigweg in Berlin: Pflasterstein, Kastanien, Kandelaber, Einzelhäuser. Etwas renovierungsbedürftig vielleicht. Aber in ihrer Bauweise fast wie die Villen bei uns. Erstaunlich, dass im sonst fast völlig zerstörten Breslau diese Straße am Rande der Stadt erhalten geblieben war.

Auch das ehemalige Czichowski-Haus sah aus wie unseres in Berlin: die gleiche Größe, der gleiche Zuschnitt. Nur, dass der runde Erker, der bei uns die Mitte des Hauses ziert und vom Erdgeschoss bis zum zweiten Stockwerk reicht, hier an der linken Hausecke platziert war und die Eingangstür vorne lag.

Unerklärlich, die Übereinstimmung. Vater, der erst etliche Jahre nach der Flucht in Ulm geboren wurde, sah das Haus heute zum ersten Mal. Fotos gab es nicht. Kann es sein, dass Erinnerungen, sogar Bilder vererbt werden? Vater die Architektur des Großvaterhauses in sich trug und unbewusst eine Kopie davon suchte?

Begeistert sah er allerdings nicht aus, als er an jenem Morgen auf das ehemalige Anwesen seiner Großeltern starrte. Noch weniger begeistert wirkte Opa: Starr, steinern, weiß im Gesicht, so stand er da. Derweil laberte Adi in seinem gutturalen Schwäbisch, das er sich in der „neuen Heimat" zugelegt hat, auf uns ein. Er war, als er mit Wiltrud und seiner Mutter die Stadt verließ – Opa war damals irgendwo anders im Osten „eingesetzt" – sechs Jahre alt und gab jetzt seine Erinnerungen preis.

Auf der Teppichstange im Garten – „unglaublich, dass sie noch existiert" – habe er als Dreikäsehoch einen Abgang gemacht und sich eine dicke Schramme auf der Stirn eingehandelt. „Daneben hat unsere Kinderschaukel gestanden, weißt du noch, Willein?" Wusste sie nicht: „Ich war doch noch nicht einmal vier Jahre alt."

Adi schlug vor, hinüberzugehen und zu klingeln. „Die lassen uns sicher rein, müssen wir eben bisschen was springen lassen", meinte er und rieb Daumen und Mittelfinger seiner Rechten in Geldzählmanier.

Doch Opa machte ihm einen Strich durch die Rechnung. Mit verkrampftem Gesicht wandte er sich ab und ging, ohne ein Wort zu sagen, alleine zum Auto zurück: gebeugt, schwer auf seinen Stock gestützt, mühsam Fuß vor Fuß setzend, obwohl er damals körperlich noch gut beisammen war.

Uns anderen blieb nichts anderes übrig, als ihm zu folgen und uns ebenfalls zu den Autos zu begeben. Beim Zurückschauen bemerkte ich, wie eine Frau die Gardine hinter einem Fenster im Erdgeschoss zur Seite schob und uns beobachtete.

„Herrgott, das hätte sich der Alte eher überlegen können, Affentheater, elendes", schimpfte Vater, als wir im Auto saßen.

Ich konnte Opas Reaktion verstehen. Die Erinnerung an das Haus seiner Kindheit und Jugendzeit, in dem er auch die ersten Jahre seiner Ehe und seines Familienlebens verbrachte, musste für ihn traurig gewesen sein: Hier hatte er als Kind gespielt, sich als Gymnasiast auf sein Abitur vorbereitet, hier hatte er mit seiner eigenen Familie gelebt und hier hatten sich seine Eltern aus Angst vor den Russen umgebracht.

Wenn man wollte, könnte man die Reihe der aus der Welt gefallenen Verwandten fortsetzen: Mutters beide Halbbrüder Eberhard und Hermann, die gemeinsam mit ihrer Mutter auf der „Wilhelm Gustloff" über die Ostsee fliehen wollten, sind ertrunken, ihre Körper auf dem Meeresgrund verwest. Spurlos aus der Welt gefallen auch sie. Einziger Beweis, dass es sie je gegeben hat, ist ein zerknittertes Foto, auf dem zwei Jungs mit glatten Haaren – der eine den Scheitel links, der andere rechts – in kurzen Hosen und Kniestrümpfen zu sehen sind. Eberhard, der Ältere, vielleicht sechs, sieben Jahre alt, ein wenig größer als sein jüngerer Bruder. In den Händen halten sie Stöcke, im Vordergrund sind Gänse zu sehen. Mutter, die eigentlich wenig sentimental ist, hat die Fotografie, die ihr Vater über Krieg und Gefangenschaft hinweggerettet hat, gerahmt und in ihrem Zimmer aufgehängt. Aus Respekt vor den beiden Jungs vielleicht? Um ihnen ein Andenken zu bewahren?

Ihr muss beim Betrachten des Fotos zwiespältig zumute sein. Denn, so absurd es klingt: Hätten die beiden überlebt, wären sie nie Mutters Halbbrüder geworden. Ihr Vater hätte Oma Lisa nicht geheiratet, Mutter wäre nicht geboren worden, Olli und mich gäbe es auch nicht.

Absurd hoch drei! Wir verdanken unsere Existenz dem Tod zweier Kinder und deren Mutter. Gruselig, total gruselig. Meine Existenz basiert auf der zerstörten Existenz anderer, ich fasse es nicht!

So viele verschollene, verschüttete, ertrunkene Angehörige! „Wohl dem, der jetzt noch Heimat hat!"

9

Atzes Grab ist ein guter Ort zum Trauern. Das schlichte Holzkreuz mit seinem Namen drauf ist wie eine letzte Botschaft an mich: Ich bin nicht ganz weg, ein Teil von mir ist bei dir. Kopf hoch, Prinzessin!

Bis in den Spätherbst hinein blühten Astern um das Kreuz herum. Nach dem ersten Frost deckten Atzes Freunde und ich die Erde mit Tannenzweigen ab. In der Woche vor dem ersten Advent buddelte ich eine Christrose zwischen die Zweige. Bis Weihnachten, hoffte ich, würde sie aufblühen.

Wie immer hockte ich mich noch eine Weile im Schneidersitz unter die Birke, deren Zweige jetzt kahl waren. Das nasskalte Wetter störte mich nicht. November eben. Der Himmel war verhangen. In den Nieselregen mischten sich ein paar Schneeflocken. Ein schönes Bild: der Dorffriedhof, die Feldsteinkirche, wie von Puderzucker bestäubt.

Am Sonntag darauf, dem ersten Advent, tauchte plötzlich Olli bei uns auf, wir hatten uns gerade zum Kaffeetrinken – ausnahmsweise im Wohnzimmer – niedergelassen. Er war nicht alleine gekommen, ein zierliches Wesen begleitete ihn: eine Vietnamesin, die er uns als eine Studentin namens Thu vorstellte. Nicht zu übersehen, dass die beiden ein Paar waren, bei all dem Händchenhalten und Armumlegen.

Sympathisches Mädel, ohne Zweifel, diese Thu: freundlich, hübsch, feines Benehmen, besonders meinen Eltern und Oma Lisa gegenüber. Studium der Betriebswirtschaftslehre an der Humboldt-Uni, Vater ein hohes Tier an der Börse in New York. Gerne hätte ich mich für meinen Bruder gefreut. Stattdessen sank meine Laune schlagartig unter den Nullpunkt angesichts dieser zur Schau getragenen Verliebtheit. Frechheit sondergleichen! Wie konnten sie mir das antun? Mich meine Einsamkeit so spüren zu lassen! Ach Atze, warum hast du mich alleine gelassen?

Meinetwegen hätten sich die beiden ganz schnell wieder vom Acker machen können. Aber nein, sie dachten nicht daran. Saßen da, als hätten sie Wurzeln geschlagen, bekamen glänzende Augen angesichts der ersten brennenden Kerze auf dem Adventskranz und ließen sich Oma Lisas ostpreußischen Honigkuchen schmecken.

Als ob das nicht genug gewesen wäre, setzten sie noch eins drauf: Weihnachten würden sie zusammen bei Thus Familie in New York feiern. Neujahr ebenfalls.

Wie bitte? Ich hab' mich wohl verhört? Weihnachten nicht zu Hause sein? Olli, das geht gar nicht, das hat es noch nie gegeben! An Heiligabend gehört die Familie zusammen, so haben wir es immer gehalten, so soll es bleiben. Du kannst uns, du kannst mich jetzt nicht alleine lassen.

Ich glaube, Mutter las mir meinen Seelenzustand vom Gesicht ab. Ihr mitfühlender Blick, mit dem sie mich betrachtete, sprach Bände.

Bevor meine Enttäuschung allzu offensichtlich wurde, mir gar die Tränen kämen, wofür ich in diesem Moment nicht garantieren konnte, stand ich auf und verzog mich mit der Ausrede, ich hätte dringend etwas für die Schule zu tun, in mein Zimmer.

Welch trostloser Auftakt in die Weihnachtszeit! Nicht nur, dass Olli ohne vorherige Absprache mit uns aus der Familientradition ausbrach. Auch sonst war in mir und um mich herum wenig von Adventsstimmung zu merken. Der leichte Schneefall in der vorigen Woche hatte falsche Hoffnungen geweckt auf eine idyllische Winterlandschaft. Seit zwei Tagen regnete es ohne Unterbrechung. Vater hatte sich geweigert, die Lichterkette, die sonst Jahr für Jahr unsere Tanne zur Straße hin schmückte, in den Ästen zu drapieren. „Bin ich denn blöd, bei dem Pisswetter, mir den Hals zu brechen!" Auch mir verbot er, an seiner Stelle in den Baum zu steigen. „Das fehlte noch, dass du im Krankenhaus landest, wir kommen auch ohne den Klimbim über die Feiertage."

Als Vorbote für das Fest blieb nur der rote vielzackige und beleuchtete Stern, der im Fenster von Herrn Morels Arbeitszimmer hing und zu mir herüber leuchtete.

Von meinem Ausguck in der „Fledermausgaube", so die architektonisch korrekte Bezeichnung für mein Refugium, konnte ich den ehemaligen Theologieprofessor an seinem Schreibtisch sitzen sehen. Keine Ahnung, warum er stundenlang dort herumhockte. Vor sich dicke Schmöker. Fromme Literatur, wie ich annahm. Martin Luther? Bonhoeffer? Käßmann?

Gerne wäre ich jetzt zu ihm hinübergegangen und hätte ihn zur Rede gestellt, ihn dieses und jenes gefragt: über seinen Gott, der alles so herrlich regieret und einen angeblich nie alleine lässt. Dabei zulässt, dass ein junger Mensch im See ertrinkt. Aber mir fehlte der Mut dazu.

Oder befürchtete ich, dass der gute Mann mir keine Antworten liefern konnte? Dass er sich seiner Sache selbst nicht sicher war? Nicht an das glaubte, was er in Tausenden von Vorlesungen, Schriften, Predigten von sich gegeben hat?

Ich wette, du glaubst selbst nicht daran, Morel. Gut vorstellbar, dass die Suche nach deinem Gott nicht von Erfolg gekrönt ist, sonst würdest du nicht dauernd in Büchern blättern und unentwegt Papier vollkritzeln, sogar am ersten Adventssonntag. Wahrscheinlich glaubst du selbst nicht an ein Leben nach dem Tod, was für dich von Berufs wegen obligatorisch wäre.

Logisch, dass du nicht daran glaubst. Sonst wärst du nämlich mal zu mir herübergekommen, als Atze gestorben ist. Hättest mich getröstet, mir etwas von deinem lieben Gott und der Hoffnung erzählt, dass nach dem Tod alles weitergeht. Das wäre deine Christenpflicht gewesen, aber wirklich!

Oder hast du etwa gar nicht mitbekommen, was mir widerfahren ist? Bist du so unaufmerksam, dass dir entgangen ist, dass Atze nicht mehr bei mir auftaucht? Hast womöglich nicht einmal gepeilt, dass es ihn je gegeben hat? Dass er in der Nacht zu meinem Geburtstag Steinchen an mein Fenster geworfen hat?

Schöner Nachbar bist du, der so wenig Anteil an seinem Gegenüber nimmt. Interessiert es dich gar nicht, was außerhalb deines Arbeitszimmers passiert?

Eigentlich konnte man ihn bedauern, wie er so dasaß. Man muss sich das vorstellen: Der arme Kerl steht dauernd in der Pflicht, Hoffnung ausstrahlen zu müssen, so zu tun, als sei er von der Existenz Gottes überzeugt. Er muss vorgeben, er könne dem Leben einen Sinn abgewinnen, selbst dann, wenn Menschen aus der Welt fallen, ohne dass ein Hahn nach ihnen kräht. Oder wenn Menschen auf der Flucht sind, vertrieben werden, im Eis einbrechen, im Meer ertrinken, durch Bomben getötet werden.

Morel, du hättest dir längst einen ruhigen Lenz machen können. Musst du es unbedingt Opa gleichtun? Auch der hat bis kurz vor seinem Ende in Büchern gelesen, sich Weisheiten abgerungen, Rilke, Goethe, Marc Aurel, Cäsar und andere längst Verblichene zitiert und komplizierte Reden gehalten. Er hätte besser sein Leben gemütlich ausklingen lassen und die Gestalten der Vergangenheit vergessen sollen.

War es nicht überhaupt Opa, der da drüben am Schreibtisch saß und mit seinem Füllhalter Zeile um Zeile aufs Papier brachte? Die gleiche hagere Gestalt, das gleiche markante Profil, die Haare, die ihm in die Stirn fielen. Ich beugte mich ein Stück vor, um besser sehen zu können, und drückte die Nase an der Fensterscheibe platt.

In diesem Moment schaute der alte Mann auf und blickte haargenau in meine Richtung. Hatte er mich etwa gesehen? Himmelherrgott noch mal! Vor Schreck ließ ich mich blitzschnell von meiner Fensterbank fallen. So weit kommt es noch, dass Herr Morel mich für eine Spannerin hält. Dabei gibt es bei ihm doch absolut nichts zu spannen.

Weihnachten wurde genau so beschissen, wie ich befürchtet hatte.

Das lag nicht alleine an Ollis Abwesenheit, auch sonst standen die Zeichen eher auf Frust als auf fröhliche Weihnacht. Das Wetter war viel zu nass und zu warm für die Jahreszeit. Heiligabend dann Stress hoch drei. Vater fluchte, weil die teure Nordmanntanne, die er gekauft hatte, zuerst viel zu lang für unser Wohnzimmer war und, nachdem er sie unten abgesägt hatte, total ausgedünnt und mickrig aussah. Zwei Stunden lang bastelte er an dem Stamm herum, bohrte Löcher, steckte Zweige hinein, die er zuvor der Resttanne abgezwackt hatte, bis der Baum die Fülle bot, die ihm angesichts der hohen Kosten angemessen erschien.

Beim Thema „Gottesdienstbesuch, ja oder nein?" dann das gleiche Theater wie in jedem Jahr. Vormittags tönte Vater noch herum: „Ich gehe das ganze Jahr über nicht in die Kirche, warum sollte ich es ausgerechnet Heiligabend tun? Wenn ihr hingehen wollt, bitte schön, aber ohne mich."

Kurz nach Mittag änderte er seine Meinung und verkündete, er wolle Oma Lisa, Mutter und mich doch zur Christvesper begleiten. „Um des lieben Friedens willen." Dabei hatte ihn kein Mensch dazu gedrängt. Kurz bevor wir los wollten, verschwand er in seinem Arbeitszimmer und fing an, wie wild seinen PC zu bearbeiten. Er müsse dringend noch ein Exzerpt von irgendwas an den Dingsda von der Uni schicken, habe das total vergessen und könne leider doch nicht mit.

Wir also zu dritt losgehetzt. Die Kirche gerammelt voll, sodass wir stehen mussten. Von links und rechts, von hinten und von vorne war ich eingekeilt und kriegte kaum Luft. Keine Chance, ins „O du fröhliche" einzustimmen, als zum Abschluss des Gottesdienstes die Lichter im Raum ausgingen und nur noch die Kerzen an der Riesentanne neben dem Altar brannten. Zumal der Mensch hinter mir dermaßen falsch sang und seinen knoblauchgeschwängerten Atem beim „Freue dich, oh Christenheit" hemmungslos an meinem Kopf vorbei in meine Nase blies, dass ich den Kopf wegdrehen und die Luft anhalten musste.

Freude kam auch bei der Bescherung nicht auf.

Von Vater bekam ich eine CD-Sammlung mit Aufnahmen der berühmtesten Bigbands von Glenn Miller, Duke Ellington, Benny Goodman. Von Mutter einen Einkaufsgutschein für die Abteilung Damenbekleidung aus dem KaDeWe – deutlicher hätten beide ihre pädagogischen Zeigefinger kaum betätigen können. Vater meinte, mich ermuntern zu müssen, dass ich meine Trompete aus der Rumpelkammer hole und wieder an die Lippen setze. Mutter wollte mich mit ihrem Geschenk diskret darauf hinweisen, dass meine derzeit aus drei Paar Jeans, wenigen T-Shirts und Pullovern bestehende Garderobe nicht ihrem Geschmack entsprach und gerne um ein paar hübsche Kleidchen und Blüschen erweitert werden könnte. Auch der neue Laptop, du meine Güte! Der alte hätte es noch lange getan. Ich war froh, dass Oma Lisa mir das nun überflüssig gewordene Teil abnahm. Es komme ihr gerade recht, sagte sie, denn sie habe vor, einen Computer-Kursus für Senioren zu besuchen.

Pleite auf der ganzen Linie. Nie wieder Weihnachten! „Der Stern von Bethlehem ist ein Irrlicht", ging es mir durch den Sinn, als ich mich im Bett verkroch.

10

Das neue Jahr begann, wie das alte geendet hat: feucht, unfreundlich, zu nichts zu gebrauchen.

Ende Januar starb Oma Czichowski. Plötzlich und unerwartet wie Opa im Jahr zuvor. Beinahe hätte sie es geschafft, sich für ihr Ableben den ersten Todestag ihres Mannes auszusuchen, nur ein paar Wochen hatten gefehlt.

Gleiche Todesursache wie bei ihm: Schlaganfall. Er war von seiner Putzfrau tot im Garten aufgefunden worden, sie saß leblos in ihrem Sessel, als die Pflegerin der Sozialstation sie abends versorgen wollte.

Ich fuhr nicht mit zur Beerdigung. Offiziell gab ich vor, mich intensiv aufs Abi vorbereiten zu müssen. Der eigentliche Grund aber war: Mir wurde es langsam zu viel mit dem Sterben um mich herum. Das dritte Begräbnis innerhalb eines Jahres, das hielt mein ohnehin angeknackstes Gemüt nicht aus. Es reichte.

Mutter und Vater fuhren alleine nach Ulm, auch Olli war aus beruflichen und privaten Gründen unabkömmlich. Ich konnte mir gut vorstellen, dass er sich, wie ich, vor der Beerdigung drückte und sich lieber mit seiner Thu vergnügte als an einem offenen Grab stehen zu müssen.

Kaum waren die Eltern aus Ulm zurück, gab es Zoff hoch drei. Dieses Mal waren es Vater und seine Geschwister, die sich in die Wolle kriegten: heftig und dermaßen irrational, dass ich an dem Verstand aller Beteiligten zweifelte.

Es ging ums Erbe, worum denn sonst? Um die Frage, wem wie viel und warum zustand, wie gerecht oder ungerecht das Testament war, das Opa und Oma abgefasst hatten, wer sich wie viel und was klammheimlich von den Besitztümern der Großeltern bereits unter den Nagel gerissen hat.

„Es fehlen eine Kaffeekanne und einige Tassen des Meißener Porzellans, die Erstdrucke der Schiller- und Hölderlinausgaben und Teile von Mutters Schmuck, auch Vaters antikes Schreibpult ist verschwunden", gab Adi Vater per Telefon mit eindeutigem Unterton zu verstehen.

„Bei dir piept es wohl, glaubst du wirklich, wir seien mit dem Möbelwagen vorgefahren und hätten den alten Plunder heimlich aus dem Haus getragen?", giftete Vater zurück. Wir bekamen die Streitgespräche zwischen den Geschwistern voll mit. Sie fanden, warum auch immer, stets vor versammeltem Publikum in der Küche statt. Vater hatte das Telefon auf den Tisch gelegt und den Außenlautsprecher betätigt.

Mir war die Sache nicht geheuer. Mit dem Möbelwagen waren die Eltern natürlich nicht von der Beerdigung aus Ulm zurückgekommen. Aber ich hatte sie beobachtet, wie sie einige Kartons und Kisten aus dem Kofferraum geladen hatten, die sie, wie ich annahm, in irgendwelchen verborgenen Winkeln verschwinden ließen.

Wiltruds Mann Schorsch warf meinen Eltern vor, sie hätten sich zu wenig um die Großeltern, insbesondere um Oma, gekümmert. „Das meiste hatte Willein am

Hals, das muss einmal gesagt werden, das muss auch beim Erbe bedacht werden." Sein Pech war, dass er Mutter an der Strippe hatte, als er mit dem Vorwurf herausrückte. Die ließ ihn ungerührt abblitzen. „Ach nee, was du nicht sagst, wo wir doch alle wissen, dass Willein die geborene Alten- und Krankenpflegerin ist!", meinte sie spöttisch. Sie machte es Vater nach und ließ das Gespräch unter Zeugen in der Küche über sich und uns ergehen.

Alle wussten, dass Vaters Schwester sich schon mit der Arbeit in ihrem Wellness-Hotel überfordert fühlte. Wenn sie damit durch war, pflegte sie ihr Phlegma und gab sich leiblichen Genüssen, vor allem dem Essen, hin. Schwere Arbeit oder gar pflegerische Tätigkeit konnte man sich bei ihr nicht vorstellen.

„Außerdem", wies Mutter Schorsch mit ihrer Lehrerinnenstimme zurecht, „frage ich mich, warum sich deine Frau nicht selbst ans Telefon begibt und ihr Anliegen mit uns bespricht? Ihr fehlt wohl der Mut dazu und sie schickt dich vor."

Adi und Wiltrud ließen über ihre Rechtsanwälte vermelden, Vaters langes Studium und die Zuwendungen für sein Haus in Berlin müssten ihm vom Erbe abgezogen werden. Vater belegte, ebenfalls mit Hilfe seines Anwaltes, dass die Kosten für sein Studium mit Zahlungen an Adi und Wiltrud „abgeglichen" worden seien. Und die Zuwendungen, die er für die Finanzierung unseres Domizils erhalten habe, seien in derselben Höhe auch an Adi und Wiltrud geflossen.

Es war unerträglich. Jeden Morgen fragte ich mich, was die Streithähne wohl an diesem Tag Neues zu bieten hatten. Ein Ausgang des Geschwisterkriegs war nicht abzusehen.

Adi teilte, wiederum anwaltlich, mit, dass er Opas Haus „übernehmen" wolle. Er sei jetzt siebzig Jahre alt, da könne man langsam ans Aufhören denken. Das Baugeschäft werde er seinem Ältesten, meinem Vetter Florian, „überschreiben" und sich gemeinsam mit Eheweib Gertrud im Ulmer Elternhaus einen ruhigen Lebensabend gönnen.

„Der traut sich was, nach Ulm zu ziehen", stieß Vater zwischen den Lippen hervor, als er den Brief gelesen hatte, in dem ihm Adis Ansinnen mitgeteilt worden war: „bei den Weibergeschichten, die er in der Stadt am Laufen hat. Oder geht er davon aus, dass seine Alte inzwischen so verblödet ist, dass sie ihm nicht auf die Schliche kommt?" Die Frau seines Bruders, eine „spillerige Hippe", wie sein vernichtendes Urteil lautete, hatte Vater noch nie leiden können.

Wieder einmal war er auf hundertachtzig. Nicht wegen der Absicht des Bruders, das Elternhaus „übernehmen" zu wollen, sondern wegen des Preises, den Adi dafür abzudrücken bereit war: „Dreihunderttausend Euro, dem haben sie wohl ins Gehirn geschissen, der Schuppen ist gut das Doppelte wert, wenn nicht mehr."

„Verehrter Bruder, meinst du nicht, du hast dich heftig zu deinen Gunsten verkalkuliert?", giftete er bei seinem postwendend erfolgten Rückruf ins Telefon hinein. Die Szene, die Mutter, Oma Lisa und mir geboten wurde, war bühnenreif und an Dramatik kaum zu überbieten. Das Telefon hatte Vater, wie immer, auf dem Tisch abgelegt, während des Gesprächs rannte er, die Hände in den Hosentaschen vergraben, hin und her und pöbelte, wenn die Reihe an ihm war, mit vorgebeugtem Oberkörper, wie zum Angriff bereit, in den Apparat hinein. Hin und wieder nahm er seine Rechte aus der Tasche, schwang sie in der Luft herum, als wolle er seinem Bruder fernmündlich eine Ohrfeige verpassen.

„Der alte Kasten ist dringend renovierungsbedürftig, wurde doch in Jahrzehnten nichts daran gemacht", dröhnte Adi.

„Wieso bist du dann so scharf auf ihn? Lass ihn doch abreißen", konterte Vater.

Eine Weile ging es hin und her. Mit zunehmender Lautstärke warfen sich die beiden immer mehr Zahlen und Fakten um die Ohren. Dann ging es ans Eingemachte.

„Ihr schwimmt doch im Geld: Doppelverdiener, deine Frau und du, beide dicke Beamtengehälter, Villenbesitzer und dann um jeden Cent feilschen", donnerte Adi.

„Soweit ich weiß, nagt ihr auch nicht gerade am Hungertuch", giftete Vater zurück. Das brachte seinen Bruder vollends in Rage.

„Ich habe die Schnauze voll von dir", brüllte er, „den Akademiker raushängen lassen, was Besseres sein wollen, langes Studium, Herumrevoluzzern, während unsereins arbeiten musste."

„Dass ich nicht lache, wärst du nicht so ein fauler Sack gewesen, hättest dich auf deinen Arsch gesetzt und etwas gelernt, anstatt den Rambo von Ulm zu spielen, hätte es bei dir auch zu Abitur und Studium gereicht". Vaters Beschimpfungen zielten auf die „Halbstarken-zeit" seines Bruders, über die zahlreiche Anekdoten im Familienkreis herumgeisterten. Adi und seine Freunde, mit Elvis-Locken und Röhrenjeans auf Mofas, die damals Mopeds hießen, gehörten zu einer berüchtigten Gang, die ganz Ulm unsicher machte. Zweimal war Adi auf dem Gymnasium kleben geblieben, hatte mit Mühe und Not die Mittlere Reife auf der Realschule geschafft und dann eine Lehre als Kaufmann absolviert.

„Überarbeitet hast du dich dabei, weiß Gott, nicht", setzte Vater noch einen drauf.

Dieser Verbalangriff war k. o. auf der ganzen Linie für Adi, dem prompt die Sprache weg blieb. „Du wirst von meinem Anwalt hören", drohte er mit gepresster Stimme.

„Dito, dito", bellte Vater hinterher. Er wollte – ebenso wie sein Bruder – der erste sein, der den anderen ohne Abschiedsgruß aus der Leitung schmiss und den Aus-Knopf betätigte. Wer von beiden das Rennen machte, war nicht feststellbar und auch nicht wichtig.

Ich wusste während der Auseinandersetzung nicht, ob ich lachen, weinen oder laut kreischen sollte, um dem Theater ein Ende zu bereiten. Wie ein feuerspeiender Drache war mir Vater vorgekommen, wie er in der Küche herumrannte und ins Telefon hineinkeifte.

Mutter nahm die Auseinandersetzung gelassen hin und kaute, ungeachtet des Gewitters, das um sie herum niederging, in aller Gemütsruhe an ihrer Schrippe. Oma Lisa aber war blass geworden und schüttelte entsetzt den Kopf, als Vater sich wieder an den Tisch setzte und ungerührt zu frühstücken begann, als sei nichts gewesen.

„Thomas, wie kann das nur angehen, ihr habt doch alle genug, euch fehlt es doch an nichts." Sie konnte nur noch flüstern, so schockiert war sie.

„Darum geht es nicht", gab Vater zurück, „aber wenn einer schon Adolf heißt, braucht er sich nicht aufzuführen wie ein Gröfaz."

„Gröfaz!", ich fasste es nicht: Abkürzung für „Größter Feldherr aller Zeiten", Spottname für Adolf Hitler, das wusste sogar ich, die über vierzig Jahre nach der unsäglichen Nazi-Zeit geboren worden war. Das ging, bei allen Vorbehalten, die auch ich gegen meinen Onkel hegte, denn doch zu weit.

„Was kann Adi dafür, dass er Adolf heißt nach eurem Breslauer Großvater?", warf ich ein.

„Pfff", schnaubte Vater und wieder kam er mir vor wie ein feuerspeiender Drache. In seinem Falle waren es Brötchenkrümel, die er aus seinem vollen Mund in die Gegend hineinpustete. „Pfff, da stand ein ganz anderer Pate", gefiel er sich in finsteren Andeutungen.

Natürlich war mir klar, dass es bei der Auseinandersetzung zwischen Vater und Adi um Machtkämpfe zwischen den beiden Brüdern ging. „Jetzt wollen wir doch einmal sehen, wer heute der Stärkere von uns ist", das war Vaters Rache dafür, dass Adi, der um elf Jahre Ältere, ihn früher immer klein gehalten hatte.

Logisch, dass das Hickhack keine konkreten Ursachen hatte. Es ging nicht ums Geld, nicht um Erstausgaben, Häuser, Meißner Kaffeekannen und -tassen und anderen alten Krempel. Irgendetwas rumorte da in der Tiefe. Wie damals, als Vater und ich uns nach Opas Tod so fürchterlich in die Wolle bekommen hatten. Gut möglich, dass sich der Geist meines Großvaters nach langem Schweigen aus dem Jenseits meldete, mit Ketten rasselte, Türen knarren ließ, stöhnte und ächzte. Wie der Geist von Hamlets Vater, der nach seinem Tod keine Ruhe finden konnte.

Vielleicht gesellte sich bei dieser Auseinandersetzung auch noch der verblichene Urgroßvater dazu: jener geheimnisvolle Gerichtspräsident Dr. Adolf Czichowski aus Breslau, der dermaßen Angst vor den Russen gehabt hatte, dass er sich erschießen musste und seine Frau gleich mit dazu. Vielleicht konnte auch er in dieser anderen, verborgenen Welt, dem Jenseits, keine Ruhe finden?

Was war das bloß für ein Fluch, der über unserer Familie schwebte?

In diesen Wochen war ich wahrlich froh, dass es die Schule gab und ich morgens aus dem Haus flüchten konnte. Kurz vor Schluss begann mir das alte Jugendstilgemäuer unseres Gymnasiums mit Blick auf den Grunewald sogar ans Herz zu wachsen.

Den anderen im Jahrgang schien es ähnlich zu gehen. Jetzt, da das Ende in Sicht war, kuschelten wir uns aneinander, als könnten wir uns ein Leben ohne die Mitschüler nicht vorstellen. Oft standen wir in Gruppen oder Grüppchen im Schulhof zusammen, als müssten wir uns aneinander wärmen.

Eine eigenartige Stimmung breitete sich aus. Aufgeladen mit einer Mischung aus Euphorie, Angst vor den Prüfungen, vorweggenommenem Abschiedsschmerz. Wie vor einer Reise ins Unbekannte. Als ich vor zweieinhalb Jahren zum Schüleraustausch in die USA flog, war ich ähnlich drauf. Man wusste nicht, wollte man weg oder hier bleiben. Oder sowohl als auch? Zwischen Baum und Borke nennt man so etwas.

Heimweh, mit Hinausweh gemischt, das eine ohne das andere nicht denkbar, so hatten es Olga, Isabel und ich in unserer „Heimat-Präsentation" von uns gegeben. Allmählich bewahrheitete sich all das in der Praxis, was wir damals nur theoretisch begriffen hatten.

Etliche aus dem Jahrgang, aber beileibe nicht alle, hatten ihr Berufsziel klar vor Augen: Isabel mit ihrem Medizinstudium, Olga ihrer Musikerkarriere. Einem Mitschüler stand der Sinn nach Informatik, zwei gingen zur Bundeswehr, zwei hatten sich für den Zivildienst entschieden. Eine Mitschülerin, von der ich das nie erwartet hätte, wollte Theologie studieren.

Es gab aber auch einige, die sich über ihren künftigen Weg noch nicht im Klaren waren. Ich glaube, sie waren wie ich der Meinung, dass uns eines Tages garantiert etwas Passendes über den Weg laufen würde, wenn die

Zeit reif war. Vorerst hielten die strapaziösen Vorgänge im Hause Czichowski mich davon ab, meine Zukunft ins Visier nehmen zu können. Ich ließ die Dinge um mich herum geschehen, wenn es notwendig wurde. Die Ungeheuerlichkeiten prallten an mir ab.

Die ersten Schneeglöckchen blühten in den Gärten. Die Kastanien im Zaunkönigweg ließen vorsichtig ihre Knospen aus den Zweigen sprießen. Hurra, sie sind wieder da, es ist wieder Leben in ihnen!

Jede Wette, dass die Eltern, zumindest Vater, nicht das Geringste davon mitbekamen, dass sich die Natur zu regen begann.

Die fernmündlich und anwaltlich ausgetragenen Erbauseinandersetzungen zwischen den Geschwistern dauerten an. Ein Segen, dass Mutter und Vater in den Osterferien zum Skilaufen in die Schweiz fuhren.

Uff! Oma Lisa und ich standen eines Morgens an der Straße vor dem Haus und winkten den beiden erleichtert nach, als sie mit ihrem Passat und den Skiern obendrauf den Zaunkönigweg hinunter und Richtung Stadtautobahn fuhren.

Zehn Tage Frieden im Haus. Osterruhe und keine Redeschlachten, bei denen sich die Geschwister verbal übers Telefon an die Gurgel gingen. Keine hoch explosive Stimmung, die in giftigen Schwaden vom Keller bis unters Dach waberte. Frische Luft. Fenster auf. Den Mief hinauslassen. Danach stand mir der Sinn, nachdem meine Eltern um die Ecke verschwunden waren.

Ein bisschen Vorbereitung auf die Abi-Klausuren in drei Wochen und dann ran an den Speck.

Ansonsten wollte ich das Alleinsein genießen, mich im Haus ausbreiten. Ich fand, nach dem Mist der vergangenen Monate hatte ich es mehr als verdient.

Ich war guter Dinge, als ich nach der Verabschiedung der Eltern mit Oma Lisa zusammen ins Haus zurückging. Naiv von mir anzunehmen, der angestaute Mief würde sich von Jetzt auf Gleich aus unserem Haus verflüchtigen. Giftschwaden sind hartnäckig. Sie setzen sich penetrant auf Tischen, Stühlen, Wänden, Teppichen ab und kontaminieren die Umgebung. Das sollte ich bald merken.

11

Oma Lisas Angebot, noch auf eine Tasse Kaffee zu ihr zu kommen, schlug ich aus.

„Nein danke, später mal."

Keine Sekunde wollte ich verlieren, endlich Herr, nein Frau, im eigenen Hause sein. Wir verabschiedeten uns vor dem Seiteneingang, Oma Lisa ging weiter, hinters Haus. Sie musste ihre Wohnung durch den ehemaligen Dienstboteneingang von hinten betreten.

Die Zugangsregelung ging zurück auf die Zeit, als unser Haus noch eine richtige Villa war mit Herrschaften und Hausangestellten. Die einstigen Zimmer der Köchinnen, Putzfrauen und Gärtner wurden, als Oma Lisa zu uns nach Berlin zog, zur Wohnung umgebaut. Eigentlich hatte sie etwas Besseres verdient als einen Dienstboteneingang, auch wenn es ein ehemaliger war.

Als ich die Türe öffnete, war mir aus unerfindlichen Gründen plötzlich mulmig zumute. Die Scharniere ächzten, als seien sie in Jahrzehnten eingerostet und müssten dringend geölt werden. Das Schloss sprang mit überlautem Knacken auf. Flur und Treppenhaus kamen mir unendlich leer und fremd vor. Größer, dunkler, unüberschaubarer als vor Minuten, als ich mit den Eltern das Haus verlassen hatte.

Am liebsten hätte ich Oma Lisa hinterhergerufen: „Komm, lass mich bitte nicht alleine." Ich ließ es sein. Die Blöße wollte ich mir nicht geben.

Ein Schrecken durchfuhr mich. Der Holzbär am Treppenaufgang, gegenüber der Eingangstür, von uns Eduard genannt: Was um Himmels willen, war mit ihm geschehen? Normalerweise war er ein durch und durch harmloser Kumpel. Ungefähr meine Größe. Tollpatschig, zugewandt. Die kurzen Ärmchen in Brusthöhe von sich gestreckt, als wolle er einen mit einer treuherzigen Geste umarmen.

Mutter hatte ihn von ihren Kollegen zum fünfundzwanzigsten Dienstjubiläum geschenkt bekommen und wir hatten immer viel Spaß mit ihm gehabt. Ihm Hüte, Mützen, Kappen über den Kopf gestülpt, eine von Vaters Zigarillos ins Maul geklemmt oder ihm Tannenzweige, Kochlöffel oder auch mal ein Deutschlandfähnchen in die Pfoten gedrückt.

Jetzt hatte er sich schrecklich verändert. Keine Spur mehr von Freundlichkeit. Bedrohlich, böse funkelte er mich an. Gleich würde er die Zähne fletschen, die kurzen Arme nach mir ausstrecken, mich packen, erwürgen, zerfleischen. Ist da nicht ein bösartiges Knurren zu vernehmen? Und weit und breit kein Mensch, der mir helfen könnte.

Wie angewachsen stand ich an der Tür, wagte kaum zu atmen. „Ganz ruhig, Eduard", versuchte ich das wild gewordene Tier zu besänftigen. Zwei, drei Schritte, ein paar Sprünge, ich war an ihm vorbei. Die Treppe hinauf, nach hinten horchend. Sind Schritte zu hören? Tapst das Vieh etwa hinter mir her?

Gott sei Dank, nichts zu hören. Geschafft, ich war oben.

„Das darfst du keinem erzählen, verrückt hoch drei", sagte ich mir, als ich atemlos in die Küche stürzte. In Sicherheit!

Dachte ich. Denn auch hier sah alles völlig verquer aus: verrückt, verändert, zusammengestaucht, verzogen. Entfernungen, Winkel, Tisch, die Uhr an der Wand, Mutters gestickter Spruch „Eigner Herd ist Goldes wert", nichts stimmte mehr. Alles verschoben. Als hätte sich der verrückte Maler namens Dalí künstlerisch in unserer Küche ausgetobt.

Überlaut das Ticken der Uhr. Die Entfernung bis zur Spüle, zwei, drei Meter vielleicht, sie schien unüberwindlich.

„Plink, plink", die Tropfen im Waschbecken klangen wie Hammerschläge in meinem Kopf. Ich renkte mir fast das Handgelenk aus, um den verdammten Hahn zuzudrehen. Schluss jetzt, keinen Mucks mehr will ich hören.

In der Spüle stand noch das Frühstücksgeschirr der Eltern. Sie hatten es in der Eile stehengelassen. Beim Anblick von Mutters Kaffeebecher wurde ich traurig. Der letzte Gegenstand, den sie vor ihrer Abreise in der Hand gehalten hatte, der Abdruck ihres Lippenstifts am Rand zeichnete sich deutlich ab. Ich war versucht, den Becher in die Hand zu nehmen und ihn an meine Wange zu halten: ach Mutter. Vielleicht gab er ja noch ein wenig Wärme an mich ab?

Die Eltern, wo sie wohl sein mochten? Noch in Lichterfelde? Oder schon auf der Stadtautobahn Richtung Süden? Wenn ich sie jetzt anriefe, könnten sie in einer halben, dreiviertel Stunde wieder hier sein. Wer weiß, vielleicht sehe ich sie sonst nie wieder. Eine kleine Unaufmerksamkeit auf der Autobahn und schon hängen sie in der Leitplanke. Oder auf der Skipiste rast ein Idiot in sie hinein und bricht ihnen das Genick. Noch schlimmer: ein Seilbahnunglück. Oder eine Lawine, die sie unter sich begräbt.

Was aber hätte ich den Eltern als Grund für die Rückrufaktion sagen sollen? „Mir ist unheimlich zumute ohne euch, ich fühle mich alleine, ich habe Angst um mich, um euch, fahrt bitte nicht weg?"

Idiotisch im April Skiurlaub zu machen, überhaupt, wenn man mit Sport so wenig am Hut hat wie die beiden. Jetzt, da nach ewig andauerndem Winter plötzlich eine Art Frühsommer ausgebrochen war: Temperaturen bis 20 Grad, Forsythien, Narzissen, Hyazinthen und was um die Zeit alles grünt und blüht können nicht schnell genug am Tageslicht erscheinen. Krokusse und Schneeglöckchen sind fast schon verblüht. Die Kastanien haben sich ein zartes Grün zugelegt.

Warum also wegfahren, zumal in den Winter? Wärt ihr lieber hiergeblieben. Nun gut, vielleicht habt ihr in eurem Nobelskiort auf zwei-, dreitausend Metern ja Schnee, zur Not künstlich produziert. Oder Mutter kann sich für viele Schweizer Franken in teuren Boutiquen neu einkleiden. Und du Vater kannst deinem Hang zum

Exklusiven, der dich hin und wieder überfällt, frönen und teuren Whisky an Hotelbars trinken. Aber halt mal: Müsstest du nicht eigentlich an der Uni sein? Meinst du, es genügt, dass du dich zu Semesterbeginn ein paar Mal dort blicken ließest und jetzt davon ausgehst, dass in den Tagen vor und nach Ostern „eh kein Schwein da ist" und du getrost deine Lehrveranstaltungen ausfallen lassen kannst?

Wie dem auch sei, das plötzliche Alleinsein machte mir wider Erwarten tierisch zu schaffen. Die Stille nach dem Familien-Trouble der letzten Wochen, sie war kaum auszuhalten.

Ich mobilisierte alle mir zur Verfügung stehenden Kräfte. Wie beim Volleyball, wenn ich einen auf aussichtsloser Flugbahn segelnden Ball aus der Luft holte und, unerreichbar für die Kontrahentinnen, ins gegnerische Feld schmetterte.

Ich holte tief Luft, lehnte mich gegen die Spüle bis sich mein Herzschlag beruhigte.

In der Thermoskanne war noch ein Rest Frühstückskaffee der Eltern. Ich goss ihn in Mutters Becher, schloss die Augen und trank die bitter und lauwarm gewordene Brühe in kleinen Schlucken.

Es wirkte. Vorsichtig öffnete ich die Augen und, siehe da, Tische, Stühle, Uhren waren in ihre Normalposition zurückgewandert. Der Spuk war vorüber. Mein lieber Dalí, du hast ausgespielt!

Auch in meinem Zimmer: alles in schönster Ordnung, jeder Gegenstand an seinem Platz. Ich riss das Fenster auf, ließ Wärme herein. Ein Blick hinüber zu den Morels. Na bitte, wer sagt's denn, der Professor saß an seinem Schreibtisch. Ich zog tief die Luft ein.

Mit dem Frühlingsduft flog mich allerdings auch eine wehe Erinnerung an: Der erste Jahrestag nahte, an dem Atze und ich uns kennengelernt haben. Er, an den Stamm der Kirsche gelehnt, wie auf einem alten Bild von Rembrandt oder sonst wem gemalt. Nicht zu fassen, dass das alles erst knapp ein Jahr her sein sollte.

Ich versenkte mich in meine Abi-Vorbereitungen. Die Ablenkung tat gut. Den Verstand zu aktivieren hilft gegen Monster, zerfließende Uhren, zum Leben erweckte Holzbären.

Mathematische Gleichungen gegen die Angst. Synapsen, Nervenzellen, Ganglien, wie die Biologie es lehrt, aktivieren. Philosophie, mein Lieblings-Leistungskursus: Erkenntnistheorie, Determinismus, Konkrete Utopie, Kant, Platon, Nietzsche, Habermas. Zerfließende Uhren, Holzbären als Killermonster, na und? Als metaphysische Erscheinung denkbar, logisch nicht nachweisbar.

Am Abend stieg ich frohgemut aus den Kleidern. Doch als ich mich ins Bett legte, ging der Hokuspokus wieder los. Die Balken, die mein Zimmer unterteilen, bogen sich, die Wände rückten auseinander, Schreibtisch, Stuhl, Sofa vollführten eine Berg- und Talfahrt. Ich musste mich am Bettrand festhalten, weil ich fürchtete, in einem Zug ziellos in die Nacht hineingefahren zu werden. Führerlos und immer schneller werdend, brausten Lok und Wagen in ein finsteres Loch hinein. Ich riss die Augen auf, krallte mich fest. Der Zug hielt, ich verkroch mich unter der Bettdecke.

Doch um mich herum ächzte und stöhnte es, als hätte das Haus tausend Stimmen. Stufen knarrten, als käme jemand die Treppe herauf. Nein, die Türe bewegte sich nicht. Noch einmal davon gekommen. Zur Vorsicht schloss ich ab.

Stille kann total ätzend sein.

Nachts träumte ich Fürchterliches. Ich war mit Oma Lisa auf der Flucht. Sprach mit ihr und den anderen Pilonaikern ein letztes Gebet für meine Urgroßmutter. Das Eis auf dem Haff, über das wir flohen, gab schauerliche Töne von sich. Über uns Tiefflieger, die uns in jeder Minute den Tod bringen konnten. Das Eis bricht. Voll beladene Wagen, Pferde, Menschen versinken in den Fluten. Zwei blasse, starre Kindergesichter im schmutziggrünen Wasser: die Halbbrüder meiner Mutter, die mit der Gustloff in der Ostsee ertrunken waren. Aber Moment mal! Das war doch ganz woanders. Viel weiter im Westen. Bei Gotenhafen, heute Gdynia. Ach so, das alles ist nur ein schauerlicher Traum.

Schatten der Nacht, Erinnerungen, Bilder, Schrecken, Grauen der Vergangenheit. Und ich werde damit alleine gelassen.

Leute, diese Dinge sind über sechzig Jahre her! Ich habe nichts mit ihnen zu tun, lasst mich damit in Ruhe.

Ich verbitte mir, dass Geschichten der Vergangenheit mir den Schlaf rauben. Auf dieses Erbe, liebe Uralt-Anverwandten, pfeife ich. „Annahme verweigert, habt ihr gehört, bitteschön?"

Nutzt nichts, die Albträume gehen weiter. Eis und Schnee auch im zerbombten Stalingrad. Mein Uropa, der ostpreußische Lehrer, der Geige spielte und mit seinen Schülern Bienen züchtete, irrt durch die Ruinen der Stadt. Mal wird er im Häuserkampf von einer Kugel getroffen, mal schleppt er sich im Zug der Kriegsgefangenen dem sicheren Kältetod entgegen. Mal ist er tot. Sein Leichnam wird vom Schnee bedeckt. Wo hat er seine so genannte letzte Ruhe gefunden? Wo wurden meine anderen Urgroßeltern begraben? Wurden sie überhaupt begraben oder sind ihre Körper einfach so irgendwo verwest?

Oma Lisas Schwiegereltern Nitsch: nach dem Einmarsch der Russen in Pilonaiken verschollen. Die alten Czichowskis in Breslau, Opas Eltern, die sich vor dem Einmarsch der Russen selbst getötet haben.

Heimatlosigkeit auf der ganzen Linie!

In den folgenden Nächten wiederholte sich der Horror. Morgens waren die Schatten der Nacht verschwunden, Gott sei Dank. Ich aß tagsüber nichts, Oma Lisas Essenseinladungen schlug ich aus. „Zu viel zu tun", gab ich vor. Abends kam Heißhunger über mich. Ich stillte ihn mit XXL-Pizzas vom Lieferservice: „Quattro Stazione", „Diavolo", „Margherita", irgendwie schmeckten sie alle gleich, der Hunger trieb sie rein. Um die Spuren meiner Fastfood-Orgien vor Oma Lisa zu verbergen, stopfte ich die leeren Kartons nachts in Papiertonnen der Nachbarn. Die der Morels ließ ich aus. Pizzakartons passten definitiv nicht in den Müll eines Theologieprofessors.

Im Wohnzimmer mache ich mich über Vaters geheiligte Musikanlage her, an die er sonst niemand heranlässt. Lautsprecher voll aufgedreht. Ich vergreife mich sogar an einer seiner Rotweinflaschen aus dem Keller, obwohl ich mir gewöhnlich nichts aus Alkohol mache. Aus den üppigen Vorräten picke ich mir einen „Domaine de Was-weiß-ich-was" heraus, den Vater im vorigen Jahr zum Geburtstag geschenkt bekommen hat. Erwin, ein 68er-Kumpel und Uni-Kollege, hatte ihn angeschleppt: „Ein 200-Euro-Wein, mit Andacht und zu besonderen Anlässen zu genießen", hatte er getönt. Na bitte, wenn dieser Anlass heute nicht ein besonderer ist, ich habe das Gesöff allemal verdient nach dem Theater der letzten Zeit.

Pfui Teufel, das Zeug schmeckt fürchterlich. Das soll ein 200-Euro-Wein sein? Der ist seinen Preis in keiner Weise wert, lieber Erwin. Sauer, irgendwie vergammelt, wie ein Komposthaufen im Herbst. Ich süffle das Zeug trotzdem in mich rein.

Jetzt die Lautsprecher volles Rohr aufgedreht, Fenster auf. Die ganze Nachbarschaft soll an meiner Party teilhaben, sofern die Leute nicht stocktaub sind wie Frau Klein. Den Morels kann der Sound jedenfalls nichts schaden. Bei dem ewigen Klaviergeklimper. Bach, Mozart, Brahms und andere so genannte Klassiker, das hält kein Mensch auf Dauer aus.

Outlaw Pete, Atzes und mein Lieblingslied:

„I'm Outlaw Pete, I'm Outlaw Pete,
can you hear me?"

Ja, ja, Atze! Ich kann dich hören. Auch wenn du nicht mehr in dieser Welt bist. Du bist immer bei mir.

„You are Outlaw Pete, yes. And I can hear you."

Du warst zwar kein Krimineller und kein Killer, Atze. Mutig warst du allemal. Zu mutig vielleicht. Was musstest du mitten in der Nacht schwimmen gehen? Zwei Tage nur hättest du zu warten brauchen. Dann wären wir wieder zusammen gewesen. Zwei Tage!

„And whispered in Pete's ear,
We cannot undo these things we've done."

Nein, nichts ungeschehen machen, auf gar keinen Fall. Nein, Atze, es war wunderbar, was wir miteinander erlebt haben. Keine Stunde, keine Minute, keine Sekunde, keine Millisekunde möchte ich missen. Die Augenblicke auf der Wiese im Dahme-Spreewald, als wir mit dem Kanu umgekippt sind. Deine streichelnde Hand auf meinem nackten Rücken. Die Nacht vor meinem achtzehnten Geburtstag, als du mit dem Fahrrad zu mir gefahren bist. Dein riesiger Blumenstrauß, die Luft, die nach Sommer in Südfrankreich roch. Deine Liebkosungen, „Prinzessin, meine Prinzessin".

Die Worte, die du zu mir gesagt hast, als wir während unserer Kanutour nackt auf der Wiese lagen, klingen immer noch in mir nach.

„Du bist neugierig, kannst kämpfen, zupacken, hast Phantasie, Gefühl, Einfühlungsvermögen, einen scharfen Verstand und einen ganzen Sack voller Mut. Du lässt dir nicht die Butter vom Brot nehmen."

Ach Atze, wenn dem nur so wäre, jetzt, da du nicht mehr bei mir bist.

„Yes, yes, yes, I can hear you!"

Aber ob ich es durchhalten werde, kann ich dir nicht versprechen. Bei dem Ballast, den ich mit mir herumschleppe, den Problemen, die mir meine Oldies und Old-Oldies aufgebürdet haben. Was soll ich nur machen Atze? Kannst du mir, bitte, bitte, einen Rat von dorther geben, wo du jetzt bist?

Was hilft mir ein Sack voller Mut, lieber Atze, wenn die Welt um mich herum verrückt spielt? Wenn sich Geschwister wegen eines bisschen Meißner Porzellans und irgendwelcher „Erstausgaben" an die Wolle kriegen? Wenn sie, die ohnehin alle mehr als genug haben an materiellen Gütern, ihre Anwälte aufeinander hetzen?

Outlaw-Pete schweigt, jetzt kommen die Prinzen dran, die frechen Ex-Chorknaben aus Sachsen:

„Das ist alles nur geklaut
und gestohlen,
nur gezogen
und geraubt.
Entschuldigung, das hab' ich mir erlaubt."

Kann es sein, dass du mir eine Botschaft sendest aus dem Jenseits, Atze? Sprichst du zu mir vom schönen Schein, von Schatten der Vergangenheit? Und dass darüber weder feine Villen im Zaunkönigweg noch Meißner Porzellan oder Erwins teurer Rotwein, der nach Komposthaufen schmeckt, hinwegtäuschen können? Kannst du nicht, bitteschön, etwas deutlicher mit mir reden, Atze?

„Ich schreibe einen Hit,
die ganze Nation kennt ihn schon,
alle singen mit."

Alle sollen es hören: Frau Klein, die vor allem, auch wenn sie fast taub ist. Ihr Vater war ein Nazi und hat seine Villa Juden weggenommen, jawohl, das wissen alle hier im Zaunkönigweg. Einen Nachkommen der einstigen Bewohner, der das Heim seiner Vorfahren von außen betrachten wollte, hat sie lautstark weggejagt, es war nicht zu überhören.

„Alle halten mich für klug,
hoffentlich merkt keiner den Betrug."

Und Sie, lieber Herr Morel, Sie sind sicher ein ehren-
werter Mensch. Ein höflicher, freundlicher sowieso.
Was weiß ich aber, was sie an ihrem Schreibtisch wirklich studieren? Vielleicht sind die Schriften, in denen sie
so eifrig blättern, gar nicht von Luther, Bonhoeffer,
Käßmann, sondern von sonst wem. Schundliteratur
oder noch Schlimmeres, ich mag es mir nicht vorstellen.

„Alle halten mich für klug,
hoffentlich merkt keiner den Betrug."

Jetzt brennt bei mir endgültig eine Sicherung durch.
Ich schnappe mir eine von Vaters Zigarillos, die auf
dem Tisch herumliegen, zünde sie an. Muss furchtbar
husten. Drücke das Ding sofort wieder im Aschenbecher aus. Noch ein Schluck vom Kompostwein. Ich tan-
ze, hüpfe im Zimmer herum und singe, gröle laut.

„Das ist alles nur geklaut
und gestohlen,
nur gezogen
und geraubt.
Entschuldigung, das hab' ich mir erlaubt."

In den Gesang der Chorknaben hinein schmettere ich:

„Ach wie gut, dass niemand weiß,
dass ich Rumpelstilzchen heiß, hihi, haha, hihi".

Plötzlich steht Oma Lisa vor mir. Wo kommt die
denn her? So, wie sie aussieht, mit feierlichem Gesicht
und im Mantel, bestimmt aus der Kirche. Um diese
Zeit? Ich kriege einen Riesenschrecken. Ihr Klopfen,
mit dem sie ihr Erscheinen bei uns anzukündigen pflegt,
habe ich bei dem Lärm sicher nicht gehört.

Sie schaut mich seltsam an. Wirft einen Blick auf die
Weinflasche, den Aschenbecher, die Musikanlage. Sag
jetzt bitte nichts, Oma Lisa, bitte, bitte! Aber nein, es
klingt nur ein klitzekleiner Vorwurf mit in ihren Worten:
„Hanna, bitte, sei so lieb, heute ist Karfreitag."

Ich schließe die Fenster und verziehe mich, so unauffällig ich kann, in mein Zimmer.

12

Lag es an Oma Lisas Ermahnung: „Heute ist Karfreitag"? An meiner Rotwein-Orgie mit „Outlaw Pete" und
den „Prinzen"? Daran, dass ich mal nach allen Regeln
der Kunst die Sau rausgelassen habe? Wie dem auch sei:
Ich schlief ruhig und fest in der folgenden Nacht. Keine
wilden Träume, keine Bombenangriffe, kein Krieg in
Stalingrad, keine Flucht übers Eis. Als ich am Morgen
aufwachte, zwitscherten die Vögel, frohen Mutes sprang
ich aus dem Bett.

Nach langer Zeit frühstückte ich mal wieder mit Oma
Lisa. Den vorigen Abend erwähnten weder sie noch ich.
Hinterher verbrachte ich einige Stunden in trauter Umgebung mit Goethe, Eichendorff, Wurzelfunktionen,
Parabeln, Verhaltensbiologie und der Französischen Re-
volution. Abivorbereitungen am Samstag vor Ostern –
alle Achtung, Hanna.

Alles hätte jetzt so weitergehen können. Meine Angst-
phase war überwunden. Jetzt die sturmfreie Bude genießen, endlich in Heiterkeit Ostern feiern. Und dann der
Dinge harren, die da kommen sollten!

Hätte! Es hätte so weitergehen können, wenn, ja wenn
ich mir nicht einen verhängnisvollen Fehler geleistet
hätte: Ich drang in Vaters private Gemächer ein. Wie
konnte ich ahnen, dass ich dabei auf einen spektakulä-
ren Fund stoßen würde? Einen Fund, der erneute Tur-

bulenzen nach sich ziehen sollte. Für mich, für Vater, für die ganze Familie.

Das Betreten des persönlichen Bereichs meines Erzeugers war ein Tabubruch. In unserem Hause gilt die Privatsphäre des Einzelnen als geschützter Bereich. Das gilt auch fürs Telefonieren: Jedem steht ein separater Anschluss mit eigener Nummer zur Verfügung.

Ich tat also, was ich noch nie getan habe: Ich ging in Vaters Zimmer und nahm ein für ihn bestimmtes Telefongespräch entgegen. Ich tat es, weiß Gott, nicht aus Jux und Tollerei. Das Gebimmel hatte mich dermaßen genervt, dass ich ihm – Privatsphäre hin, Privatsphäre her – um jeden Preis ein Ende bereiten musste.

Es klingelte einmal, zweimal, brach ab, setzte nach kurzer Zeit wieder ein, immer wieder, mindestens eine Stunde lang.

Ich hörte es in der Küche, wo ich mir ein Brot schmierte. Ich hörte es im Wohnzimmer, wo ich die Reste meiner Privatparty vom Vortag beseitigte, die halb geleerte Flasche mit dem Kompost-Rotwein ließ ich provokativ stehen. Sollte Vater doch der Frevel, den ich mit dem teuren Gesöff begangen hatte, nach seiner Rückkehr sofort ins Auge springen. Ich hörte das Geklingel auf der Treppe, sogar bis in mein Zimmer drang es hinein. Je mehr ich es zu ignorieren versuchte, desto penetranter drang es an mein Ohr. Schien immer lauter zu werden, nicht auszuhalten.

Schließlich wurde es mir zu bunt. Ich ging hinunter, enterte Vaters Heiligtum, klickte auf die Anruftaste und nahm das Gespräch entgegen.

Es meldete sich ein aufgeregter Mensch, offensichtlich männlichen Geschlechts. Zuerst drangen nur unverständliche Laute an mein Ohr, dann verstand ich so etwas wie: Ob der „Herr Professor Czichowski" zu sprechen sei.

Nein, der „Herr Professor Czichowski" sei nicht zu sprechen, gab ich zu verstehen. Nein, heute nicht, morgen, übermorgen und überübermorgen auch nicht.

Das sei ja fürchterlich, kam es verzweifelt zurück. Er, der aufgeregte Mensch am anderen Ende der Leitung, müsse den „Herrn Professor" unbedingt sprechen.

„Ich brauche dringend einen Rat von ihm für meine Diplomarbeit, wann ist er denn zurück?"

Nun hätte ich dem Knaben, offensichtlich ein Student, einfach sagen können: „Mein Vater ist im Urlaub und kommt erst in einigen Tagen zurück." Aber ein weiteres ungeschriebenes Gesetz neben Wahrung der Privatsphäre in unserer Familie lautet: Gib keinem Fremden Auskünfte über ein anderes Familienmitglied.

Ich stand an Vaters Schreibtisch gelehnt, betrachtete die Bücher in seinen Regalen und stellte, während der verwirrte Mensch weiter laberte, Schätzungen an, wie viele Publikationen es wohl sein mochten. Fünfhundert? Tausend? Zweitausend? Die Titel klangen bedeutungsschwer, aber langweilig. „Das Situiertheits-Dogma", „Lernen durch Tun", „Einführung in die Lehr-Lern-Forschung", daneben, Gott sei Dank, auch Vernünftiges: von Donna Leon, Henning Mankell und – na so was – jede Menge Fantasy von „Herr der Ringe", „Harry Potter", „Helden des Olymp", „Amulett der Dämonen" bis zur „Drachenhaut". Mein Vater: ein Spätpubertierender?

Während ich mir darüber Gedanken machte, versuchte ich den ohne Zweifel sich in Not befindenden Studenten zu beruhigen: Mein Vater sei bis auf Weiteres nicht zu erreichen. „Nein, auch über Mobiltelefon nicht." Vater würde mir – zurecht – was husten, wenn ich seine Handynummer herausrückte und er im Urlaub von Studenten gestört würde.

Ich hörte mir noch eine Weile das Lamento des Knaben an: er käme nicht weiter, müsse seine Arbeit aber in zwei Wochen abliefern und wisse absolut nicht, was er jetzt machen solle.

Ein bisschen tat er mir ja leid, der Arme. Das sagte ich ihm auch, beteuerte, dass ich Vater so bald wie möglich die Sachlage schildern werde, notierte, als das Drängen gar kein Ende nahm, sogar die Handynummer des Bedauernswerten auf dem Notizblock, der auf Vaters Schreibtisch stand, und konnte das Gespräch mit einem „trotzdem frohe Ostern" endlich beenden.

Schon Minuten zuvor hatte sich etwas hinter Vaters Regal geregt. Es raschelte, piepste, immer wieder. Nicht zu fassen: eine Maus! Sie kroch hinter dem Regal hervor, linste frech in die Gegend hinein, nahm Witterung auf und ließ sich durch mich in keiner Weise aus der Fassung bringen.

Eine Maus im Haus, wenn Mutter das sehen würde. Sie hätte an meiner Stelle längst auf dem Schreibtisch gestanden, mit entsetzt ausgestrecktem Arm von Vater verlangt: „Mach das da weg, sofort!"

Mich schreckte das Tier nicht. Es schnüffelte noch eine Weile in die Gegend hinein, kratzte dann die Kurve und verschwand hinterm Regal.

„Wollen doch mal sehen, wo du hergekommen bist und ob da noch mehr von deiner Sorte sind", murmelte ich vor mich hin, ging in die Hocke und räumte das unterste Fach des Bücherregals leer, um herauszufinden, wohin die Maus verschwunden war.

Es war nichts mehr von ihr zu sehen, auch als ich das ganze Fach ausgeräumt hatte. Kein Loch in der Wand, das ihren Weg verraten hätte, keine Kötel, nichts. Stattdessen stieß ich auf einen höchst mysteriösen Fund: eine Holzkiste, die zwischen Regal und Wand klemmte. Ein schmutzigbraunes, schäbiges Teil, das wie ein Fremdkörper im Ikea-Ambiente meines Vaters wirkte. Das Ding sah aus, als hätte es jemand dort versteckt. Der „Herr Professor" wahrscheinlich, wer denn sonst?

Ohne auch nur einen Augenblick daran zu denken, dass ich einen weiteren Vertrauensbruch beging, zerrte ich den Fund hinterm Regal hervor. Vaters Telefongespräche annehmen, das konnte zur Not noch durchgehen, aber in seinen Sachen zu wühlen, das war ein absolutes No-Go.

Sei's drum, jetzt war es zu spät. Die Kiste erwies sich als Holzkoffer mit einem Griff aus brüchigem Leder, mit Haken und Öse verschließbar. Keine Ahnung, aus welcher verwunschenen Ecke meiner Phantasie mich die Vermutung anflog, dass es sich dabei um einen Soldatenkoffer handeln könnte.

Auf dem Deckel ein Zettel: „Meiner über alles geliebten Enkelin Hanna zur Aufbewahrung", Opas Schrift. Der absolute Hammer!

Eine mir, der „über alles geliebten Enkelin", gewidmete Kiste hinter Vaters Bücherregal? Warum stand sie hier? Warum wurde sie nicht mir, der rechtmäßigen Empfängerin ausgehändigt? Stattdessen hinter wissenschaftlicher und nicht-wissenschaftlicher Literatur versteckt? Von Vater? Von wem denn sonst!

Ich brauchte eine Weile, bis ich begriff, dass ich mich keinesfalls im falschen Film, sondern in der Wirklichkeit befand.

„Wenn dem so ist, dann gehört das Ding mir, dann nehme ich es mit", sagte ich laut in die mich umgebende Beklemmung hinein, stellte Bücher, Aktenordner, Lexika wieder zurück an ihren Platz und trug den geheimnisvollen Fund in mein Zimmer.

Dort hockte ich mich auf den Fußboden und betrachtete das Ding mit Argwohn. Konnte ich sicher sein, dass mir, wenn ich die Kiste öffnete, der Inhalt nicht um die Ohren fliegen würde? Sich hoch explosives Zeug darin befand? Dynamit, das nicht nur mich, sondern unser ganzes Haus in die Luft jagen würde?

Ich konnte mir absolut keinen Reim auf das soldatenkofferähnliche Etwas machen. Es passte in seiner Schäbigkeit nicht zu meinem auf Etikette und Ästhetik bedachten Großvater. Ein solches Teil hätte er höchstens mit spitzen Fingern angefasst und augenblicklich zur Entsorgung freigegeben. Aber nein, es war mir „zur Aufbewahrung" hinterlassen worden.

Vorsichtig öffnete ich den Deckel. Was ich zu sehen bekam, machte mich noch ratloser, als ich es ohnehin schon war: Papiere, nichts als alte, vergilbte, vergammelte Papiere. Ein Foto: Opa in jungen Jahren und in Uniform.

Die Ähnlichkeit mit seinem Sohn, meinem Vater, war unverkennbar: hagere Gestalt, hohe Wangenknochen, schräg stehende Augen, Arme und Beine zu lang geraten. Einziger Unterschied zwischen den beiden: Opa sieht auf der Aufnahme strenger in die Welt hinein als es Vater selbst in seinen finstersten Momenten zu tun pflegt.

Unter den Papieren jede Menge Zeitungsausschnitte. Ich greife wahllos hinein. Halte einen Artikel in der Hand. Versifft, brüchig, nahezu am Auseinanderfallen. Ein bisschen ekle ich mich vor dem Wisch, von dem, wie vom gesamten Kofferinhalt, ein modriger Geruch ausgeht.

Auf dem Zeitungsausschnitt ein weiteres Foto: Opa in seinem Arbeitszimmer. Ich erkenne die Bücherregale im Hintergrund, in denen möglicherweise die „Erstausgaben" steckten, um die sich Vater und Adi so heftig gestritten hatten. Vor allem aber erkenne ich die weiße Figur eines griechischen Knaben und Diskuswerfers, die immer an dieser Stelle gestanden hat.

Wie alt mochte Opa damals gewesen sein? Ungefähr im Alter meines Vaters heute? Also neunundfünfzig Jahre alt?

Neben Opa sitzt ein junger Mann mit einem Notizbuch auf dem Schoß. Allem Anschein nach ein Zeitungsfritze. Er hat wohl das Interview geführt, das auf dem Papier abgedruckt ist. Überschrift: „Pflicht, Leistung, Disziplin sind seine Tugenden", Untertitel: „Holt die Vergangenheit Oberstaatsanwalt Dr. Czichowski ein?"

Beim Überfliegen des Artikels bleibe ich an Begriffen hängen, die mir einen Schauer nach dem anderen über den Rücken jagen: „Sondergericht Krakau", „Polenstrafrechtsordnung", „Strafrecht gegen Juden", „Judendeportation".

Was für ein krudes Zeug ist das denn? „Sondergericht Krakau"? „Judendeportation"? Botschaften aus längst vergangenen Zeiten? Was, zum Teufel, hat das mit Opa zu tun?

„Herr Doktor Czichowksi, was haben Sie beim Verhängen der Todesurteile empfunden?", lese ich.

Wie, was? „Todesurteile"? Was hat es damit auf sich?

„Glauben Sie mir, es war keine leichte Aufgabe, ich danke meinem Schöpfer, dass es mir heute erspart bleibt, solche Pflichten erfüllen zu müssen wie damals. Außerdem habe ich, wie ich in aller Deutlichkeit feststellen möchte, keine Urteile gesprochen, sondern als Staatsanwalt lediglich beantragt."

Nein, keine Verarsche, das ist eindeutig Opa-Sprech: scharf, gestelzt, hin und wieder etwas blumig.

Der Interviewer lässt nicht locker: „Wie stehen Sie heute zu Ihrer Äußerung von damals, Polen und Juden seien 'potenzielle Volksschädlinge'?"

Opas Antwort: „Ich habe mich an geltendes Recht und Gesetz gehalten. 'Potenzielle Volksschädlinge' ist eine Begriffsbestimmung der damals geltenden Polenstrafrechtsverordnung gewesen, die Juden und Polen wohl bekannt war und der zufolge sie sich vor Straftaten hätten hüten sollen. Mit den Judendeportationen jedoch, das möchte ich ausdrücklich betonen, habe ich nichts, aber auch gar nichts zu tun."

Langsam dämmert mir etwas, das ich in seiner Ungeheuerlichkeit am liebsten wegschieben möchte: Vor mir liegen Dokumente aus Opas Vergangenheit im Nationalsozialismus. Leider entspringen sie, anders als Vorkommnisse in Vaters spätpubertären „Drachenhaut"-Romanen, nicht dem Bereich der Phantasie. Leider sind sie höchst real. Was für eine Entdeckung!

Vorbei friedliche Stimmung. Jetzt ist wirklich Karfreitag mit Blitzen, Donner, feurigen Abgründen und Höllenqualen.

Mein guter Großvater, so entnehme ich dem Papierkram, hat als Staatsanwalt bei Sondergerichten in Krakau und Bromberg in der Zeit von 1942 bis 1944 unzählige Todesurteile gegen Polen und Juden beantragt. Wegen Diebstahls von Schuhcreme, von Fahrrädern, von Brot. Oder dafür, dass sie Plakate abgerissen, Wände beschmiert, abfällige Äußerungen über „den Führer" von sich gegeben haben. Manchmal seien es zehn Urteile an einem Tag gewesen, lese ich.

Die Hinrichtungen haben am Tag nach der Urteilsverkündung stattgefunden. „Tod durch das Fallbeil" hieß das im Amtsdeutsch der Nazis. Die Gesamtzahl der Opfer könne nicht mehr ergründet werden, „es müssen Tausende gewesen sein", steht in einem der Artikel.

Jemand, der früher in Krakau gelebt hatte, habe Opa über zwanzig Jahre nach den Vorkommnissen erkannt und angezeigt. Ein Verfahren gegen ihn, so entnehme ich anderen Veröffentlichungen, sei nicht eingeleitet worden. Dr. Czichowski habe sich gesetzlich nicht strafbar gemacht.

Ich betrachte noch einmal das Foto von Opa in Uniform: zwei in sich verschobene Zeichen am Kragen, auf der Mütze sticht, unter Adler und Hakenkreuz, ein Totenkopf hervor. Konnte das eine SS-Uniform sein? War Opa mehr als ein „gewöhnlicher" Staatsanwalt gewesen? Tatsächlich, hier steht es: „SS-Obersturmbannführer Ernst Czichowski". Auch das noch!

Opa, der Mensch, der mir einen Teil seiner Gene und seines Aussehens vererbte, der mich an der Hand gehalten hat, mit mir an der Donau spazieren gegangen ist, mir übers Haar gestrichen und mich mit „Hanna, kleine Hanna" umschmeichelt hat. Der mit mir auf den Turm des Ulmer Münsters gestiegen ist. Mir übermütig lachend das Schwabenland bis zu den Alpen zu Füßen gelegt hat. Mein Pan Tau, der sich mit mir in die Lüfte geschwungen hat: Dieser korrekte, kluge und auch irgendwie liebenswerte Mann soll ein mieser Nazi- und SS-Mensch gewesen sein? Das muss ich erst einmal sacken lassen. Hier muss erst einmal Ordnung in meinem verwirrten Schädel geschaffen werden.

Angenommen es stimmt, was da steht – und warum sollte es nicht stimmen? – dann frage ich mich: Warum habe ich nichts davon gewusst? Hat überhaupt jemand, außer Opa, davon gewusst? Wenn ja, warum hat keiner davon gesprochen? Vor allem: Warum hat Opa die Papiere gesammelt, in eine alte Kiste gesteckt und mir, seiner angeblich „innig geliebten Enkelin" vermacht?

Schönes Erbe, darauf pfeife ich.

Nächste Frage: Warum hat Vater mir den üblen Kram vorenthalten? Seit wann hat er das Zeug in seinem Zimmer versteckt? Seit Opas Tod?

Gut möglich.

Das würde erklären, warum er nach der Beerdigung in Ulm so zickig war und dermaßen neben der Spur lief. Schlechtes Gewissen? Scham? Verdrängung? Alles bei mir abgeladen? Typischer Fall von Projektion, wie es in der Psychologie gelehrt wird?

Dann, lieber Vater, hättest du den Haufen Altpapier samt Soldatenkoffer besser verbrennen sollen. Du musstest doch davon ausgehen, dass die Kiste irgendwann auftauchen würde. Außer der Putzfrau kommt kaum jemand in dein Zimmer, schon gar nicht in deiner Abwesenheit. Aber irgendwann passiert es halt doch, wie dieser Tag zeigte. Ausgerechnet jetzt, in deiner und Mutters Abwesenheit.

Ich will die Kiste zuschlagen, doch dann zucke ich zurück. Mein Blick fällt auf ein weiteres Dokument, vergilbt, wie alles andere. Kaum noch zu lesen: „Hinrichtungsprotokoll", entziffere ich. Ich erstarre. Zwinge mich dann zum Weiterlesen: „Hinrichtungsprotokoll in der Strafsache gegen den Zivilarbeiter Stanislaw Rzehak wegen Verbrechens gegen die Volksschädlingsverordnung." Und weiter: „Krakau, den 2. September 1943, im Richthaus um 6.15 Uhr."

Als Leiter der „Vollstreckungsbehörde" war – ich ahne es schon – mein Großvater anwesend gewesen. Er hat das furchtbare Papier unterschrieben.

Die Buchstaben hüpfen vor meinen Augen. Meine Hand, die das Papier hält, zittert: Um sechs Uhr sei der Verurteilte gefesselt vorgeführt worden. Der Vollstreckungsleiter, mein Großvater, habe den Auftrag zur Vollstreckung des Urteils erteilt: „Scharfrichter, walten Sie Ihres Amtes". Hierauf sei – nein, nein, nein, das will ich nicht wahrhaben – der Kopf des armen Stanislaw Rzehak mittels Fallbeil vom Rumpf….

Es ist zu viel. Ich kann nicht weiterlesen. Mich kommt das Würgen an. Ich werfe den furchtbaren Wisch in den Koffer, klappe ihn zu, stehe auf, gehe im Zimmer auf und ab. Nein, nein, nein, nein! Augen zu, vielleicht verschwindet der Spuk, so haben wir es als Kinder immer gehalten. Nein, der Koffer ist und bleibt da. Ein furchtbares Beweisstück für etwas, das vor einer halben Ewigkeit, lange vor meiner Zeit, geschehen ist. Etwas, das, verflucht noch mal, schrecklich in meine Gegenwart hereinreicht. Obwohl ich damit gar nichts, nicht das Geringste zu tun habe.

Warum nur musste ich in Vaters Zimmer gehen und das elende Telefongespräch entgegennehmen?

Fragen über Fragen. Meine Ruhe ist dahin, meine gerade gewonnene Freiheit sowieso. Mit einem Schlag sind sie wieder da, die Geister und Dämonen im Haus, die mir nach dem Leben trachten.

Übelkeit überkommt mich. Ich fürchte, mein Magen dreht sich um. Renne aus dem Zimmer. Zuerst zum Klo, doch das Würgen hat inzwischen nachgelassen. Dann zur Küche. Ich reiße den Kühlschrank auf, hole mir eine Flasche Mineralwasser heraus. Im Verbeihasten sehe ich mein knallrotes Gesicht im Flurspiegel.

Ich hasse Opa, verdammt nochmal! Ja, ich hasse ihn. Den sauberen Herrn Staatsanwalt, der morgens arme Kerle zur Hinrichtung führte und eiskalt – wie denn sonst? – dem Scharfrichter befahl, „seines Amtes zu walten".

Ich stelle mich an mein Zimmerfenster, schütte das eiskalte Wasser in mich hinein, bis die Flasche fast leer ist.

Wie kann es sein, dass draußen alles so aussieht wie immer? Straßenlaternen über Kopfsteinpflaster, längs der Gehwege aufgereihte Kastanienbäume. Das Morel-Haus, in dem nur noch ein Fenster beleuchtet ist. Alles normal. Schrecklich normal. Auf eine gottverdammte Weise viel zu normal.

Eigentlich müsste sich die Erde auftun, eine Faust vom Himmel fahren, ein Erdbeben das Unterste nach Oben kehren.

Nichts. Alles ruhig. Zu ruhig. Ich wehre den Impuls ab, das Fenster zu öffnen und laut in die Nacht hinauszuschreien.

Es ist weit nach Mitternacht. Ich gehe ins Bett. Das Licht lasse ich brennen.

13

Das mit dem Licht wäre nicht nötig gewesen. Kaum hatte ich mich hingelegt, war ich schon eingeschlafen. Wie im Koma verbrachte ich die Nacht. So, als hätte mich ein Schlag auf den Schädel schachmatt gesetzt.

Am Morgen brauche ich eine halbe Ewigkeit, um in der Wirklichkeit anzukommen. Penetrantes Glockengebimmel dringt in meinen Schlaf hinein. Dingdongdingdong, es will nicht aufhören. Richtig, heute ist ja Ostern, das habe ich völlig vergessen. Ein Tag wie jeder andere? Nein, kein Tag wie jeder andere! Wie auch, nach dem, was ich gestern erlebt habe. Die Erinnerung kommt zurück: Opa, Koffer, Krakau, „Hinrichtungsprotokoll".

In mir ist Leere, Entsetzen, Traurigkeit, wie sollte es anders sein? Aber auch Erleichterung. Ja, Erleichterung! Hatte ich doch schon lange geahnt, dass etwas verquer läuft in unserer merkwürdigen Familie. Jetzt endlich weiß ich, woran es liegt: das finstere Geheimnis des „Staatsanwalts am Sondergericht Krakau" hatte wie das berühmte Damoklesschwert über Vater, mir, dem ganzen Clan gehangen.

Schon an dem Wintermorgen, als Opa mich mit eisernem Griff an der Donau entlang zerrte und ich fürchten musste, er würde sich mit mir in den kalten Fluss stürzen, habe ich mit meinem kindlichen Gemüt erfasst: Etwas stimmt nicht mit diesem Mann.

Jetzt ahne ich, warum er damals so finster dreinschaute: Die Seelen der Toten, die er in Krakau zum Scharfrichter geführt hatte, ließen ihm keine Ruhe. Logisch.

Mein Großvater war über Nacht entzaubert worden. Der Oberstaatsanwalt a. D., der Rilke, Goethe, Platon und sogar die Bibel aus dem Effeff zitieren konnte, der unauffällig im Hintergrund den Ulmer Haushalt schmiss, damit keiner Omas Phlegma und ihren Hang zum Alkohol entdecken sollte: Er war auf Normalmaß geschrumpft. Kein Pan Tau mehr, der mir vom Münsterturm aus die Umgebung von Donau, Alb und Alpen zu Füßen legte. Ein Nazijurist ist er gewesen, ein mieser SS-Mann. Einer, der keine Reue kannte.

Atze! Wieso fällt mir jetzt gerade Atze ein? Was hätte ich darum gegeben, wenn er mir in diesem Moment zur Seite gestanden hätte. „Prinzessin, halt den Ball flach, nimm's nicht tragisch. Die waren doch alle nicht ganz sauber. Dein Opa: ein Nazi, mein Alter: ein Stasi-Spitzel. Vergiss es, wir machen unser eigenes Ding", wäre das seine Antwort gewesen?

Wieder hocke ich auf dem Fußboden, vor mir die Kiste, in der ich wahllos herumwühle, mal den einen, mal den anderen Wisch in die Hand nehme. Kaum Neues dabei. Bis auf ein paar Zeitungsausschnitte. Ganz anderer Art, nicht ganz so vergilbt wie die übrigen: „Auschwitz Prozesse", lese ich. Bitte, was?

Aha! In Frankfurt standen nahezu zwanzig Jahre nach Kriegsende zweiundzwanzig Männer vor Gericht. Wegen Mordes, Beihilfe zum Mord in vielen hundert Fällen, begangen an den im KZ Auschwitz eingesperrten Menschen. Fast alle Angeklagten wurden freigesprochen. Nicht schuldig im Sinne der Anklage, trotz zahlreicher Zeugen, die das Gegenteil beweisen konnten.

Wie soll ich das jetzt verstehen, lieber Opa? Weshalb hast du diese Papiere gesammelt? Beweismittel, die gegen dich sprechen, könnte man sagen? Zeichen später Reue? Einsicht? Scham?

Dick unterstrichen das Schlusswort des damaligen Richters, ein gewisser Hans Hofmeyer:

„Es wird wohl mancher unter uns sein, der auf lange Zeit nicht mehr in die frohen und gläubigen Augen eines Kindes sehen kann, ohne dass im Hintergrund und im Geist ihm die hohlen, fragenden und verständnislosen, angsterfüllten Augen der Kinder auftauchen, die dort in Auschwitz ihren letzten Weg gegangen sind."
Die Sekunden der Stille, als der Gerichtsvorsitzende bei Verlesung seines Schlusswortes einige Zeit die Fassung verloren habe und kaum weitersprechen konnte, hätten dem Manne zur Ehre gereicht, lese ich.

Die „angsterfüllten Augen der Kinder, die in Auschwitz ihren letzten Weg gegangen sind", das haut mich um.

Sollte es so sein, dass auch dir die Tränen gekommen sind, als du das gelesen hast, Opa? Hast du dich, wenn du auch nichts mit den „Judendeportationen" zu tun haben wolltest, schuldig gefühlt? An die Kinder von Auschwitz denken müssen? Oder an die Menschen, die du töten ließest? An deren Kinder, denen du die Väter genommen hast?

Ich habe dich nie weinen sehen, Opa. Kann mir trotzdem vorstellen, dass auch dir die Schlussworte des Richters nahe gegangen sind.

Eine andere Deutung fällt mir ein: Könnte es so gewesen sein, dass ich – das Kind, das ich damals war – dich bei dem schicksalhaften Donauspaziergang an die Kinder mit ihren „angsterfüllten Augen" erinnert habe? Habe ich, als ich meine Patschhand auf deine gelegt und dich mit einem schmeichelnden „Opa" aus deinen düsteren Gedanken gerissen habe, einen Funken in dir entfacht? Wolltest du an mir etwas gutmachen, was dich die kleinen Wesen, die im KZ ihren „letzten Weg gehen mussten", vergessen lassen sollte?

Wenn dem so ist, dann wundert mich gar nichts mehr: Du hast mich als Objekt deiner Wiedergutmachung erkoren. Du hast mich zu deiner Lieblingsenkelin erklärt, deinem „Hatschipuppi", wie Vater es nennt, weil dir bei meinem Anblick die Kinder von Auschwitz eingefallen sind.

Keine Ahnung, ob ich das gut finden soll oder nicht. Ich als Objekt deiner Wiedergutmachung? Nein danke!

Zu diesem Zweck stehe ich nicht zur Verfügung. Ich nicht!

Mein Gott, was ist nun schon wieder? Irrer Lärm draußen, ich werde brutal aus der Vergangenheit in die Gegenwart hineingeworfen. Blick aus dem Fenster: Auf dem Gehweg gegenüber sind sich Harry Potter und Morels Hund heftig in die Wolle geraten. Bronco umkreist den Kater mit einem Gebell, das absolut nicht in die Feiertagsruhe des Ostersonntags passt. Harry Potter hat sich bedrohlich vor dem Golden Retriever aufgebaut: hoher Buckel, hoch aufgestellter Schwanlz. Er faucht und zischt, mit einer Pfote erwischt er Bronco an der Schnauze. Der jault auf und jammert. Ja, Harry Potters Krallen können höllisch wehtun, die Erfahrung musste ich auch schon machen. Herr Morel steht hilflos da, versucht seinen Hund an der Leine zu halten. Nicht mehr nötig, der Kater räumt das Feld, wirft einen letzten verächtlichen Blick auf Bronco, den er, wenn der auch gut drei Mal so groß ist wie er, völlig im Griff hat.

Eine merkwürdige Laune der Natur, dass sich Hund und Katze nicht verstehen. Jeder spricht eine andere Sprache. Für die Katze bedeutet „Schwanzwedeln" Gefahr, sie geht zum Angriff über. Der Hund drückt mit der gleichen Geste seine Freude, seine Lust am Spielen aus.

Über andere Kommunikationsmittel als die Zeichensprache verfügen Tiere nicht. Der so genannte Spracherwerb ist einer höheren Spezies, dem Menschen, vorbehalten. Warum es zwischen uns dennoch laufend zu

Verständigungsschwierigkeiten kommt, ist nicht einzusehen. Kommt aber vor, siehe Czichowski & Co.

Kaum ist das Bellen verstummt, fangen wieder die Glocken an zu läuten. Mein Gott, wie oft denn noch? Wer geht denn heutzutage noch in die Kirche, außer Oma Lisa und ein paar andere alte Leute?

Ich will den Koffer schließen, da fällt mir ein DIN-A-5-Umschlag in die Hände, wie konnte ich den übersehen? Adressiert an Opa, nanu?

Inhalt: Ein Heft, anscheinend eine Schülerzeitschrift: „Spektrum", Geschwister-Scholl-Gymnasium Ulm, Vaters ehemalige Schule.

Ich blättere darin und stoße auf ein Interview, das eine Schülergruppe mit Opa geführt hat. Überschrift: „Wie gehen Sie mit Ihrer Vergangenheit um, Herr Doktor Czichowski?"

Ein Foto: vier Jungs – wieso sind keine Mädels dabei? Alle etwas jünger als ich heute. Ein mittelalterlicher Mensch daneben, der mir irgendwie bekannt vorkommt, wahrscheinlich ein Lehrer. Schüler wie Lehrer haben eine ziemliche Matte auf dem Kopf, wie man sie vor zwanzig, dreißig Jahren getragen hat. In der Bildmitte Opa in seinem Arbeitszimmer. Hinter sich das Bücherregal und, na klar, der berühmte Diskuswerfer-Jüngling ist auch wieder mit dabei.

Natürlich geht es in dem Interview um Opas Nazi-Vergangenheit. Natürlich beteuert er wieder einmal, er habe als Staatsanwalt lediglich beantragt, keine Urteile gefällt. Das übliche Geschwafel, viel kalter Kaffee. Auch Opas Antwort auf die Frage:

„Wie standen Sie zum Nationalsozialismus? Wie stehen Sie heute dazu?"

Opa bricht sich einen ab, ich sehe ihn geradezu vor mir: „Viele Menschen begrüßten den Nationalsozialismus, weil er ihnen nach dem Chaos der Weimarer Republik eine Richtung wies. Als Jurist war ich dem gängigen Recht verpflichtet. Ich hatte der Obrigkeit zu dienen. Ob ich mich als Mensch in irgendeiner Weise schuldig gemacht habe, darüber wird ein Höherer zu befinden haben."

Meine Fresse, welch ein Pathos. Doch es geht weiter.

„Damals hielt ich den Nationalsozialismus für eine gute Sache, er hat dem Volk wieder Ideale und den Glauben an sich selbst geschenkt. Die Ansätze kamen mir plausibel vor, die Auswüchse waren nicht zu erahnen."

Gelaber hoch drei. Die Schüler stellen brav ihre Fragen, Opa antwortet in einer Weise, die Vater heute „Geschwurbel" nennen würde. Mir reicht es. Zeit, den Kram verschwinden zu lassen.

Doch halt, was ist das denn? In dem Umschlag steckt noch ein Brief: ein gewisser Alfred Soundso an meinen Großvater. Ach ja, Vaters Schulfreund, der als Lehrer an das Geschwister-Scholl-Gymnasium zurückgekehrt ist. Ihn hatten wir vor Jahren beim Landesposaunentag in Ulm getroffen. Er ist der mittelalterliche Mensch auf dem Foto.

„Sehr geehrter Herr Dr. Czichowski", schreibt er, „anbei das ‚Spektrum' mit dem Interview. Ich hoffe, es ist zu Ihrer Zufriedenheit ausgefallen. Wie mit Ihrem Sohn Thomas abgesprochen, habe ich auf die ‚Jungredakteure' eingewirkt, dass sie sich sowohl in Ton und Inhalt mäßigen, die jungen Heißsporne schießen ja manchmal übers Ziel hinaus. Um Ihnen und der Sache gerecht zu werden, habe ich mäßigend auf sie eingewirkt.

Mit freundlichen Grüßen, blabla ….

Ich fasse es nicht! Da hast du, lieber Vater, tatsächlich deinem alten Kumpel Alfred Anweisungen gegeben, in welche Bahnen er das Interview zu lenken habe? Die Schüler regelrecht manipuliert? Ausgerechnet ihr beiden Alt-68er, die für Selbstbestimmung, freie Meinungsäußerung und Toleranz auf die Straße gegangen seid?

Nein, nun reicht es mir endgültig. Die Kiste muss aus meinem Blickfeld verschwinden. Hinauf auf den Kriechboden, ganz oben unterm Dach, den man nur durch eine Luke und eine Ausziehleiter erreichen kann.

Geschafft, jetzt herrscht Ruhe im Karton.

Nun kann ich mit Oma Lisa zusammen ihr wunderbares Osterlamm genießen.

14

Ich war froh, als die Feiertage endlich vorüber waren. Nichts als Langeweile und Trübsal, der sich wie Mehltau auf die Seele legte.

„Rabumm, rabumm", tierisches Getöse mischt sich am Dienstag nach Ostern in meinen Schlaf. Ein Erdbeben? Blitze und Donner als Auswüchse eines verspäteten Karfreitags?

„Rabumm, rabumm."

Verursacher des Lärms war, wie ich bei einigermaßen wachem Bewusstsein registrierte, ein schweres Fahrzeug, das langsam auf dem Kopfsteinpflaster daherkam, immer wieder anhielt. Ach ja, die Müllabfuhr, na klar.

Jedes neue „Rabumm", das die Entleerung der Behälter – die Papiertonnen waren dran - tat mir kund, dass die Berliner Stadtreinigung nicht nur den Seelenmüll der vergangenen Tage entsorgte, sondern auch die Relikte meiner nächtlichen XXL-Pizzaorgien. Peinlich, wenn die in der Nachbarschaft verteilten Verpackungskartons entdeckt worden wären und man mich als Urheberin der Sauerei dingfest gemacht hätte. Man stelle sich vor: Frau Klein wäre wutentbrannt vor der Haustür erschienen. Knochig, hager, ätzend hätte sie mir die durchweichten Pappen mit vergammelten Pizzaresten anklagend vor die Nase gehalten. Blieb zu hoffen, dass Oma Lisa gestern Abend mit ihrer eigenen auch unsere Tonne an die Straße gestellt hat. Bei dem Auf und Ab der letzten Tage hatte ich wahrhaft Besseres zu tun gehabt, als mich um Nebensächlichkeiten wie Müllabfuhrtermine zu kümmern.

Aufstehen, Zähneputzen, Duschen, Runtergehen. Mich bei Oma Lisa bedanken, dass sie tatsächlich an die Müllabfuhr gedacht hatte. „Oma Lisa, du bist wunderbar, was täten wir ohne dich."

„Rabumm, rabumm", das Tosen der Müllabfuhr klang mir immer noch in den Ohren. Samt dem dämlichen Werbespruch für die Herren in orangefarbenen Overalls: „Mit viel Herz für eine glänzende Stadt" und dem noch dämlicheren Zusatz „We kehr for you".

Der Lärm tat seine Wirkung, er war Aufforderung an mich: Mach Schluss damit, die Koffer-Arie muss ein Ende haben. Grübeleien hin und her, jetzt reicht es. Bleib du in deinem Jenseits, Opa, ich muss jetzt an mich denken. Ich lasse mir von dir nicht posthum dein Lebensproblem aufhalsen, jetzt muss, jetzt will ich endlich an mich denken. Jetzt ist Zukunft angesagt, die Vergangenheit soll Vergangenheit bleiben.

Gut, Opa, du bist ein Nazi gewesen. Punktum. Nicht schön, weiß Gott nicht. Aber: Was geht es mich an? Ich habe nichts damit zu tun.

Einmal das Kreuz durchdrücken, tief einatmen, ein paar Kniebeugen am offenen Fenster. Soll ich mich aufs Fahrrad schwingen und zur Krummen Lanke fahren? Den inneren Schweinehund überwinden, ins kühle Wasser springen? Einige Züge kraulen, schon bist du warm?

Oder vielleicht in die Stadt fahren, was ich seit einer halben Ewigkeit nicht mehr getan habe? Mich in den

Touristenrummel rund um Reichstag, Brandenburger Tor, Hackesche Höfe stürzen, wonach es mich sonst überhaupt nicht drängt? Shoppen gehen, eigentlich auch nicht mein Ding? Wann habe ich mir zuletzt etwas zum Anziehen gekauft? Das ist ewig her. Mein Outfit könnte, weiß Gott, einmal eine Aufbesserung vertragen. Bisschen mehr Weiblichkeit, warum nicht?

Nein, besser ich setzte mich an den Schreibtisch, das schlechte Gewissen beruhigen. Ein wenig Mathematik: „Zu ermitteln ist das unbestimmte Integral der Funktion $f(x) = 3\sin x - 2\cos x$."

Ein wenig Deutsch. Don Carlos: „Sire, geben Sie Gedankenfreiheit!". Gemischt mit philosophischen Betrachtungen: Erkenntnistheorie, Determinismus, Konkrete Utopie.

Immer wieder schweife ich ab. Meine Gedanken gehen spazieren. Jetzt, da ich das Opa-Kapitel beendet habe, kann ich eigentlich die gesamte Schwere des vergangenen Jahre gleich mit entsorgen: das Sterben, die Abschiede, das Ringen um Heimat, ein Zuhause. Es zieht mich hinaus. „Neben dem Heimweh gibt es auch ein Hinausweh", auch so ein Spruch aus meiner Philosophie-Präsentation. Wie wahr!

Ich habe Hummeln im Hintern, kann nicht stillsitzen. Am besten fahre ich doch in die Stadt. Kehre zurück in die Welt, tauche ein in die Touristenströme, die sich jetzt, in den Osterferien, durch die angeblich „geilste Hauptstadt der Welt", das „New York Europas", wälzen. Vaters Urteil zufolge allerdings nichts als ein „stinkender Dreckhaufen voller Hundekacke, Pappbecher und Bierdosen".

Spontan hänge ich mich ans Telefon, frage bei Isabel und Olga nach, was bei denen gerade abgeht.

Es passt, die beiden sind anscheinend ähnlich drauf wie ich. Ich brauche sie nicht lange zu gemeinsamen Aktivitäten zu überreden, wir verabreden uns für den Nachmittag in Berlin-Mitte. Olga, die Cellistin, braucht eine neue Konzertbekleidung in Schwarz. Gleich nach dem Mündlichen macht sie die Fliege und tourt mit ihrem Orchester durch Südamerika.

Zur Fahrt in die Stadt brezle ich mich im Rahmen meiner Möglichkeiten nach langer Zeit wieder einmal richtig auf: meine besten Jeans, ein Edel-T-Shirt aus dem Fundus meiner Mutter. Olivgrün, passend zu meinen roten Haaren, mit weitem Rundhals-Ausschnitt. Ein wenig Make-up, einen Hauch Rouge, ein wenig Lippenstift von ihrem Schminktisch, ein paar Spritzer ihres „Shalimar". Hat sie wohl zu Hause vergessen. Klaro, beim Skifahren braucht man ja auch kein teures Parfum.

Blick in den Spiegel – lang, lang ist es her, dass ich mich ausführlich und von allen Seiten betrachtet habe. Nicht schlecht, was ich da sehe. Mutters T-Shirt ist das, was man in der Mode „figurbetont" nennt. Kein Vergleich mit den Schlabberdingern, in die ich mich gewöhnlich hülle. Mein Busen ist nicht zu klein, nicht zu groß, ein kleiner Brustansatz unter dem Ausschnitt zu erahnen.

Ich recke, strecke mich, lege zu meinen einhundertvierundsiebzig Zentimetern glatt noch ein paar dazu.

Auf geht's, ich bin gewappnet. Ich, Hanna Czichowski, lasse mich nicht unterkriegen! Ich, die beim Volleyball die Gegnerinnen das Fürchten lehrt, die unerreichbar erscheinende Bälle übers Netz schmettert, die sich zum Schwimmen ins kalte Wasser stürzt, die schafft so schnell keiner. Beflügelt von diesen Gedanken vollführe ich auf dem Zaunkönigweg einen Satz, als wolle ich tatsächlich den Ball meinen Gegnerinnen vor die Füße pfeffern.

Die Magnolien blühen, die Kastanien zeigen erste zarte Knospen. Das Leben kann schön sein. Noch einmal springe ich in die Höhe, egal, ob mir jemand zuschaut oder nicht.

U-Bahnstation Dahlem-Dorf: Auch bei diesem Anblick geht mir das Herz auf. Wo in der Welt findest du so etwas wieder: einen Bahnhof, der aussieht wie ein altes reetgedecktes Fachwerkbauernhaus? Holztüren am Eingang, schmiedeeiserne Beschläge daran, Keramikfliesen an den Wänden, auf den Böden Mosaikpflaster. Die Holzbänke in der Mitte des Bahnsteigs sehen aus, als stammten sie aus einem Rittersaal.

Um mich herum jede Menge Studenten der nahen Uni, an ihrer lockeren Kleidung, ihrem coolen Gehabe leicht zu erkennen. Besonders lässig die Arrivierten, eher verkrampft die Erstsemester. „Ihnen ist der Verstand vor Angst sonstwohin gerutscht, das ändert sich im Laufe des Semesters", Vater, mit diesem Spruch kämst du jetzt nicht gut weg. Von wegen, in den ersten

Tagen ist „keine Sau" an der Uni. Massenweise stehen, laufen, lachen, klugscheißern sie hier herum. Ich möchte mir nicht vorstellen, was los ist, wenn sie vor leeren Hörsälen, Seminarräumen stehen und ihr Psychologieprofessor Czichowski durch Abwesenheit glänzt. Da wird Erklärungsbedarf nötig sein nach deiner Rückkehr, mein lieber Schwan.

„Nach Nollendorfplatz, bitte einsteigen", Lautsprecherdurchsage, Türenknallen, nahezu gleichzeitig. Nachzügler haben kaum eine Chance, im letzten Moment in die Wagen hineinzuspringen. Zwei Studenten tun es trotzdem, ein Wunder, dass sie nicht eingeklemmt werden.

Ich träume vor mich hin, lasse mich vom Rattern der gelben Wagen einlullen. Ich könnte stundenlang so weiterfahren!

Gut dreißig Minuten dauert die Fahrt zum Alexanderplatz. Sie beginnt beschaulich, als wenn du auf dem Land von Dorf zu Dorf unterwegs wärst. Dann gerätst du immer mehr in den Sog eines gewaltigen Ameisenheeres, bis du dich nach links und rechts kaum mehr zu retten weißt. Wann war ich das letzte Mal Richtung Innenstadt unterwegs? War es, als ich mich von Olga und Isabel zu meinem verhängnisvollen Disco-Besuch habe überreden lassen? Oder in der Adventszeit, als ich eher lustlos als begeistert Weihnachtsgeschenke für meine Lieben erstand? Halt, nein, es war vor ein paar Wochen, als ich endlich Mutters Weihnachtsgeschenk, einen Gutschein für das KaDeWe, eintauschte. In Berlins Edelkaufhaus, erstand ich eine neue Jeans, meine alten waren beinahe am Auseinanderfallen.

Meine Wege erledige ich sonst mit dem Fahrrad, die paar hundert Meter zur Schule kann ich notfalls zu Fuß gehen. Meine Haare lasse ich mir beim Friseur in Dahlem-Dort schneiden. Die karminrote Färberei erledige ich lange schon selbst mittels einer übel riechenden Pampe. Lange schon war ich nicht mehr im Kino, Theater, Konzert, von Disco ganz zu schweigen. Ich war total auf Winterschlaf fixiert gewesen.

Nach fünf, sechs Minuten Fahrt in einer mit herrlich grünen Bäumen bestandenen Senke geht es kurz hinter der Haltestelle Podbielskiallee hinein in den dunklen Schlund. Die U-Bahn, die von Krumme Lanke bis hierher eher als oberirdische Kleinbahn gelten kann, wird ihrem Namen gerecht und verschwindet unter der Erde.

Mutters Kollegin fällt mir ein, die vor einigen Wochen bei uns in der Küche saß: ein mageres, nervöses Wesen, dem man die Lehrerin schon von Weitem ansieht. Sie rauchte eine Zigarette nach der anderen, sprach reichlich dem Weißwein zu und erzählte mit zitternder Stimme: Seit Kurzem könne sie nicht mehr die unterirdisch fahrenden Bahnen benutzen. Sie gerate dermaßen in Panik, mit Schweißausbrüchen, Zittern und Herzrasen, dass sie aussteigen und schnellstens ins Freie rennen müsse. Einmal sei sie fast ohnmächtig geworden.

„Es ist furchtbar", sagte sie, „ich habe eine regelrechte Klaustrophobie entwickelt, kann nur noch Busse und oberirdische Verkehrsmittel benutzen, wenn es nicht anders geht, muss ich mir ein Taxi nehmen".

Ein Auto besitzt die Ärmste nicht, Fahrradfahren ist ihr zu gefährlich.

„Ein bedauernswertes Wesen", seufzte Mutter hinterher, als sie den Aschenbecher geleert und die Fenster aufgerissen hatte, „sie trinkt zu viel und ist von ihrem Beruf völlig überfordert." Mutter hat, was ihren Beruf betrifft, so etwas wie ein Helfersyndrom. Sie fühlt sich als Vertrauenslehrerin nicht nur für Belange der Schüler, sondern auch die ihrer Kollegen verantwortlich.

Gott sei Dank besteht bei mir nicht das geringste Anzeichen für eine Klaustrophobie. Wenn ich aufgrund der Dunkelheit nicht aus dem Fenster schauen und die Umwelt betrachten kann, nehme ich meine Mitfahrer in Augenschein. Die Omi neben mir erzählt einer anderen von ihrer Enkeltochter, „ner kleenen, süßen Jöre", die leider „jottwedee" in Königs Wusterhausen wohne. Die meisten Mitfahrer fummeln an ihren Smartphones herum oder führen Telefongespräche, ohne in Betracht zu ziehen, dass jeder im Zug mithören kann.

Die Lichtblitze entgegenkommender Züge mehren sich. Ab und zu ein Quietschen, immer mehr Gleise, abruptes Abbremsen, abrupte Helligkeit, wenn eine Haltestelle angefahren wird.

Man sollte denken, die U-Bahnen, Metros, Subways, Undergrounds auf dieser Welt ähneln sich. Weit gefehlt! In New York ist alles hektischer, schneller, lauter. Rolltreppen, die steil in die Erde hinein führen, die Züge: silberfarbene Lindwürmer. Seit dem verhängnisvollen 11. September vor acht Jahren darfst du nicht mal mehr fotografieren. Könnte ja sein, dass du mit dem Auslöser der Kamera eine Bombe detonieren lässt.

London, Paris kenne ich nicht. Hamburg, Mutters heimlichen Sehnsuchtsort, schon eher. Die vor sich hin berlinernden Frauen - „watt denn, watt denn?" - würden bei den vornehmen, diskreten Hanseaten unangenehm auffallen und von Mutter, wäre sie hier, garantiert einen strafenden Lehrerinnenblick kassieren.

In Berlin strotzt alles vor Geschichtsträchtigkeit, allein die Namen der Haltestellen tragen ihren Teil dazu bei. Brandenburger Tor, Friedrichstraße, Kaiserdamm, Pankow. Früher hießen einige von ihnen Reichssportfeld, Adolf Hitler- oder Horst-Wessel-Platz. Das ist, Gott sei Dank, schon lange her. Schnee von gestern, wie Opas Nazi-Zeit und seine „Hinrichtungsprotokolle" in Krakau.

Berlin, eine schnelle, bunte, laute, hektische, verrückte Stadt, in der immer mal Ausnahmezustand herrscht, wenn wichtige Personen zu Gast sind. Einige von ihnen haben uns ihre Sprüche hinterlassen, die uns in der Schule zigmal vorgekaut worden waren: „Völker der Welt, schaut auf diese Stadt", der alte Daddy mit bebender Stimme vor den Schutthaufen des Reichstags nach dem Krieg. Etliche Jahre später der amerikanische Präsident, der wenige Monate später erschossen worden war, vor dem Schöneberger Rathaus: „Ich bin ein Berliner."

„Jetzt ist die Zeit, neue Brücken zu bauen", hatte der neue afroamerikanische Präsident im letzten Sommer vor der Siegessäule von sich gegeben, als er noch kein Präsident, sondern lediglich ein „Kandidat" gewesen

war. Ich hatte den Zeitungsausschnitt mit dieser Überschrift an die Witts in Buffalo geschickt. Jill & Co waren
total euphorisch nach der Wahl des smarten Typen und
erhofften sich von ihm den Beginn einer neuen, friedli-
chen Zeitrechnung. Die Zukunft wird zeigen, ob er hält,
was er verspricht.

Berlin, die Stadt der Sprüche: Keine Ahnung, ob Mutters hanseatischer Sehnsuchtsort auch nur einen einzigen dieses Kalibers aufzuweisen hat.

Einfahrt in die Haltestelle Nollendorfplatz. Umsteigen
Richtung Alexanderplatz. Das Wirrwarr der Gleise
nimmt zu. Es geht mitten hinein in den Ameisenhaufen.

Isabel, Olga und ich treffen uns an der Weltzeituhr.
Hunderte, Tausende, Millionen von Menschen haben
sich hier in den vergangenen Jahrzehnten getroffen. Ich
erkenne die Freundinnen schon von weitem: Isabel, die
Kleine, Drahtige mit dem Lockenkopf, die – wie immer
– nicht auf einem Fleck stehen bleiben kann, sondern
hin und her tigert. Olga, die Ruhige, Besonnene, die mit
ihrer schlanken Gestalt, den blonden halblangen Haaren, die sie heute im Nacken zusammengebunden hat,
wirkt, als lausche sie einer nur für sie hörbaren Musik.
Isabel im neckischen kurzen Rock, schwarzem Shirt,
Olga in hellen Stoffhosen, blauem Blazer, weißer Bluse,
alles wohlgeordnet. Ich dagegen, als obligatorische
Jeansträgerin, würde ziemlich abfallen gegenüber meinen Freundinnen, wenn ich nicht Mutters T-Shirt ge-
mopst hätte und an ihr Make-up gegangen wäre.

Umarmung, große Freundschaftsbekundung. Wir fassen uns alle drei um die Schultern, hüpfen – wie wir es nach einem gewonnenen Volleyballspiel auch immer getan haben – im Kreis herum. Was ist das nur für eine Stimmung, die von uns Besitz ergriffen hat? Zusammengehörigkeitsgefühl gepaart mit vorgezogenem Abschiedsschmerz? Oder beides zugleich?

Isabels und Olgas Gesichter sind vertraut wie immer, in beider Augen nehme ich aber auch einen Blick weg vom Hier und Jetzt und in die Zukunft wahr: Isabel in Richtung Tansania zu ihrer Krankenstation, in der sie sich für ihr Medizinstudium vorbereiten will, Olga in die Konzertsäle Südamerikas. Möchte mir in diesem Moment nicht vorstellen, wie es wird, wenn wir uns nicht mehr fast täglich sehen. Noch ein Abschied, einer von vielen.

Wir mögen uns nicht loslassen, umfassen uns weiterhin an den Schultern und gehen so hinüber zum Einkaufszentrum. Kichern überfällt uns, keine Ahnung warum. Wir lassen uns los, spielen Fangen. Übersprungshandlung? Rückfall in die Pubertät? Zwei Omis bleiben stehen, schauen uns kopfschüttelnd hinterher.

Vor der Boutique, in der Olga ihre Konzertklamotten kaufen will, halten wir atemlos an.

Der Laden ist nicht der billigste. Olga kann ihn sich nur leisten, weil ihre Großmutter, die vor Kurzem gestorben ist, ihr einen Batzen Geld hinterlassen hat. Die alte Frau, die in ihren letzten Jahren so verwirrt gewesen war, dass sie Lebensmittel hortete und in Papierkörben und Mülleimern nach Essbarem suchte, hatte sich ihre kümmerliche Rente vom Mund abgespart. In ihrer Verwirrtheit wähnte sie sich immer noch in Kasachstan, dem Land, aus dem die Familie „spätausgesiedelt" worden war und wo sie Hunger leiden musste, das Geld mehr als knapp war.

Olga wusste genau, was sie wollte, sie brauchte nicht lange zu suchen: einen duftigen schwarzen Hosenanzug aus Seide mit weiten Beinen, knappem Oberteil mit Spaghettiträgern, dazu einen ebenso duftigen Bolero aus schwarzer Spitze, alles bequem, nicht einengend, als Cellistin brauchte sie Bewegungsfreiheit.

Wahrscheinlich hätte sie sich lieber ein Kleid gekauft, das schloss ich aus den sehnsüchtigen Blicken, die sie den Super-Gewändern zuwarf, die an den Wänden hingen. Aber eine Cellistin, der man beim Spielen unter den Rock sehen kann, das war mehr als ein No-Go.

Während Olga ihre Kledage bezahlte, begannen Isabel und ich in der Auslage zu stöbern. Wir hatten keine Lust, den Edelschuppen so schnell wieder zu verlassen. Die Albernheit von vorher wirkte fort, wir schnappten uns eine der Abendroben nach der anderen und probierten sie an. Rot, schwarz, Aubergine. Mal mit weitem Ausschnitt, mal trägerlos, mit Schlitz im Rock bis zur Hüfte oder Mini. Wir konnten uns nicht satt sehen an unserem eigenen verwandelten Spiegelbild. Olga wurde es peinlich, die Verkäuferin sah uns schief von der Seite an. Begann schließlich, als wir nicht aufhören wollten, zaghaft an zu protestieren.

„Nun gut", sagte ich, „für heute ist es genug, wir kommen in den nächsten Tagen wieder. Sie müssen nämlich wissen", jetzt drehte ich völlig durch, „mein Vater ist der Bezirksbürgermeister von Steglitz-Zehlendorf, Czichowski, Doktor Thomas Czichowski, kennen Sie nicht, nein?"

Wir schmissen die Kleider hin und stürzten aus der Boutique, Olga hinter uns her. Draußen fingen wir, als wir außer Sichtweite der Verkäuferin waren, tierisch an zu lachen, konnten nicht mehr aufhören damit.

„Alberne Hühner", schimpfte Olga, „mit euch ist man blamiert." Dann brach auch sie in Lachen aus.

Ein Schild sprang uns ins Auge: „Gesichtspflege für die junge Haut" im Schaufenster eines Kosmetikstudios „Beauty 4you". Genau das Richtige für uns. Wir nichts wie rein, aber - „nein danke" - 60 Euro für Peeling, Tiefenreinigung, Vliesmassage und was weiß ich noch was, das war viel zu teuer für uns.

Nächste Station: ein russischer Chor, der im Einkaufszentrum Aufstellung genommen hatte, ein Kammerchor aus St. Petersburg. Kräftige Stimmen, die weit aus der Tiefe zu kommen schienen, viel Seele, viel Resonanz. Sie sangen von „Gospodin", „Bosche" und „Allelujah". Das hatte, wie Olga, die ein bisschen Russisch kann, übersetzte, etwas mit Gott, Herr und mit viel Lobpreisung zu tun. Liturgische Gesänge der orthodoxen Kirche wahrscheinlich. Die Klänge, deren Schwingungen die Luft in Bewegung setzten, erinnerten mich an den Ulmer Landesposaunentag vor vielen Jahren, meine

Güte, wie lange ist das her? Wie damals hatte ich das Gefühl, mich in die Musik hineinlegen zu können.

„Komm", Olga drängte mich zum Weitergehen, auf sie schien der Chorgesang keinen besonderen Eindruck zu machen.

Wo beendet man eine Einkaufstour in der Innenstadt? Natürlich im Café, bei dem vorgezogenen Sommerbeginn selbstverständlich im Freien. Blick auf den „Brunnen der Völkerfreundschaft" und den Fernsehturm. Fontänen, Wasserschalen, mit farbenfrohen Mosaiken eingefasst, viel Blumen, allerlei Getier darauf. Auf dem Brunnenrand saßen, lagen, hockten viele, meist junge Leute, an ihren Rucksäcken und Reiseführern unschwer als Touristen zu erkennen. Wenn du sie im Blick hast und auch die Bottiche mit Palmen, die rund ums Straßencafé aufgebaut sind, kannst du dich ohne weiteres der Illusion hingeben, du befändest dich auf einer Urlaubsreise.

Olga erzählte mit glänzenden Augen von dem Solo, das sie auf ihrer Konzerttournee spielen würde. „Schade, dass dein Großvater es nicht mehr miterleben kann, er hätte sich sicher gefreut."

„Rabumm", da war es wieder, mein Opa-Problem. Aber nein, ich ließ mich nicht runterziehen.

Ja, der alte Herr hätte sich sicher gefreut, Olga im Konzert hören zu können. Immerhin hatte er ihr zu dem Cello verholfen, auf dem sie heute ihre ersten Erfolge feiert.

Das Ereignis liegt ein paar Jahre zurück. Olga brauchte dringend ein neues, besseres Instrument. Die Krux dabei war: Es sollte viele Tausend Euro kosten. Für Olgas Eltern, die Spätaussiedler, ganz und gar utopisch. Die Becks lebten zwar sparsam, aber so eine hohe Summe konnten sie nicht aufbringen. Von dem Geld, das die Großmutter hortete, war noch lange nicht die Rede.

Es wurde hin und her überlegt, alle möglichen Quellen wurden angezapft. Der Betrag, den sie mit Hängen und Würgen zusammenbrachten, einschließlich der Zuwendungen, die es in solchen Fällen für Jugend-musiziert-Talente gibt, reichte hinten und vorne nicht. Rund siebentausend Euro fehlten. Zum Schluss sah es so aus, als müsste Olga auf ihrem alten Cello weiter herumkratzen. Sie war völlig verzweifelt.

Mich machte die Sache wütend. Ich fand es mehr als ungerecht, dass unsere Familie zwar nicht gerade mit Geld in der Gegend herumwarf, es aber für uns überhaupt kein Thema war, zwei Autos zu besitzen, ein riesiges Haus unser eigen zu nennen, das zur Hälfte unbewohnt war.

Mutter kaufte sich ihre Klamotten in den teuersten Boutiquen Berlins zusammen, Vater leistete sich Weine zu einem Geldbetrag, von dem andere eine Woche, vielleicht auch zwei, leben mussten. Die Becks hingegen mussten mit jedem Cent rechnen, dabei waren sie nicht weniger tüchtig als meine Eltern. Herr Beck war früher Agraringenieur in einer Kolchose gewesen. Mit solch einem Beruf siehst du in Berlin natürlich alt aus. Nun musste er als Lagerarbeiter für wenig Geld arbeiten. Olgas Mutter war in Kasachstan eine anerkannte Konzertpianistin gewesen, hier blieb ihr nichts weiter übrig, als mit Klavierstunden ein paar Kröten zu verdienen.

Voller Zorn ging ich zu meinen Eltern und bat sie – nein, ich forderte sie auf – Olga die fehlenden siebentausend Euro zu geben.

„Bei dir piept es wohl!", gab mir Vater zur Antwort, „woher, meinst du, sollen wir so einen Haufen Geld hernehmen?"

„Nun tu bloß nicht so, als hättet ihr nicht genug Kohle auf irgendwelchen Konten herumliegen", gab ich zurück.

Vater und ich gerieten wieder einmal aneinander. Er giftete: „Und du meinst, wir könnten das Geld einfach so verschenken?"

„Warum nicht, ihr tut doch sonst immer so sozial", konterte ich.

„Ich habe doch keinen Geldscheißer!", kam es zurück, was mich noch mehr auf die Palme brachte.

„Aber immerhin so viel Moos, um eine Villa kaufen zu können, während die Becks auf Platte wohnen müssen."

Die Pöbelei ging eine ganze Weile hin und her. Opa, der zu der Zeit gerade mit Oma bei uns zu Besuch war, verfolgte unsere Streiterei eine Weile, dann verschwand er.

Offensichtlich hatte er der Bank einen Besuch abgestattet, wie sich später herausstellte. Als er zurückkam, blätterte er sechstausend Euro in vielen Scheinen auf den Tisch mit der Bemerkung, die solle ich Olga geben.

Einfach so, als handele es sich um Monopoly-Spielgeld und nicht um jede Menge Kohle. Meine Freundin habe es verdient, dass man ihren Lebensweg nach Kräften fördere, sagte Opa in seiner gestelzten Sprechweise.

Ich kriegte den Mund nicht mehr zu vor Überraschung. Opa aber setzte eine verschlossene Miene auf. Er wirkte sogar ein bisschen traurig, als er das Geld auf den Tisch legte.

Natürlich fragte ich mich, warum er, wenn schon, nicht den ganzen Betrag für Olga abdrückte. Wahrscheinlich wollte er, Schlitzohr, das er war, seinem Sohn eine Lektion erteilen: Gib deinem Herzen einen Stoß, leg noch einen Tausender dazu, wenn ich schon so großzügig bin und einen Haufen Geld verschenke.

Vater machte sich auf zu den Becks und handelte mit ihnen einen Deal aus: Das Geld, das er für Olgas Cello beisteuerte, sollten an ihn in kleinen monatlichen Raten zurückerstattet werden. Opas Zuwendung sollte ein Geschenk für die „hoffnungsvolle Künstlerin" sein.

Olga bedankte sich überschwänglich bei Opa. Doch der winkte ab: „Liebste Olga", sagte er, „tun Sie bitte einem alten Mann wie mir den Gefallen, einen bescheidenen Beitrag für die Musik und die Kunst leisten zu dürfen!" Er brauche das Geld nicht und für seine Erben sei noch genug da, das war ein Seitenhieb auf uns. Wie ein Gentleman küsste er Olga die Hand: „Wenn Sie Ihr erstes Konzert geben und ich dann noch am Leben bin, würde ich mich glücklich schätzen, von Ihnen eingeladen zu werden!"

Das Cello haben die Becks längst abbezahlt. Olga hat schon viele Konzerte damit gegeben. Zwar nicht in der Philharmonie und anderen großen Schuppen. Eher im kleinen Rahmen bei Jungen Ensembles oder einer „Mucke", so nennen Musiker es, wenn sie irgendwo bei einem Orchester aushelfen. Bei ihr wird der Übergang vom Gymnasium zum Studium fließend verlaufen. Das heißt, eigentlich verliefen Ausbildung und Schule schon seit Jahren parallel nebeneinander her.

Opa hat die „verehrte Olga" nie bei einem Auftritt erleben können. Schade für ihn! Der Besuch, als er die sechstausend Euro großzügig für die Freundin gespendet hat, war sein letzter in Berlin gewesen.

Keine Ahnung, warum ich das Geschenk aus heutiger Sicht als eine Art Wiedergutmachung betrachte. Olga gehört zu keiner „Opfergruppe" der Nazis. Sie ist Deutsche, deren Vorfahren auf verschlungenen Wegen nach Kasachstan verpflanzt worden waren.

Um die Ecke herum gedacht könnte man schon einen Zusammenhang konstruieren: Opa war Nazi, gehörte zu den „Herrenmenschen". Olga und ihre Familie waren Russlanddeutsche, die, als die Deutschen Russland überfielen, von Stalin mit den Angreifern in einen Topf geworfen und nach Kasachstan verbannt wurden. Also Leidtragende des „Herrenmenschentums" von Opa und seinesgleichen.

In Kasachstan mussten sie lange Zeit in Erdhöhlen hausen. Die Männer wurden in die „Trud-Armee" Stalins eingezogen, nur wenige kamen zurück. Die Überlebenden wurden an allen Ecken und Enden getriezt. Sie durften nicht Deutsch sprechen, nicht Weihnachten feiern, ihren Glauben nicht ausüben. „Das Leben war mühsam, wir mussten uns von dem ernähren, was in unserem Garten wuchs", wenn Olgas Großmutter angefangen hat zu erzählen, als sie noch klar im Kopf gewesen war, kamen immer wieder die alten Bilder in ihr hoch: ein Dorf mit Sandwegen, mit Birken bestanden, links und rechts einfache Holzhäuser.

Ja, doch, gut möglich, dass Opa, der ja trotz aller Strenge hin und wieder recht feinfühlig sein konnte, eine Schuld gegenüber Olga, ihrer Familie, den Russlanddeutschen überhaupt, empfunden hat und sie abtragen wollte: sie, die Verlierer, er der Gewinner. Sie die Opfer des Nationalsozialismus mussten Schweres ertragen. Er, der Täter – oder „Mittäter"? – ging ungeschoren aus dem Schlamassel hervor, den er und seinesgleichen angerichtet hatten.

Na ja, es ist ihm ja, weiß Gott, auch nicht schwergefallen, das Geld auszuspucken.

„Wirklich schade, ich hätte es ihm so gegönnt", sagte Olga noch einmal.

„Ja", antwortete ich knapp. Ich war nicht gewillt, vor den Freundinnen mein Geheimnis und das meiner Familie auszubreiten.

15

Hochstimmung pur nach den verkorksten Ostertagen. Weltumarmungs-Gefühle auf der ganzen Linie. Abgesehen von einer Traurigkeit in der Tiefe meiner Seele. Mein unerschütterlicher Optimismus, meine Heiterkeit waren wieder erwacht.

Das Maß an Zumutungen war voll. Zu viele Abschiede. Zu viel Zoff, zu viele Gespenster der Vergangenheit. Ich ziehe die Notbremse. Keine innere Emigration mehr. Nicht mehr flüchten, mich vor Angst in eine Ecke verdrücken. Standhalten, den Blick nach vorn richten, Selbstbewusstsein walten lassen, ja, das wollte ich.

Lange genug saßen mir die Verfolger im Nacken. Je mehr ich mich zurückzog, desto heftiger waren sie hinter mir her. Eduard, der Holzbär, fletschte die Zähne, Uhren verflossen in bizarren Formen, Schritte auf der Treppe.

Jetzt drehe ich mich um, schaue den Verfolgern in die Augen. Sie halten ein. Ich halte ihren Blicken stand. Sie verschwinden. Was sagt man dazu?

Nach dem Shopping-Ausflug am Vortag widme ich mich jetzt wieder ernsthaft den Abi-Vorbereitungen.

Dann aber habe ich mir eine Belohnung verdient. Ich schnappe mir Mutters Golf und gondle durch die Gegend. Nach dem eigenmächtigen Öffnen des teuren Weines, dem Eindringen in Vaters Zimmer der dritte Tabubruch innerhalb weniger Tage. Gut, Mutter war nicht kleinlich, sie überließ mir ihr Auto, wann immer es ging. Sie wollte aber ganz gerne vorher gefragt werden.

Sei' s drum. So, wie ich hintergangen wurde, brauche ich keine Rücksicht zu nehmen.

Einem inneren Kompass folgend, begebe ich mich auf die Bundesstraße 1, die ehemalige Reichsstraße 1, die einst von Köln nach Königsberg führte. Auf unserer Fahrt nach Pilonaiken sind wir ihr ein Stück weit gefolgt.

Potsdam, Havelseen. Caputh, der Ort, in dem Albert Einstein ein paar Jahre lang lebte, bevor er vor den Nazis fliehen musste. Jetzt weiß ich, wohin es mich treibt: in Atzes Dorf.

Ich muss bei ihm etwas klarstellen: Zum ersten Mal, seitdem er nicht mehr bei mir war, habe ich das Chillen gestern mit Olga und Isabel von Herzen genossen. Mehr noch: Meine Eitelkeit war erwacht, ich hatte Lust gehabt, mich fein zu machen, mich mal wieder als Frau zu fühlen, mit meinen Reizen zu spielen. Auf der Heimfahrt in der U-Bahn hatte ich dem Typen, der zwischen Spichernstraße und Hohenzollernplatz in den Wagen kletterte und ein Stück von „Buena Vista Social Club" spielte – nicht besonders gut, die Gitarre reichlich verstimmt – zugezwinkert und mich von ihm ein wenig anbaggern lassen. Zwei Euro habe ich ihm in seinen Hut geworfen.

Auf dem Friedhof hielt ich stumme Zwiesprache mit Atze. Sagte ihm, dass ich nie wieder einen Mann so lieben würde wie ihn und dass es nichts mit ihm zu tun habe, dass ich gestern mit einem anderen geflirtet habe.

Aber ewig als Nonne leben, nein, das kann ich nicht, das will ich auch nicht, das eine hat mit dem anderen nichts zu tun.

Was hätte er mir wohl geantwortet? „Alles roger" oder „mach dir keinen Kopf"? Vorstellen könnte ich mir beides.

Zurück nehme ich die Autobahn und bin tatsächlich vor Beginn des Feierabendverkehrs wieder im Zaunkönigweg.

Riesenüberraschung: Vor unserem Haus stand Vaters Passat, wie konnte das angehen? Die Eltern wollten doch erst am nächsten Tag vom Skiurlaub zurückkommen.

Ich fand die beiden in der Küche. Braun gebrannt, quietschvergnügt saßen sie am Tisch, Oma Lisa leistete ihnen Gesellschaft. Alle drei mit Gläsern in der Hand, die der Eltern reichlich, das von Oma Lisa nur symbolisch mit einem Minischluck gefüllt. Auf dem Tisch eine Schnapsflasche „Hardöpfeler Kartoffelbrand", frisch aus der Schweiz importiert, vielleicht sogar geschmuggelt. Keine Ahnung, ob und wie viel Alk man aus der Schweiz nach Deutschland einführen darf, wahrscheinlich kommt es auf die Menge an. In der Hinsicht traue ich meinen Eltern einiges zu. Sie waren schon sehr lustig und prosteten in meine Richtung.

„Hallo Hannchen, hier sind wir wieder."

Sieh mal einer an, wunderbar, nicht zu übersehen und überhören. Sie fielen mir auf den Wecker, ich hatte absolut noch keinen Nerv auf sie. Mich nach anfänglichen

Turbulenzen total ans Alleinsein gewöhnt. Natürlich hatte ich meine Wut auf Vater keinesfalls verdaut, wenn sie in den vergangenen Tagen auch ziemlich abgemildert worden war.

Die beiden waren in ihrem Frohsinn nicht zu beeinträchtigen. Sie schienen nicht zu bemerken, dass ich recht wortkarg auf ihre überschwängliche Begrüßung reagierte.

„Ich dachte, ihr wolltet erst morgen zurückkommen."

„Wollten wir auch, aber Mutter hatte einen kleinen Unfall", erklärte Vater.

Erst jetzt bemerkte ich, dass sie ihr linkes Bein auf einen Hocker gelegt hatte, und kriegte nun doch einen Schrecken.

„Nicht so schlimm, nur eine kleine Prellung", wiegelte sie ab.

Vater stieg sogleich in eine drastische Schilderung ein: Irgend so ein Arschloch, eine veritable Pistensau, sei in Mutter hineingefahren, habe sie zu Fall gebracht und dann auch noch den Larry raushängen lassen, Mutter beschimpft. Dem habe er, Vater, aber schnell gezeigt, wo der Bartel den Most holt und ihm mit Schmerzensgeld gedroht. Man habe sich entschlossen, früher nach Hause zu fahren.

Ein Glück, dass es das linke Bein war und Mutter, wie ich stark annehme, mit dem Passat und seinem Automatikgetriebe Auto fahren konnte, ging es mir durch den Kopf. Nicht auszudenken, wenn Vater die weite Strecke alleine hätte fahren müssen. Bei seinem Fahrstil: stundenlang an LKWs kleben, im ungeeignetsten Moment doch überholen. Mit Händen und Füßen reden, wenn er besser beide Hände am Steuer halten sollte. Mutter, die eine ausgezeichnete Autofahrerin ist, kriegt die Krise, wenn sie als Beifahrerin neben ihm sitzen muss.

Irgendwann fiel den beiden auf, dass ich recht schweigsam bei ihnen am Tisch saß.

„Nun sag, wie ist es dir ergangen, Hannchen?", fragte Mutter und legte ihre Hand auf meine.

Ich befreite mich von der mütterlichen Berührung. Jetzt war der Moment gekommen, an dem ich Farbe bekennen, den Frohsinn meiner Eltern mit einem Schlag beenden musste.

„Wie es einem halt so ergeht, wenn man merkt, dass man hintergangen wurde."

Plötzliche Stille im Raum. Sollte ich sie genießen oder fürchten? Es dauerte eine Weile, bis die Eltern mit ihren von der langen Fahrt und vom Hardöpfeler benebelten Sinnen den Stimmungswechsel zu bemerken schienen.

Mutter runzelte die Stirn, Vater fragte: „Wie darf ich das verstehen, meine Liebe?"

Ich setzte an, brachte alles aufs Tapet: Die Sache mit dem Koffer, den Vertrauensbruch, den Verrat an mir, die Sauerei, mir nichts von Opas Vergangenheit erzählt zu haben.

„Schöne Eltern seid ihr", schleuderte ich ihnen ins Gesicht.

Wieder Stille.

„Au weia", kam es nach einer Weile von Mutter. Vater aber saß da, als sei er verprügelt worden. Wurde abwechselnd rot und blass, sein Gesichtsausdruck wechselte zwischen Wut und schlechtem Gewissen hin und her. Fast tat er mir schon wieder leid, wie er so dasaß. Das Mitleid verging mir, als er zu poltern begann. Er hatte sich offenbar zum Angriff entschlossen.

„Wie kommst du dazu, in meinem Zimmer zu wühlen?"

„Was kann ich dafür, dass deine Studenten dermaßen nerven, dass sie sogar am Ostersamstag bei dir anrufen, stundenlang?", konterte ich.

Vater steckte nicht zurück, blieb bei seinem Vorwurf des Vertrauensbruchs, ich bei meinem. Schließlich rannte er aus der Küche und pfefferte die Tür hinter sich zu. Einige Momente später stürmte er wieder herein und hielt mir, wie ein Corpus Delicti, die zur Hälfte geleerte Weinflasche „Domaine de Sowieso" vor die Nase, die ich absichtlich im Wohnzimmer hatte stehen lassen.

„Und das, was ist das?", schrie er, „wer hat dir erlaubt, an meinen Wein zu gehen?"

„Und wer hat dir erlaubt, mir mein Eigentum vorzuenthalten?", an Lautstärke und Schärfe konnte ich es gut mit ihm aufnehmen.

Die Situation war verkorkst hoch drei, meine Eltern hatten sich ihre Rückkehr sicher anders vorgestellt. Keine Ahnung, wie das weitergehen soll. Dennoch hielt sich mein schlechtes Gewissen in Grenzen. Gut, es hätte alles weniger heftig, weniger lautstark über die Bühne gehen können. Zum Eklat wäre es aber so oder so gekommen. Eigentlich konnte ich froh sein, dass die Bom-

be geplatzt war. Logisch, dass der im Verborgenen an-
gehäufte Sprengstoff irgendwann einmal hochgehen
würde.

16

Es war zu erwarten, dass die Stimmung nach dem Mega-Zoff in den Keller rutschten würde. Dass aber dermaßen eisiges Schweigen herrschte, das hätte ich nicht für möglich gehalten. Ich zog mich in mein Dachgeschoss zurück, Vater in sein Arbeitszimmer. War ein Zusammentreffen absolut nicht zu vermeiden, schlichen wir wie Kampfhähne umeinander herum. Immer auf Lauerstellung, wer dem anderen zuerst die Augen auskratzen würde.

Ein Wunder, dass ich dennoch zu Hochform auflief bei meinem Endspurt für's Abitur. Ich hatte den totalen Tunnelblick, funktionierte wie eine gut geölte Maschine. Wie hatte ich es gehalten mit den Dämonen, die mir am Zeug flicken wollten? Nicht davonlaufen, dem Gegner fest in die Augen schauen. Es funktionierte. Ziemlich gut sogar.

Die schriftlichen Prüfungen standen bevor: Mathe, Deutsch, Philosophie. Wir saßen in der Aula, jeweils einer allein an einer Schulbank. In der Luft eine Mischung aus Angst, Aufregung, nervöser Konzentration. Bis auf das Kratzen der Kugelschreiber und Füllfederhalter auf Papier, hin und wieder Seufzen und Stühlerücken war nichts zu hören.

Am Pult langweilte sich eine Aufsichtsperson, stündlich wechselnd eine andere. Ich saß am Fenster, sah in die knospende Natur draußen und wunderte mich, dass ich zwar Anspannung, jedoch keinerlei Angst verspürte.

Im Gegenteil: Ich genoss die Prüfungen wie Wettkämpfe beim Sport, bei denen ich alles zu geben bereit war.

Ich schrieb und schrieb, rief das im Kurzzeitgedächtnis gespeicherte Wissen auf dem inneren Computer ab. Geistiger Hochleistungssport, hinterher wohlige Entspannung.

Zwischen dem Schriftlichen und dem Mündlichen zweieinhalb Wochen Pause. Ich verbrachte sie wie im Trance, igelte mich zu Hause immer mehr ein, versorgte mich sogar selbst in meinem kleinen Reich. Meiner Familie ging ich immer mehr aus dem Weg, sie mir offensichtlich auch. Wenn ich Mutter traf, sah ich ihrem Gesicht an, dass sie mich wegen Vater zur Rede stellen wollte. Nach dem Motto „vertragt euch doch endlich, das kann doch nicht so schwer sein". Klug von ihr, es sein zu lassen. Die Signale, die ich von mir gab, waren wohl mehr als deutlich: „Lass mich in Ruhe, ich habe mir nichts vorzuwerfen, wenn schon, sollte Vater derjenige sein, der den ersten Schritt zur Versöhnung wagt."

Auch das Mündliche ging ich sportlich an: Mein Gegenüber, sprich den Prüfer, fest im Auge behalten, keine Schwäche zeigen. Vor allem: labern, labern, labern. Auch oder gerade wenn du ins Schlingern geraten solltest, was bei mir zum Glück nicht der Fall war. Ich liebte das Thema der Biologieprüfung: Verhaltenslehre bei Tieren, ererbtes, erworbenes, erlerntes Verhalten, Verhaltensmuster, Übersprungshandlungen, Instinkt und Prägung. „Vernünftiges Verhalten" gibt es bei Tieren nicht, alles genetisch vorgeprägt, einem Reiz-Reaktion-Schema untergeordnet. Wie aber sieht es beim Menschen, der angeblichen „Krone der Schöpfung", aus? Ich fürchte, mit Vernunft ist es bei uns auch nicht allzu weit her.

Ratzfatz, schon war alles vorüber. Die Ausbeute war nicht schlecht: 1,4 im Notendurchschnitt, mehr als ich erwartet hatte. Ein Pfund, mit dem sich wuchern ließ.

Was folgte, war ein Schwebezustand, wie ich ihn noch nie erlebt habe. Ein Dasein zwischen „Nicht-mehr" und „Noch-nicht". Von heute auf morgen wurde ich hinauskatapultiert aus meiner gewohnten Welt. Viele Jahre der gleiche Trott: Aufstehen, Anziehen, zur Schule gehen, Heimkommen. Besonders gebrannt habe ich für dieses Schülerdasein nie, mich aber ziemlich kommod in ihm eingerichtet. Natürlich war ich froh, das alles hinter mir zu haben. Zugleich aber traurig, dass das Altvertraute nun Vergangenheit war. Unwiederbringlich. Verrückte Welt, stetes Auf und Ab.

Isabel und Olga waren gleich nach dem Mündlichen weg. Noch vor der Abschlussfeier und feierlichen Übergabe der Reifezeugnisse hatten sie den Abflug gemacht. Ich vermisste sie sehr. Mein Alleinsein zelebrierte ich mit endlosen Spaziergängen im Grunewald, an der Krummen Lanke oder einfach so, in der Umgebung herum.

Ich konnte es selbst kaum fassen, aber ich kostete auch diesen Zustand voll aus. Die neue Perspektive gefiel mir: zwischen Himmel und Erde schwebend, hier und dort gleichzeitig sein und warten, was das Schicksal für mich bereit hält.

Alles wird relativ und einmalig zugleich. Wenn ich mich von außen betrachte, ist meine Geschichte eine von vielen. So, als würde ich eine Person wie mich im Film sehen oder in einem Roman geschildert bekommen.

Heimatlosigkeit, Heimweh. Aber auch Hinausweh. Und die Frage, was um Himmels willen das Dasein hier auf Erden soll. Ob, verdammt noch mal, ein verdammter Sinn hinter dem Ganzen steckt. Jahrtausende, Jahrmillionen ist die Welt ohne mich ausgekommen. Dann halte ich meine Stippvisite hier ab und, schwupp, bin ich wieder weg.

Ich, Hanna Czichowski, fühlte mich dennoch aufgefordert, Antworten auf die Fragen des Daseins zu finden. Hatte ich nicht gerade im Abitur bewiesen, dass ich es kann? Ist nicht das „Faustische Streben", wie es Goethe in seinem dicken Schinken beschreibt, die Triebfeder meines Lebens, Werdegangs, meiner Persönlichkeit? Der Welt einen Stempel aufdrücken? Alles auf dieses Ziel hin fokussieren? Ich, Hanna Czichowski bin berufen, die Welt zu verändern.

In der Stimmung fuhr ich wieder mal in Atzes Dorf hinaus. Diesmal mit Mutters Erlaubnis, ihren Golf in Anspruch nehmen zu dürfen. Alles unverändert: Straßen, Häuser, der Friedhof, Atzes Grab. Der Bäckerwagen auf dem Marktplatz.

Die Verkäuferin, Inge Beiersdorf, kenne ich. Bei ihr erstanden Atze und ich Brötchen, Schnecken, Croissants, Bienenstich, je nachdem. Hin und wieder auch Milch, Butter, Käse.

Inge ist Anlaufpunkt im Dorf für alle, die auf eine Versorgung vor Ort angewiesen sind. Alle, die nicht mit dem Auto in den Supermarkt der Stadt fahren können, bekommen bei ihr das, was sie für den täglichen Bedarf brauchen, sogar Lebensmittelkonserven. Wenn es sein muss, besorgt sie das Benötigte bei ihren eigenen Einkäufen in der Stadt. Eine gute Seele durch und durch.

An dem Tag, an dem ich sie traf, war sie nicht gut drauf. Dabei hätte sie Grund zur Freude gehabt: Sie war hochschwanger, nicht zu übersehen. In wenigen Wochen sollte ihr erstes Kind geboren werden, auf das sie und ihr Mann lange gewartet hatten.

Den Grund ihrer getrübten Stimmung erfuhr ich, als Inge einen Moment Pause machen konnte: Sie fürchtete, ihre Beschäftigung im Brotwagen zu verlieren. Als 400-Euro-Jobberin hatte sie keinen Kündigungsschutz, war aber dringend auf das Geld angewiesen. Auch ihr Mann war nur „teilzeitbeschäftigt", sogar nur „auf Zeit".

Sie wisse nicht, ob der Sowieso von der Bäckereikette, die ihren Verkaufswagen betrieb, die Stelle für sie freihalten würde. „Der Chef ist ein ziemliches Aas, von dem habe ich nichts zu erwarten", sagte sie.

Während ich am Tresen ihres Wagens stand, ihr zuhörte, einen Milchkaffee aus dem Becher trank, ein Croissant dazu aß, traf mich wie ein Blitz die Erkenntnis: Wow, Hanna, das ist es! Das Schicksal hat dir einen Weg gezeigt. Diese Betätigung hat auf dich gewartet. Genau das Richtige, um das Schweben zwischen Himmel und Erde zu beenden. Wieder zurück zur Mitte und zur Ruhe zu finden.

Das Gewesene sacken lassen. Etwas Handfestes tun. Ohne Wenn und Aber einfach nur da sein. Nach dem Existenziellen im Leben suchen. Nach dem, was wirklich zählt. Einen roten Faden finden.

Musste spannend sein: Du kutschierst im Verkaufswagen von Dorf zu Dorf, triffst jede Menge Leute, unterhältst dich mit ihnen, bekommst Einblicke in viele Schicksale, in die Sorgen und Nöte von Menschen, die vielleicht ganz anders ticken als du selbst. Gut möglich, dass sie dir mehr darüber sagen können, was die Welt im Innersten zusammenhält, als alle Abiturienten, Akademiker und Klugschnacker zusammen. Ja, Hanna, das ist es! Das ist genau das, was auf dich gewartet hat.

„Was wäre, wenn ich das machen würde?", unterbrach ich Inges Redefluss.

Sie hielt mitten im Satz inne, starrte mich an, dann breiteten sich Erstaunen und Erleichterung in ihrem Gesicht aus.

„Du würdest das machen? Das wäre ja, das wäre prima!"

Wohnen könnte ich bei ihr im Anbau ihres Hauses, sprudelte es aus ihr heraus. „Allerdings nicht sehr komfortabel, ohne Heizung, nur mit Kohleofen, du bist sicher Anderes gewöhnt?", meinte sie unsicher.

Ich wiegelte ab. Sagte ihr, dass ich auf Komfort, Wohlstand, Überfluss pfeife. Das Leben in einer Villa in der vornehmsten Gegend Berlins, was bedeute das schon angesichts des Existenziellen? Angesichts von Heimatlosigkeit und Heimatsuche?

Als ich mein potenzielles Domizil sah, war ich begeistert. Eine kleine Behausung im umgebauten Kaninchenstall, seit Langem nicht mehr benutzt. Klo, Waschbecken im Flur. Ein paar Eimer Farbe an die Tapeten, das Ganze mit ein paar eigenen Möbeln, Bildern, Flickenteppichen bestückt. Vielleicht konnte mir Oma Lisa Gardinen für die Fenster nähen?

Das ideale Nest für mich. Endlich eine Perspektive, wenn auch nur für ein paar Monate. Was die Zeit danach betraf, darüber zerbrach ich mir jetzt noch nicht den Kopf. Vielleicht würde ich studieren. Germanistik? Philosophie? Biologie? Möglichkeiten gibt es genug. Oder ich würde, wie Olli, eine Lehre absolvieren. Am liebsten etwas Handfestes. Tischlerei vielleicht.

Wir telefonierten mit Inges Chef, er hatte nichts gegen unsere Interimslösung. Eine schriftliche Vereinbarung würde er mir in den nächsten Tagen zukommen lassen. Toll!

Beschwingt fuhr ich nach Hause. Den Eltern wollte ich noch nichts erzählen, die Neuigkeit erst für mich alleine auskosten und sacken lassen.

Sie waren eh nirgends zu sehen. Also bestieg ich mein Baumhaus, zum ersten Mal seit dem letzten Herbst. Mit den Händen fegte ich welke Blätter vom Bretterboden, dann machte ich es mir gemütlich. Fehlte nur noch Harry Potter, wo er nur blieb? Er machte sich rar in letzter Zeit. Wenn er mir nicht vor ein paar Tagen im Zaunkönigweg begegnet wäre, ich hätte befürchtet, dass er nicht mehr am Leben wäre. Nein, bitte nicht noch ein Abschied!

Ich musste weggedöst sein. Schreckte hoch, als der Baum schwankte. Jemand kletterte die Strickleiter hoch.

Olli, mein Bruder!

„Olli, das ist aber eine Überraschung", wir hatten uns ewig nicht gesehen. Küsschen rechts, Küsschen links, Umarmung, große Freude. Fast war er mir fremd geworden, mein großer Bruder.

Vier Jahre Altersunterschied, das hatte in unserer Kindheit ein halbes Leben bedeutet. Nun war er dreiundzwanzig, ich fast neunzehn, da spielten die paar

Jährchen keine große Rolle mehr. Was hatte ich ihn vermisst in den schwierigen Wochen, die hinter mir lagen, ich merkte es erst jetzt. Warum war ich nie auf die Idee gekommen, mich mit ihm auszuquatschen? Er, der neben den Eltern und Oma Lisa der vertrauteste Mensch in meinem Leben ist?

„Hab ich mir's doch gedacht, dass du hier oben bist, als ich dich sonst nirgends finden konnte", er lächelte sein typisches Olli-Lächeln: liebenswürdig, zugewandt, mit einem kleinen Anflug von Rühr-mich-nicht-an, als hätte er es bei Mutter abgeschaut. Nur wer ihn näher kennt, so wie ich, nimmt das Stückchen Melancholie wahr, das er hinter seiner Freundlichkeit verbirgt.

Er ließ sich neben mir im Schneidersitz nieder. Wir strahlten uns an. Olli war gekommen um mir – „spät, aber doch noch nicht zu spät" – zum bestandenen Abitur zu gratulieren.

„Hast du gut gemacht, ich bin stolz auf dich."

Ein Lob von ihm, der sein Abitur mit 1,0 bestanden hat, das machte mich verlegen. Und stolz zugleich.

Beim Lob für mich blieb es nicht. Olli zog aus seiner Umhängetasche ein Bild hervor und überreichte es mir. Ich war total gerührt! Eine Zeichnung: Brüderchen und Schwesterchen, die sich an den Händen halten. Rote Mähne, grün gesprenkelte Augen, Sommersprossen auf Nase und Wangen, frecher Blick, das war ich. Trefflich dargestellt auch Olli mit seinen Rehaugen, den kastanienbraunen Locken, den Grübchen, die er, besonders in der Pubertät, immer zu verbergen versucht hatte, da sie ihm peinlich waren. Von Kopf bis Fuß eine männliche Ausgabe unserer schönen Mutter.

Das Bild hatte Olli selbst gemalt. Unverkennbar seine Technik, in der er sich schon im Kunstunterricht in der Schule geübt hatte: die Konturen mit ein paar Federstrichen gezeichnet. Mal zart, mal kräftig, dann wieder mit kurzen oder langen Linien versehen. Die Figuren mit Aquarellfarben ausgemalt. Meine Sommersprossen, seine Grübchen, hatte er mit ein paar scheinbar zufällig aufs Papier getupften Punkten markiert. Ein wunderbares Geschenk.

„Danke, Olli", noch einmal fiel ich ihm um den Hals.

Doch – „halt, halt" - wie ein Nikolaus zu Weihnachten zog er noch ein Geschenk aus seiner Tasche: einen Briefumschlag, den er mir feierlich überreichte. Eine Einladung für ein Abendessen zu zweit. Nicht etwa beim Italiener, Griechen oder Vietnamesen um die Ecke. Nein, in Berlins vornehmstem und teuersten Hotel: dem Adlon am Brandenburger Tor.

„Olli, eine Nummer kleiner geht es nicht?", mehr fiel mir dazu nicht ein.

„Für meine Schwester ist mir das Beste gerade gut genug", frotzelte er, aber sein Gesicht blieb ziemlich ernst dabei. Er habe den Gutschein von einem Geschäftskunden geschenkt bekommen und es sei ihm eine Ehre, mich auszuführen. „Besonders zu dem Anlass".

Mir lag noch etwas anderes auf der Zunge, doch ich schwieg. Es hätte nahe gelegen, dass Olli seine Freundin Thu in den Edelschuppen ausführen würde. Aber Mutter hatte vor einigen Wochen, als wir noch mehr kommunizierten als zur Zeit, angedeutet, es liefe nichts mehr zwischen den beiden. Sie war zurück zu ihren Eltern nach New York gegangen. Er war nicht gewillt, ihr dorthin zu folgen. Gut, dass er nicht so weit weg von uns ging. Schade, dass offenbar Funkstille zwischen ihm und Thu herrschte.

Noch ein paar Sätze hin und her, noch ein paar Erinnerungen.

„Weißt du noch, wie wir die alte Klein geärgert haben?"

"Weißt du noch, als Vater ihr ein ‚Leck mich am Arsch, alte Hexe' hinterhergeworfen hat?"

„Weißt du noch, als du dich Heiligabend hier oben verbarrikadiert hast aus Frust darüber, dass wir dich nicht zum Weihnachtsbaumkauf mitgenommen haben?"

Dann verabschiedete sich Olli. „Bis übermorgen, wir treffen uns bei mir in der Wohnung".

„Was, übermorgen schon?"

Olli, der sich bereits angeschickt hatte, die Strickleiter hinunterzuklettern, streckte noch einmal den Kopf zu mir ins Baumhaus hinein.

„Klar, oder passt es dir nicht?"

„Doch, ja, großartig!"

Ich wartete ein Weilchen, ließ die Freude über den unerwarteten Besuch und die tollen Geschenke nachklingen. Dann kletterte auch ich auf den Boden der Tatsachen zurück.

17

Mutter half mir beim Styling für das große Ereignis. Allein die Klamottenfrage war eine Herausforderung für mich, die ich ohne ihre Hilfe nicht bewältigt hätte. In meinem Fundus an Jeans, T-Shirts und Pullovern fand sich nichts Passendes für die Welt der Schönen und Reichen. Mutters Garderobe musste herhalten.

Wir hatten beide riesigen Spaß an der Kostümierung. Endlich konnten wir uns auf unvermintem Gelände wieder einmal unbefangen begegnen, die jüngsten Zwistigkeiten im Hause Czichowski ausblenden. Wir kicherten und alberten wie die Teenager herum, als wir über ihren Kleiderschrank herfielen.

Ich probierte dieses, probierte jenes. Gut, dass wir dieselbe Kleidergröße tragen. Macht nichts, dass ich ein paar Zentimeter größer bin als sie. Schade nur, dass der Hosenanzug, ein Traum aus schwarzem Flatterstoff, mir zu kurz war. Statt um die Waden, wie es vorgesehen war, schlackerte er mir um die Knie herum, als stünde er auf Halbmast. Ich fand ihn verschärft, ihn hätte ich gerne getragen.

Ein Stück ums andere landete auf Mutters Sofa. Das orangefarbene Kleid mit dem Wickeloberteil ebenso wie ein hautenges Etwas aus glitzerndem „Safrangelb". Viel zu fraulich, bieder, uncool. Der abgelegte Haufen wurde immer größer. Nach einigem Hin und Her entschieden wir uns für ein moosgrünes Samtkostüm: eng geschnittener Rock, passende Jacke dazu. Wenn Mutter das Gewand trug, endete es züchtig ein paar Fingerbreit über den Knien. Bei mir stellte es sich als raffinierter Mini heraus, der meine langen Beinen genial zur Geltung brachte. Eigentlich schade, dass ich mein Fahrgestell sonst immer unter abgetragenen Jeans versteckte. Zum schlichten, aber eleganten Jackett ein weißes Edel-Top aus Satin, Oma Lisas Medaillon um den Hals. Super! Ich erkannte mich selbst kaum wieder, als ich mich im Spiegel betrachtete.

Mutter betätigte sich als Maskenbildnerin, schmierte mir Make-up ins Gesicht, ein wenig Rouge darüber. Meine Haare hatte ich tags zuvor schon gefärbt, jetzt wurden sie von Mutter schön zottelig geföhnt und toupiert. Rein in die schwarzen Ballerinas und los ging's Richtung U-Bahn. Die Vorstellung, die Nachbarn im Zaunkönigweg stünden hinter ihren Vorhängen und bewunderten mich, gefiel mir. Leider war kein Mensch zu sehen.

Olli und ich trafen uns in seiner Einzimmer-Altbauwohnung am Prenzlauer Berg – früher ein abgewrackter Stadtteil, inzwischen Schickimicki pur. Olli hatte Glück gehabt, dass er für einen bezahlbaren Preis hier eine Bleibe gefunden hat.

Auch er hatte sich für unseren Abend von der Hose, dem Jackett dem dazu passenden Hemd samt Krawatte fein gemacht. Nicht mal Vater kam, wenn er sich ausnahmsweise mal in feine Klamotten schmiss, an ihn heran.

Schön mal wieder in Ollis „Wohnklo mit Küche" – O-Ton meines Vaters – zu sein. Wann war ich zum letzten Mal hier gewesen? Es musste ewig her sein, ich konnte mich nicht daran erinnern.

In der Mitte seines einzigen Zimmers stand ein riesiger antiker Schreibtisch aus der Erbschaft unserer bayerischen Brauereivorfahren. In der Ecke ein Doppelbett, die Wände von oben bis unten mit Metall-Glas-Regalen zugestellt. Was mein guter Bruder darauf platziert hatte, sagte mehr über seinen Charakter aus als jedes psychologische Gutachten.

Allein die Musikanlage mit den Mega-Lautsprechern sprach Bände. Olli brauchte das Teil, um seinen geliebten Heavy-Metal-Sound auf Touren zu bringen. Seiner zweiten musikalischen Leidenschaft, Renaissance-Klänge mit Schalmeien, Pommern, Krummhörnern und anderem alten Gedöns, kommt die Technik ebenfalls zugute. Das sanfte Gesäusel hätte man bei einer schwächeren Anlage kaum wahrgenommen.

Krass das Sammelsurium an Literatur auf den Regalen. Sämtliche Bücher wie mit dem Lineal ausgerichtet und nach Sparten geordnet, Olli war schon immer der totale Ordnungsfreak gewesen. Es hatte oft Streit zwischen uns gegeben, als wir zusammen in der Dachwohnung hausten, da ich – angeblich – viel zu unordentlich war.

Ollis Comic-Abteilung umfasst sämtliche Lucky-Luke-Hefte, neben deutschen auch etliche auf Englisch, Französisch, sogar auf Spanisch. Daneben philosophische Schriften mit rätselhaften Titeln wie „Kritik der Urteilskraft", „Die Krankheit zum Tode" oder „Strukturwandel der Öffentlichkeit". Bescheiden dagegen die Technik-, Mathematik- und Computerabteilung nebst Lehrbüchern über das Bank-, Kredit- und Aktienwesen. Wer weiß, vielleicht hatte Mutter doch recht, wenn sie vermutete, Olli habe sich den nüchternen Beruf des Bankers nur ausgesucht, um sich von Vater abzugrenzen? Eigentlich sei er eher der weiche Typ, der zur Geisteswissenschaft, insbesondere der Philosophie, tendiere. Es könnte allerdings auch sein, dass er sich durch seinen Job eine Struktur für seine komplizierten Gedankengänge verschaffen wollte.

Mir blieb wenig Zeit, mir Gedanken über das Innenleben meines Bruders zu machen. Olli drängelte, wir sollten uns langsam Richtung Adlon begeben. Er griff zum Telefon und bestellte ein Taxi.

Für die kurze Strecke, ich fasste es nicht. Wir hätten lässig den Bus nehmen oder zu Fuß gehen können. Aber nein, davon wollte mein Bruder nichts wissen. Er war wohl der Meinung: wenn schon vornehm, dann richtig und mit allem Pipapo.

Als wir unser Ziel erreichten, musste ich ihm recht geben: Einem Nobelhotel wie dem Adlon näherte man sich nicht popelig mit Bus, Bahn oder gar zu Fuß. Hier fuhr man vor. Man schlurfte auch nicht hinein als beträte man eine x-beliebige Kneipe. Nein: man schritt, setzte langsam Fuß vor Fuß. Hoch erhobenen Hauptes, den Blick geradeaus, auf den roten Teppich und die Drehtür gerichtet.

Ziemlich abgefahren, aber es kam noch verrückter. In dem Moment, als ich die Edelherberge betrat, wurde ich einer geheimnisvollen Verwandlung unterzogen: ich war nicht mehr ich selbst. Die Allerwelts-Hanna blieb draußen. Als neues Wesen bewegte ich mich durch die Traum-Luxuswelt des Hotels. Es gab kein Gestern, kein Morgen mehr. Nur Glanz, Glimmer, Gold, Marmor, von unzähligen Lichtern bestrahlt wie ein riesiges Weihnachtszimmer. Der Palast der Königin von Saba konnte nicht schöner sein. Mein Kummer, meine Sorgen, der Zoff mit Vater: alles wie weggeblasen.

Über dicke Teppiche traumwandelte ich dem Restaurant entgegen. Vorsichtiger Blick zu Olli: War er ebenso drauf wie ich? Tatsächlich, für einen Moment schien es mir, als schwebten wir gemeinsam wie in Zeitlupe Hand in Hand die Treppe hinauf.

Ein geschniegelter Herr kam auf uns zu. Offenbar ebenfalls ein Gast des Hauses. Er begrüßte Olli: „Willkommen, Herr Czichowski." Es sei ihm eine Ehre, ihn und seine „reizende Begleiterin" begrüßen zu dürfen und so fort.

Offensichtlich war dies der geheimnisvolle Mensch, dem wir beide unseren Aufenthalt hier zu verdanken hatten. „Ein Geschäftsmann", mehr hatte mir mein Bruder nicht verraten, mehr wollte ich auch nicht wissen. Wer weiß, welch dunklen Kanälen diese Banker-Kumpanei entstammte. Den Namen, mit dem er mir vorgestellt wurde, verstand ich nicht.

Der Geschniegelte übergab uns einem Kellner, der uns wie ein guter Geist unter seine Fittiche nahm und uns einen Platz im Restaurant zuwies. Direkt am Fenster mit Blick auf das Brandenburger Tor! Die vier Pferde mit ihrem Karren und der geflügelten Victoria auf Berlins berühmtestem Wahrzeichen bewegten sich geradewegs auf uns zu.

Der Traum ging weiter. Friede, Freude, Eierkuchen auf der ganzen Linie. Vor lauter Glück hielten wir uns an den Händen, schauten uns geschwisterlich-liebevoll in die Augen. Wann hatte es das letzte Mal eine solch vertraute Geste zwischen uns gegeben? Mein Bruder war mir ein wenig fremd geworden, seitdem er nicht mehr bei uns wohnte.

Er wäre, ging es mir wieder durch den Sinn, schon lange der ideale Gesprächspartner für mich und meine familiären Problemen gewesen, die irgendwie auch seine waren. Er kannte den Laden. Schließlich war er im selben Stall groß geworden wie ich.

Gut, er war vier Jahre älter als ich. Aber spielte das heute noch eine Rolle? Wir sind beide erwachsen.

Ja, früher, als wir Kinder waren, da gab es mancherlei Knatsch zwischen uns. Er fühlte sich durch meinen Kleinmädchenkram genervt. Tat überheblich, als ich mit neun, zehn Jahren immer noch kein Latein verstand und vom Satz des Pythagoras nie etwas gehört hatte. Er wiederum war mir zu langweilig, zu brav, für Spiele und Streiche nicht zu gebrauchen.

Aber wenn es darauf ankam, dann verteidigten wir uns gegenseitig. Wenn es sein musste, mit Zähnen und Klauen. Ich ging jedem, der Olli wegen seines angeblich „weibischen Aussehens" verspottete, an die Gurgel. Einem seiner dumpfbackigen Mitschüler, der ihn eine „Schwuchtel" nannte, kratzte ich beinahe die Augen aus.

Dabei hatte ich damals nicht die geringste Ahnung, was eine „Schwuchtel" ist.

Olli wiederum beförderte zwei Jungs aus der Nachbarschaft, die mich piesackten und mir mein Kinderfahrrad wegnehmen wollten, kurzerhand über eine Hecke, obwohl sie beide kräftiger waren als er. Dann tröstete er mich, nahm mich samt Fahrrad unter seine Fittiche, wischte mir die Tränen ab und brachte mich nach Hause.

Die Auswahl unserer Speisen und Getränke überließ ich dem großen Bruder. Erstens war es mir egal, was wir auf den Tisch bekommen würden. Die Umgebung überwältigte mich dermaßen, dass ich allein davon schon satt war. Glanz, Glimmer, Kerzenschein und Blumenbouquets wohin man schaute, in der Wand eingelassener Kamin mit dem Porträt eines alten Herrn darüber, es könnte ein deutscher Kaiser gewesen sein.

Außerdem kamen mir die auf der Speisekarte notierten Gerichte wie Hieroglyphen vor: „Langostino", „Pastiscaviar Gremolata", was das wohl sein mochte?

Das interessierte mich auch nicht weiter. Was Essen betraf, war ich eine Allesverwerterin. Außer „Sushis", von denen alle Welt schwärmt, die ich aber zum Kotzen finde, oder „Obatzta", ein mit Zwiebeln versetzter, stinkender alter Käse, den ich in einem bayerischen Lokal mal vorgesetzt bekam, esse ich so ziemlich alles. Lediglich bei der Auswahl des Weines brachte ich einen Einwand vor: Er möge bitte nicht nach Kompost und fauligem Moos schmecken wie Vaters 200-Euro-Gesöff, das ich mir Karfreitag reingezogen habe. Als ich Olli die Story von meiner Orgie mit Bruce Springsteen und den Prinzen erzählte, wollte er sich kaputt lachen.

Bei einem „Amuse-Gueule", auf Deutsch so etwas wie ein „Schlund-Bespaßer", den uns der Kellner als „Gruß aus der Küche" servierte, kamen wir auf unser jüngstes familiäres Erdbeben zu sprechen – Olli wusste offensichtlich Bescheid. Mutter hatte ihn von A bis Z unterrichtet. Klar, fast hatte ich es vergessen: Die beiden ähneln sich nicht nur äußerlich, sie sind auch seelenverwandt mit ihrem Pokerface, ihrer, scheinbar stoischen Art, hinter der sie Witz, Charme und Einfühlungsvermögen gekonnt zu verbergen verstehen. Stundenlang hängen sie manchmal am Telefon und quatschen sich aus.

Unser „Schlund-Bespaßer", war ein undefinierbares, entfernt nach Datteln und Ziegenkäse schmeckendes Etwas, das ich in winzigen Portionen auf meine Gabel spießte, sonst wäre es mit einem Happen weg gewesen. Trotzdem verschluckte ich mich beinahe daran, als Olli mir seelenruhig erklärte: Die Sache mit Opa sei doch Schnee von gestern, er könne die ganze Aufregung darum nicht verstehen. „Opas Vergangenheit haben doch längst die berühmten Spatzen von sämtlichen Dächern gepfiffen."

Was? Wie? Geht's noch? Was, bitteschön, haben die Spatzen von den Dächern gepfiffen?

„Ich bin doch kein Vollpfosten, der von dem, was um ihn herum geschieht, keine Peilung hat", empörte ich mich.

Olli übte sich in Geduld: Opas „ruhmreiche Vergangenheit", bei dieser Bezeichnung hob er die Augenbrauen und zog verächtlich die Lippen nach unten, seine Tätigkeit als Nazi-Staatsanwalt und SS-Obersturmbannführer habe man in der Verwandtschaft seit jeher von A bis Z durchgehechelt. „Sag bloß, du hast nichts davon mitbekommen?"

Nee, hatte ich nicht. Ich zuckte mit den Schultern, schüttelte den Kopf nach dem Motto „mein Name ist Hase, ich weiß von nichts". Meine Unwissenheit war mir mehr als peinlich, rätselhaft ohnehin. Zum Glück marschierte in diesem Moment unser Kellner-Kümmerer heran und servierte uns die Vorspeise „Langostino & Calamaretti".

Wider Erwarten schmeckte das Garnelen-Tintenfisch-Gemisch, als das sich das Gericht entpuppte, recht gut. Trotz der Ungeheuerlichkeit, die mir Olli soeben geliefert hatte. Ich war eben nicht nur kulinarisch eine Allesverwerterin, mir konnte auch so schnell nichts den Appetit verderben.

„Es könnte aber auch sein", nahm Olli zwischen zwei Bissen Langostino den Faden wieder auf, „dass du absichtlich herausgehalten wurdest, man dich als Opas Liebling schonen wollte, um deine Liebe zu ihm nicht zu schmälern." Möglicherweise habe man aber auch Opa schonen wollen: Wenigstens ein Mitglied der Familie sollte dem alten Herrn ohne Vorbehalte zugetan sein.

Man nenne solch eine Verhaltensweise Verdrängung, Verlagerung, Abspaltung. Aha, da sprach der Psychologensohn, der mein Bruder eigentlich nie sein wollte.

„Gut möglich, dass dir auch deine Wahrnehmung einen Streich gespielt hat: Du nicht sehen wolltest, was offensichtlich war. Du hast dich der Wirklichkeit verweigert, sie verleugnet, sie ins Unterbewusste verbannt."

Mir blieb die Sprache weg. Das wurde ja immer schöner! Ich wollte heftig aufbegehren, doch in dem Moment wurden unsere Vorspeisenteller abgeräumt und ich hielt den Mund. Ging stattdessen in mich und riskierte einen Blick in die Vergangenheit. Für Momente sah ich Opa und mich an dem schicksalhaften Wintertag an der Donau. Er, mir übers Haar streichend. „Hanna, kleine Hanna." Mein Gott, vielleicht hatte mein Bruder ja recht.

„Nein", wiegelte Olli dagegen ab: Eigentlich könne er sich das nicht vorstellen, dazu sei ich viel zu handfest. Mich könne man nicht „korrumpieren". Oha, woher er dieses Wort wohl hatte? Aus der Bankersprache? Korruption – korrumpierbar? Gut möglich.

„Dein Wort in Gottes Gehörgang, lieber Bruder", sagte ich.

Er psychologisierte weiter. Konnte es sein, dass doch mehr von unserem Erzeuger in ihm steckte, als Olli selbst es wahrhaben wollte?

„Nein, nein, ich glaube eher, dass Vater, Adi und Willein sich nicht entscheiden konnten, ob sie ihren Alten lieben oder hassen sollten, stattdessen ein idealisiertes Abbild von Opa vor dir aufbauten, dich für ihre Zwecke benutzten. Sie haben nicht begriffen, dass Liebe und Hass sich nicht ausschließen, der Mensch ein Janusgesicht hat."

„Janusgesicht", ja, das Wort hatte ich schon einmal gehört: „zweigesichtig", gut und böse zugleich, zwei Seiten einer Medaille. Gut möglich, dass das auf Opa zutraf. Auf uns alle vielleicht?

Olli hielt sich nicht lange bei der Begriffsbestimmung auf. Er war in Fahrt gekommen: Man habe mich, die Letztgeborene, benutzt, missbraucht, wenn man so wolle.

„Aber tröste dich", fuhr er nach einer kleinen Pause fort, nachdem er den Rest seines Garnele-Tintenfisch-Gemischs vertilgt hatte, „die Jüngsten sind im Märchen die Gewinner. Sie siegen über das Böse, gehen als Prinz, als Prinzessin vom Platz."

„Prinzessin", Atzes Kosewort für mich. Seit seinem Tod hat mich keiner mehr so genannt. Ich hätte es mir auch strengstens verboten. Jetzt machte es mich glücklich. „Prinzessin", mein Bruder durfte mich so nennen. Wer sonst, wenn nicht er?

Die Jüngste, die Siegerin. Vom Aschenputtel zur Glücksfee. Mit Gold überschüttet: „Kikeriki, die goldene Hanna ist hie", nicht schlecht!

Ich griff nach Ollis Händen, während des Essens hatten wir uns zwangsläufig losgelassen: „Lass uns über etwas anderes reden, der Abend ist viel zu schön für solch ein Zeug."

Die Menüabfolge half uns, auf andere Gedanken zu kommen. Das Hauptgericht, „Schulter vom Salzwiesenlamm mit eingelegten Perlzwiebeln, Kichererbsen und Basilikum", rollte an. Wie alles, was wir in dem teuren Schuppen auf den Teller bekamen, war es ziemlich übersichtlich, aber wie ein Kunstwerk drapiert. Mit Kräutern verziert und mit Soßenspritzern kreuz und quer wie mit einem Gitter überzogen. Es kostete Überwindung, das Gebilde mit dem Besteck zu zerstören, musste aber leider sein.

Wäre ich eine Katze gewesen, ich hätte geschnurrt vor Behagen. Ich war gesättigt, aber keinesfalls übersättigt. Den Wein, irgendetwas Französisches, das sich ein bisschen nach „Dom Sowieso" anhörte, nahm ich, anders als bei meiner Karfreitagsorgie, in kleinen Schlucken zu mir. Dennoch fühlte ich mich herrlich beschwingt. Ich lehnte mich wohlig in meinen Stuhl zurück.

Draußen war die Dämmerung einer frühsommerlichen Fast-Dunkelheit gewichen. Das Brandenburger Tor war angestrahlt, das Pferdegespann mit seiner Victoria bläulich gefärbt.

Der Abend wurde immer kuscheliger, wir rückten innerlich immer näher zusammen. Redeten über dies, über jenes. Über Dinge, über die ich noch nie richtig nachgedacht hatte. Wir benutzten Begriffe, die ich schon oft in meinem Herzen bewegt, aber noch nie in den Mund genommen habe: Sinn des Lebens, Heimat, Endlichkeit, Zukunft, Abschied, Tod, Religion, sogar Glaube. Alles Dinge, die einer anderen Sphäre unseres Daseins entsprangen als der alltäglichen.

„Heimat ist etwas, das man haben muss, um es nicht nötig zu haben", gab ich eine meiner Weisheiten zum Besten.

„Mit der Heimat im Herzen die Welt umfassen."

Wow, Olli, so etwas Poetisches hätte ich dir nicht zugetraut.

„‚Welt umfassen' ist gut, ‚umarmen' gefällt mir noch besser", spann ich den Faden weiter. Welt umarmen, Weltumarmungsgefühl, hatte ich das nicht mal als die Grundfeste meines Seins erkannt? Gerne hätte ich jetzt noch mit dem von Friedrich Nietzsche entlehnten Satz „Wohl dem, der jetzt noch Heimat hat" geglänzt. Doch ich verkniff ihn mir. So viel intellektueller Kram auf einmal, es reichte.

Stattdessen brachte ich unsere Kastanien im Zaunkönigweg ins Spiel: wie fest sie in der Erde steckten, schon gut ein Jahrhundert lang. „Ich liebe sie", bekannte ich, „sie besitzen genau das, was unserer Familie fehlt: Verwurzelung, Beständigkeit. Den Bäumen kann so schnell nichts und niemand etwas anhaben." Unsere Familie dagegen: Flüchtlinge, Nestflüchter, Fremdlinge im eigenen Haus, zufällig zusammengewürfelt.

Ob er, Olli, schon einmal daran gedacht habe, dass keiner unserer Urgroßeltern, die bayerische Sippe ausgenommen, in ein ordentliches Grab auf einem ordentlichen Friedhof gelegt wurde? Und ob er nicht auch glaube, dass wir, er und ich und unser ganzer Clan, diese Entwurzelung noch in uns trügen?

Ich entdeckte Überraschung in seiner Miene. Offensichtlich war ihm das, was ich soeben von mir gegeben hatte, noch nie in den Sinn gekommen.

Ich setzte noch einen drauf: „Am Grausigsten stelle ich mir das Ende von Opas Eltern in Breslau vor: Sich aus Angst vor den Russen erschießen, hammerhart."

„Weniger grausam, als wenn die Russen sie erwischt hätten", meinte Olli ungerührt. „Urgroßvater Czichowski, der berüchtigte Nazirichter, Typ Freisler, Volksgerichtshof, die Russen hätten ihn an die Wand gestellt, wenn sie ihn erwischt hätten, sag bloß, das weißt du auch nicht?"

Nein, wusste ich nicht. Noch etwas, das an mir vorbeigegangen war. Herrje, war ich vielleicht doch das Dummchen, das ich nicht sein wollte, trotz meines 1,4er-Abiturs?

Mir lief es kalt den Rücken herunter angesichts dieser Eröffnung. Eine schöne Familie sind wir: Nazis noch und noch.

Gut, dass unser kulinarischer Betreuer jetzt mit der Nachspeise anrückte: „geschmorte Ananas", hörte sich vielversprechend an.

Langsam fragte ich mich, ob diese höflichen, eleganten, jedoch keineswegs verkrampften Kellner irgendwo auf der Lauer lagen und heimlich die Unterhaltungen der Gäste belauschten. Oder zumindest deren Mienenspiel. Sie achteten darauf, wann ein Gespräch am Versiegen war, wann es brenzlig, peinlich, konfliktreich wurde oder gar ein Streit auszubrechen drohte. Ratzfatz waren sie zur Stelle, kredenzten einem den nächsten Gang, schenkten Getränke nach oder erkundigten sich, ob alles in Ordnung sei. Möglich, dass dies zur Ausbildung von Servicekräften eines Grandhotels gehörte. Vielleicht wurden sie dazu verdonnert, einige Vorlesungen „Psychologie im Hotelalltag" bei Leuten wie meinem Vater zu besuchen?

Die geschmorte Ananas brachte mich wieder in die Wirklichkeit zurück, der leibliche Genuss aufs Profane. Wie nebenbei erzählte ich Olli als erstem Menschen dieser Welt von meinem Plan, demnächst in Atzes Dorf zu ziehen, im Bäckerwagen zu jobben und im spartanisch eingerichteten Anbau mit Ofenheizung und Holzfußboden von Inge Beiersdorf zu logieren.

„Sich auf das Nötigste zu beschränken, kann nicht verkehrt sein", sagte ich. Olli, der hin und wieder für ein paar Wochen nur mit Rucksack, Schlafsack, Essgeschirr und Kompass alleine durch die skandinavische Wildnis streift, pflichtete mir bei.

Kaum waren uns diese Worte entschlüpft, mussten wir grinsen und wir schauten uns vorsichtig um. Hoffentlich hatte uns keiner gehört! Wir saßen im vornehmsten, teuersten Hotel Berlins, aßen Köstlichkeiten, die sich Normalsterbliche nicht leisten konnten, und schwärmten davon, wie schön es sei, sich auf das Notwendigste im Leben zu beschränken. Wenn das nicht gaga war. Mega-gaga. Janusköpfig!

Auch Olli verriet mir ein Geheimnis: Er gedenke nach seiner Banklehre, die er in wenigen Monaten beenden werde, zu studieren: „Philosophie, Mathematik, Sport, irgendetwas in der Richtung." Sein derzeitiger Beruf, das sei ihm spätestens seit der gigantischen Bankenpleite in Amerika im vorigen Jahr und der daraus resultierenden Krise klar geworden, sei auf Dauer nicht das Richtige für ihn.

Ich sagte nichts. Mutter hatte also recht mit ihrer Vermutung, ihr Sohn habe sich die jetzige Ausbildung einzig deswegen ausgesucht, um Vater eins auszuwischen.

„Also Lehrer, darauf läuft das wohl hinaus?", das war mehr eine Feststellung als eine Frage meinerseits. Olli zuckte mit den Schultern und wiegte den Kopf hin und her, was ein Nein, gefühlt aber eher ein Ja bedeuten konnte. Klar, mein Bruder kam auch in dieser Hinsicht ganz nach unserer Mutter. Er war für diesen Job besser geeignet als ich. Ich war viel zu ungeduldig. Immer vor einer Herde desinteressierter Jugendlicher stehen zu müssen, allein der Gedanke daran machte mich fuchtig.

Die geschmorte Ananas war verspeist. Wir waren mehr als gesättigt. Auf den Käse, den uns unser Betreuer als Nach-Nachspeise anbot, mussten wir verzichten, unsere Nahrungsaufnahme-Kapazitäten waren erschöpft. Einen Espresso als krönenden Abschluss der kulinarischen Ausschweifungen nahmen wir gerne an.

Während wir Zucker in dem in Minitassen kredenzten Getränk verrührten, fanden wir in den Alltag zurück. Nach Sonnenuntergang und Dämmerung war die Nacht endgültig hereingebrochen. Das Pferdegespann auf dem Brandenburger Tor leuchtete immer noch zu uns herein, schien sogar näher herangerückt. Unsere Gespräche verstummten nach und nach. Kein Wunder, wir hatten uns die Münder fusselig geredet in den vergangenen Stunden. Es war wunderbar gewesen!

Olli gab dem Kellner ein Zeichen. Die beiden flüsterten miteinander. Aus den paar Worten, die ich verstand, schloss ich, dass es um die Rechnung ging, die bereits beglichen worden sei. Aha, der geheimnisvolle Gönner von Olli, über den ich nichts Näheres erfahren wollte, hatte schon gelöhnt. Olli ließ diskret einen Geldschein unter der Serviette verschwinden. Trinkgeld, nahm ich an. Dann brachen wir auf.

Schwebend, wie wir hereingekommen waren, verließen wir das Nobeletablissement. Ich hakte mich bei Olli unter. Das war auch gut so. Wer weiß, ob ich mich sonst in der realen Welt, in die wir wieder eintauchten, zurechtgefunden hätte. Um uns herum tobte das Berliner Nachtleben.

Pistengänger aus allen Ecken Deutschlands, aus aller Welt umkreisten uns. Dialekte von Schwäbisch, Bayerisch bis Sächsisch drangen an unsere Ohren. Fröhliches Lachen, aggressives Gegröle, sture Mienen, von allem etwas. Zur S-Bahn „Brandenburger Tor" waren es knapp 200 Meter. Ich genoss die wenigen Schritte am Arm meines Bruders. Lange Umarmung, Küsschen auf beide Wangen, wir mochten uns nicht trennen voneinander.

„Schön war es", waren wir uns einig. Und: „Wir sollten uns bald mal wieder treffen."

Kurz bevor ich in die Bahn einstieg, drehte ich mich noch einmal um:

„Besuch mich mal, draußen, in meinem Dorf!"

„Logisch", kam es von Olli in dem Moment zurück, als die Türen sich mit einem „Rums" schlossen.

18

Wie immer genoss ich das U- und S-Bahnfahren. Leute beobachten, Gespräche belauschen, in den Gesichtern der Mitreisenden lesen regt mich zum Nachdenken an.

Der schlingernde, quietschende, nach Bier, Pommes und Schweiß stinkende Zug mit seinen von Getränkedosen, Pappbechern und anderem Verpackungsmüll überquellenden Abfallkübeln war die totale Gegenwelt zum vornehmen Hotel, aus dem ich gerade kam.

Mit mir im Wagen das übliche Publikum, das sich um diese Zeit, kurz vor Mitternacht, im Großstadtdschungel treiben lässt. Geschlossene Gesellschaft für ein paar Minuten, an jeder Haltestelle formiert sie sich neu. Gewirr vieler Sprachen und Dialekte, immer wieder ragt eine Stimme daraus hervor. Handygeklingel.

Einfahrt Haltestelle Potsdamer Platz. Raus aus der S-Bahn und im Schweinsgalopp zur U-Bahn Richtung Wittenbergplatz. Dort umsteigen in den Zug mit der Endhaltestelle Krumme Lanke. Vier Stationen vorher, in Dahlem-Dorf, musste ich aussteigen. Die Namen der Haltestellen kann ich im Schlaf herunterbeten: Augsburger Straße, Spichernstraße, Hohenzollern-, Fehrbelliner-, Heidelberger-, Rüdesheimer-, Breitenbach-Platz, Podbielskiallee. Dennoch hätte ich mein Ziel fast verpasst. Ich war so in Gedanken versunken, dass ich erst im letzten Moment, als die Ansage „Nach Krumme Lanke zuuuurückbleiben bitteeeee" in Dahlem-Dorf erklang, aus dem Zug hechtete. Gerade noch rechtzeitig, bevor ich von den zuschlagenden Türen zerquetscht worden wäre. Auf dem Bahnsteig hätte es mich beinahe lang hingeschlagen.

Kein Wunder. Die Gespräche mit Olli waren mir nicht aus dem Kopf gegangen. „Heimat", wie abgefahren! Hatte ich das Thema nicht längst nach meiner Abi-Präsentation abgehakt?

Die Glitzer-Glimmer-Welt im Adlon, das warme Licht, die Nostalgie-Atmosphäre hatten den alten Kram wieder nach oben befördert. Logisch, wenn Hirnwindungen und Synapsen über die Geschmacksnerven im Übermaß gereizt werden. Ratzfatz wirst du in eine andere Wirklichkeit katapultiert. Raffinierter Trick der Schickimicki-Gastronomie: Manipulation durch feines Essen und Weihnachtszimmerambiente. Du wirst willenlos und verführbar.

Heimat also. Nun gut. Kleines Zuhause, das Furchtlosigkeit im Großen beschert. Was so kompliziert daher kommt, heißt nichts anderes als: Wenn du innerlich und äußerlich behütet, beheimatet, behaust bist, kannst du relaxed in den Tag, in die Zukunft, hineinschauen.

Furchtlosigkeit nicht in dem Sinne, dass du achtlos durch die Welt spazierst. Du solltest nur nicht schon vor dem Aufstehen das große Flattern bekommst: Oh Gott, was kann nicht alles passieren? Was hätte nicht alles passieren können? Wo lauern Gefahren? Wo muss ich aufpassen, ausweichen, abtauchen? Wo muss ich anhalten?

Mit solch einer Haltung kannst du dir das Leben versauen. Es kommt ohnehin anders, als du denkst. Dem natürlichen Lauf der Dinge, mit Betonung auf „natürlich", kannst du trauen: Auf die Nacht folgt der Tag, auf den Winter der Sommer, auf Abschied ein Neubeginn und umgekehrt. Absolute Sicherheit, dass dir nicht eines Tages alles um die Ohren fliegt, hast du nicht. Den potenziellen Untergang in der Phantasie aber heute schon vorweg nehmen? Nein danke!

Das Rattern der U-Bahn gab meinen hochfliegenden Gedanken Auftrieb.

Bei uns im Zaunkönigweg jedenfalls waren die Voraussetzungen unterm Strich in Ordnung gewesen, an unserem „kleinen Zuhause" gab es nichts auszusetzen, darin waren Olli und ich uns einig. Wir waren behütet, behaust, beheimatet aufgewachsen. Unsere Eltern haben uns zu selbstbewussten, furchtlosen, wenn man so will, glücklichen Menschen erzogen, sind uns liebevoll begegnet. Sie haben uns getröstet, wenn wir hingefallen sind und uns wehgetan haben. Uns in die Arme genommen, wenn wir Angst hatten. Uns nicht in den Keller gesperrt, wenn wir etwas ausgefressen hatten. Größere und kleinere Verfehlungen haben sie mit uns besprochen. Uns nichts nachgetragen, uns nicht mit Liebesverlust bestraft, wie das wohl anderswo und zu anderen Zeiten üblich war. Bei uns wurde auf Augenhöhe miteinander umgegangen.

Olli und ich mussten, anders als viele Kinder und Jugendliche um uns herum, nie Angst vor unseren Eltern

haben. Selbst jetzt, da zwischen Vater und mir Dunkel-
tuten herrscht, hege ich keinen Zweifel daran, dass eines
Tages alles wieder ins Lot kommen wird mit uns. Wir
werden wieder zueinander finden, warum auch nicht?

Ich führte mir noch einmal das Bild vor Augen: Olli
und ich im Gespräch versunken, uns an den Händen
haltend! Ich musste grinsen. Wie zwei Gruftis hatten wir
zusammengehockt und alten Zeiten nachgehangen.
Weißt du noch?

Weißt du noch, wie es in unserem kleinen Zuhause
war? Erinnerst du dich an die im Haus herum wabern-
den Geruchsmischungen? Vaters Zigarillos, Mutters
Shalimar, hin und wieder Kaffeeduft? Heimat durch und
durch? Weißt du noch, der Holzbär hinter der Eingangstür, dem wir mal einen Sonnenhut, mal eine Base-
ballmütze, mal eine Brille aufsetzten oder ihn in Klamotten hüllten? An unsere Weihnachtsfeste, wenn Vater
die kahlen Stellen am Stamm der Tanne anbohrte, um
sie mit an anderer Stelle abgeschnittenen Zweigen zu
bestücken?

Erinnerungen über Erinnerungen. Unsere kleine Heimat, die nur uns gehörte. Heimat ist da, wo du zuhause
bist. Ab und zu sah ich mein Gesicht, das sich für Sekunden im Fenster der U-Bahn spiegelte. Ein seliges
Grinsen lag darauf.

Das Grinsen verging mir schlagartig, als wir die Haltestelle Podbielskiallee verließen. Es war, als hätte mich ei-

ner mit der Nadel angepiekst. Mir wurde heiß, dann eisig kalt, Panik fiel mich an, möglicherweise ausgelöst durch die laute Unterhaltung dreier Schwaben, die mit mir im Zug saßen und deren Dialekt mich an den Singsang erinnerte, der in Ulm gesprochen wurde. „War schee im Reichsdag."

Der schwäbische Dialekt. Die Alb, Ulm, Vaters Heimatstadt. Das Münster, der höchste Kirchturm der Welt. Die Assoziationen waren wie von selbst gekommen.

Vater! Wie konnte ich Vater vergessen?

Olli und ich, was waren wir bloß für Ignoranten, Egoisten, Egomanen. Stundenlang hatten wir von unserer heilen Kindheit, unserem ungefährdeten Zuhause gelabert. Uns gegenseitig überboten mit unseren sentimentalen Erinnerungen. Aber keinen einzigen, nicht den klitzekleinsten Gedanken daran verschwendet, wie es wohl um die innere Heimat unserer Eltern, insbesondere der unseres Vaters, bestellt war.

Idioten waren wir, alle beide! Als wüssten wir nicht, dass wir als nun erwachsene Menschen auch den Perspektivwechsel beherrschen sollten: Mutter und Vater nicht mehr nur aus dem Blickwinkel des Kindes, also von unten nach oben betrachten, sondern als Wesen wie du und ich, als Gleiche unter Gleichen.

Wie sind sie das geworden, was sie heute sind? Was hat sie geprägt? Welches Kind steckt in ihnen?

Die Voraussetzungen, unter denen sie groß geworden sind, waren nicht die besten. Da war es uns deutlich besser ergangen.

Ihre Eltern, unsere Großeltern, fast durch die Bank waren sie ihrer Heimat verlustig gegangen. Die Überlebenden als Heimatlose durch die Lande geirrt, bis sie irgendwo in der Fremde landeten, wo sie nicht willkommen waren. Konnten solche entwurzelten, heimwehkranken Eltern ihren Kindern ein sicheres, behütetes, angstfreies Zuhause bescheren? Oder haben sie ihre Sehnsucht nach dem verlorenen Land auf ihre Kinder übertragen?

Oma Lisas sehnsuchtsvoller Blick in die Ferne, in ihr kleines Pilonaiken, glich er nicht Mutters abwesender Miene am Frühstückstisch, wenn sie mit beiden Händen ihren Kaffeebecher umklammerte und in Gedanken weit weg war?

Und Vater! Mit ihm hätte ich als Kind nicht tauschen mögen. Nie im Leben! Hatte ihn je sein Vater in den Arm genommen, ihn getröstet, ein warmes Wort an ihn gerichtet? Hatten ihm Vater und Mutter je ihre Liebe gezeigt? Ihm Mut zugesprochen? Das kann ich mir beim besten Willen nicht vorstellen.

Oma Czichowski: sie war viel zu sehr mit sich selbst und ihrem Hang zum Alkohol beschäftigt, als dass sie sich mit ihren Kindern abgeben konnte. Und Opa, der ernste, unnahbare, düster vor sich hin starrende, womöglich von Schuldgefühlen geplagte Mensch: er hat Vater sicher nie übers Haar gestrichen, wie er es bei mir getan hat. Wie auch, wenn man ein Nazi-Jurist gewesen war und die Vergangenheit einem im Nacken saß?

Wenn Vater wenigstens von seinen Geschwistern aufgefangen worden wäre. Aber nein, Willein war nach

Mutters Urteil eine „dusselige Kuh". Der Bruder, Adi, ein Großkotz oder gar „Gröfaz". Er wusste nichts Besseres als den kleinen Bruder, meinen Vater, auszulachen, wenn der weinend nach Hause kam, weil er von anderen Kindern, seines polnisch klingenden Namens wegen, als „Polacke" beschimpft worden war. „Nicht lange fackeln, Kleiner, gleich die Fresse polieren", genüsslich hatte Adi die Story bei unseren Familienzusammenkünften immer wieder zum Besten gegeben. Als ob Vater, trotz seines hin und wieder aufflackernden Czichowskischen Jähzorns, je zu körperlicher Gewalt fähig gewesen wäre.

Bestimmt war er ein einsames Kind gewesen, das kaum Zärtlichkeiten von seinen Eltern empfangen hat.

An diesem Punkt meiner Grübeleien hatte mich im letzten Moment die Aufforderung „zurüückbleiben bitte" in Dahlem-Dorf erwischt. Mein Sprung auf den Bahnsteig in allerletzter Sekunde löste ein unglaubliches Mitgefühl mit Vater in mir aus. Und ein Schuldgefühl, das kaum zu ertragen war.

Was war ich nur für ein egoistisches, unsensibles, kindisches Wesen! Bei der Koffer-Arie der letzten Wochen hatte ich nur an mich gedacht, den Groll gegen meinen Erzeuger gehegt und gepflegt. Keinen Gedanken daran verschwendet, wie es wohl in ihm ausgesehen haben mochte. Ob es Gründe für sein Verhalten gegeben hatte. Unerbittlich, fast genüsslich, hatte ich ihn links liegen lassen, ihm die kalte Schulter gezeigt.

Sicher, sein Verhalten war alles andere als astrein, ziemlich mies sogar gewesen. Die ungerechtfertigten Vorwürfe, ich hätte sein Vertrauen missbraucht, sei in sein Zimmer eingedrungen, hätte unerlaubter Weise die dämliche Kiste an mich genommen, klangen mir immer noch in den Ohren.

Aber ihn dermaßen abblitzen lassen? Ihn meine Verachtung so vehement zu spüren geben? Damit muss ich ihm wehgetan, ihn unendlich gekränkt haben. Mir war, als würde ich die Demütigung, die ich ihm habe angedeihen lassen, selbst spüren.

Eine milde Nacht empfing mich, als ich unsere Bauernhaus-Station Dahlem-Dorf verließ. Im Vergleich zum Gefunkel und Geglitzer der Innenstadt nahm sich der einsame Kandelaber gegenüber dem Eingang bescheiden aus. Schemenhaft die hohen Eichen ringsum, das Blumenbeet in der Rasenfläche davor. Ein Abend, an dem man hätte ins Schwärmen geraten können: War es nicht so eine Nacht gewesen, als ich vor fast genau einem Jahr Atze in Isabels Garten kennengelernt habe?

Aber nein, meine Gedanken mussten in eine andere Richtung gehen: Vater! Es ging um Vater! Er ging mir nicht aus dem Sinn: der Einsame, Verletzte, Verletzliche. Einer, der sich schämt, mit der Vergangenheit seines Vaters nicht klar kommt. Der hin- und hergerissen ist zwischen Liebe und Hass.

Denk ich allein an den Tränenausbruch bei Opas Beerdigung im vorigen Jahr: So reagiert ein Mensch, wenn er innerlich völlig aus dem Gleichgewicht geraten ist. Schon damals hätte ich wissen müssen, in welch einer emotionalen Zwickmühle er sich befand. Ich hätte wahrhaftig nachsichtiger mit ihm sein können.

Vater! Ich muss ganz schnell zu dir, dich trösten, schützen, nach dir schauen. Hoffentlich ist dir nichts passiert! Wolltest du nicht mit Mutter zu einer Party gehen?

Ich beschleunigte meine Schritte, ignorierte den betörenden Duft nach Flieder, Maiglöckchen, der mich aus den Gärten links und rechts anwehte. Hoffentlich, hoffentlich sind die beiden gut nach Hause gekommen.

Die letzten hundert Meter auf dem Zaunkönigweg rannte ich an den Kastanien vorbei.

Atemlos kam ich zu Hause an, brauchte wieder einmal eine Ewigkeit, bis ich meinen Schlüssel hervorgekramt und mit unruhiger Hand die Türe aufgeschlossen hatte.

Bange Erwartung, als ich an unserem Bären vorbei die Treppe hinaufstürmte. Alles in Ordnung?

Es schien zumindest so, von oben drangen Lebenszeichen zu mir herab. Klavierspiel. Geklimper eher. Je näher ich dem ersten Stockwerk kam, desto mehr stellte sich das Geklimper als Gehämmer heraus: Jemand traktierte das Klavier, das seit Urzeiten ein Schattendasein in unserem Wohnzimmer fristete. Vater war in seiner Jugend dazu verdammt worden, Unterricht auf dem Instrument zu nehmen, hatte aber nach zwei qualvollen Jahren Bach, Mozart und Etüden rauf und runter dem Klavierunterricht für immer abgeschworen. Nur hin und wieder, wenn er gute Laune hatte, versuchte er sich in Jazzinterpretationen, die er sich selbst beigebracht hat: Blues, Swing, Soul, für einen Autodidakten gar nicht schlecht.

Heute klang das, was er – es konnte nur er sein – auf dem Klavier produzierte, alles andere als schön. Von Musik konnte keine Rede sein. Eher von Krach, entsetzlichem Lärm. Wollte Vater das Klavier zertrümmern?

Das Bild, das sich mir im Wohnzimmer darbot, war unheimlich, aberwitzig, schaurig. Wäre die Situation nicht so dramatisch gewesen, ich hätte sicher gelacht. Auf einer Theaterbühne hätte das, was sich vor meinen Augen abspielte, als Groteske durchgehen können. Als tragische Komödie, als komische Tragödie.

Vater saß am Klavier und schlug mal mit den Fäusten, mal mit den Handtellern auf die Tastatur ein. Alles an ihm war in Unordnung geraten: Sein Körper, der sich nur mühsam auf dem Hocker halten konnte. Seine Kleidung, sein aus der Hose gerutschtes Hemd, ein Ärmel hochgekrempelt, der andere schlackerte ihm um den Arm, der Manschettenknopf war offensichtlich aufgegangen. Schuhe und Strümpfe lagen um das Klavier herum verstreut, als hätte er sie von den Füßen geschleudert. Barfuß trat er die Pedale, mal rechts, mal links.

Er schien völlig besoffen zu sein. Die Haare standen ihm wild zu Berge. Sein Gesicht war verrutscht, die Augen verschleiert, starr geradeaus gerichtet. Im Rhythmus seines Gehämmers ging ihm der Kopf auf und ab.

Mutter stand regungslos neben ihm, eine Hand neben die Tastatur des Klaviers gelegt, die andere zur Geste vor der Brust erstarrt. Jederzeit bereit, den schwankenden Körper meines Vaters aufzufangen. Wäre sie nicht in Habacht-Stellung dagestanden, man hätte sie auf den ersten Blick für eine Sängerin halten können, die nach dem Vorspiel des Pianisten auf ihren Einsatz wartet. „In einem Bächlein helle". Oder so.

Was aber war mit ihrem Mund? Konnte es sein, dass sie kaute? Ihre Kiefern gingen auf und ab. Auf ein Schlucken wartete ich vergeblich.

Kaugummi! Es konnte nur Kaugummi sein. Unglaubliches an einem durch und durch unglaublichen Abend: Meine Mutter, die Kaugummi hasste, die „dieses Zeug" nicht in ihrer Umgebung duldet, die uns schon, als wir Kleinkinder waren, stets mit einem scharfen Blick versah, sobald sie uns mit einem Wrigleys oder Hubba Bubba im Mund erwischte, diese Mutter stand da und kaute hektisch auf eben jenem Zeug herum, das sie zutiefst verabscheute.

An anderer Stelle, bei anderer Gelegenheit hätte mich dieser Anblick erheitert. So aber blieb ich vor Schreck an der Wohnzimmertür stehen.

Vater, der mich bei meinem Eintreten mit einem verschwommenen Blick kurz gemustert hatte, fuhr fort, auf das Klavier einzuhauen. Das muss ihm doch wehtun!

Ich habe Angst um ihn. Etwas Schreckliches muss mit ihm passiert sein. Ich ahne, dass es mit mir, Opa und dem unsäglichen Koffer zu tun hat. Musste er sich deswegen dermaßen volllaufen lassen?

Plötzlich sackt er zusammen, lässt die Arme auf die Tastatur sinken, legt den Kopf darauf. Die Töne, die er dabei produziert, bleiben schmerzhaft im Raum hängen.

Mit zwei Schritten bin ich bei ihm und versuche ihn zu umarmen. Doch schon ist wieder Leben in ihm. Er schüttelt mich ab und haut von neuem auf die Tasten ein. Dann bricht es aus ihm heraus.

„Jahrzehnte plagst du dich und wirst nicht fertig damit. Du kannst tun und lassen, was du willst, du schleppst es mit dir herum. Der Vater, der eigene Vater! Ihr habt doch keine Ahnung, nicht die geringste. Wenn man sich für den eigenen Vater schämt! Schämt, schämt, schämt", bei jedem der letzten Worte haut er auf die Tasten ein.

„Todesurteil wegen Fahrraddiebstahls! Man muss sich das einmal vorstellen. Und er kalt lächelnd: ‚Wir Staatsanwälte haben nur beantragt, kein Urteil gesprochen.' Das ist der Hohn, Hohn, Hohn", wieder begleitet er die Worte mit Schlägen aufs Klavier.

Plötzlich hält er inne, sackt wieder in sich zusammen. Fährt dann mit leiserer Stimme fort: „Das Schlimmste ist, du weißt nicht, ob du es nicht auch in dir trägst, das Gift! Ob du nicht auch infiziert bist von dem Mist und Dreck und du merkst es nicht. Wir, die Arier und Herrenmenschen, Herren über Leben und Tod, pfui Teufel!"

Er hält inne. Ich hoffe, dass er aufhört, will zu ihm gehen. Doch wieder bricht es aus ihm heraus: „Der hündische Charakter, den du in dir spürst, die widerwärtige Anbiederung an die Macht! Es ist zum Kotzen. Du denkst, du wirst es los, gehst weit weg, nach Berlin. Aber nichts da, es nützt einen Dreck, du nimmst dich überall mit hin. Nichts hilft, nichts, nichts, nichts!" Bei jedem „Nichts" wieder die Fäuste auf der Tastatur.

Ich stehe einen Meter von ihm entfernt und rühre mich nicht. Habe Angst, dass ich alles noch schlimmer mache, wenn ich mich bewege. Ich warte hilflos ab, was noch mit Vater geschieht.

Jetzt kommt es fast flüsternd: „Und trotzdem, du merkst, dass du ihn liebst, geliebt hast, und bewunderst, den Alten. Trotz alledem. Auch das bekommst du nie wieder los!"

Plötzlich hebt er den Kopf und schaut mich an. „Hanna!", das sagt er so erstaunt, als bemerke er mich erst jetzt. Als fiele ihm in diesem Moment zum ersten Mal auf, dass er eine Tochter namens Hanna hat.

Was er jetzt sagt, klingt völlig klar, trotz seines betrunkenen Zustands.

„Hanna, ich habe versucht, es besser zu machen. Wiedergutzumachen, was der Alte angerichtet hat. Kein autoritärer Vater zu sein. Euch zu denkenden Menschen zu erziehen. Ich weiß nicht, ob es mir gelungen ist. Ich weiß nicht, ob ich nicht alles falsch gemacht habe."

Für einen Moment schweigt er, redet dann weiter: „Ich hätte dir den Koffer nicht vorenthalten dürfen, Hanna. Du musst mich verachten, ich weiß, abgrundtief verachten. Es tut mir leid. Es tut mir unendlich leid."

Er weint. Lässt den Kopf auf die Brust sinken. Auch seine Arme fallen herab, seine Hände produzieren noch einmal ein paar schwache Misstöne auf dem Klavier.

Auch ich fange an zu weinen. Mit einem Satz bin ich bei ihm und nehme ihn in die Arme. Sein Kopf an meiner Brust. Wir weinen beide.

„Du bist ein wundervoller Vater", schluchze ich, „der beste, den ich mir vorstellen kann, ich möchte keinen anderen haben. Sei nicht traurig, es gibt überhaupt keinen Grund dafür. Ich, ich habe mich völlig daneben benommen, war eklig zu dir. Ich, ich habe mich zu entschuldigen bei dir. Es tut mir leid, unendlich leid."

Wir halten uns fest in den Armen, geben uns gegenseitig Halt. Heulen weiter wie die Schlosshunde. Irgendwann hören wir auf damit.

Mutter steht neben uns. Sie wirkt ruhig. Nur ihr blasses Gesicht und das merkwürdige Mahlen ihrer Kiefern zeigen, dass auch sie mächtig mitgenommen ist. Wir umarmen uns alle drei.

Nach einer Weile nehmen Mutter und ich Vater, der völlig willenlos geworden ist, in unsere Mitte und führen, nein schleifen, ihn eine Treppe hoch ins Schlafzimmer der Eltern. Wir ziehen ihm Jeans und Hemd aus und legen ihn ins Bett. Er rollt sich auf die Seite, zieht die Knie an wie ein Kind.

„Er wird einen Kater haben morgen", sagt Mutter. „Gut, dass Samstag ist und wir alle ausschlafen können. Wir werden es nötig haben."

19

Ohne dass wir es abgesprochen hätten, finden Mutter und ich uns in der Küche wieder. Sie setzt Kaffee auf. So, als sei es das Normalste auf der Welt, sich mitten in der Nacht mit Koffein vollzupumpen. Nun ja, so sehr mitten in der Nacht ist es gar nicht mehr. Blick auf die Uhr: halb drei. Bei dem Drama, das über Vater, Mutter und mich hinweggefegt ist, habe ich jeden Zeitbegriff verloren.

Schweigend sitzen wir uns am Tisch gegenüber und schlürfen unseren Kaffee. Beide sind wir geschafft. Wie nach einem körperlichen Kraftakt. Haben wir auch hinter uns, irgendwie.

„Er wird einen Kater haben", wiederholt Mutter ihre Worte von vorher.

„Einen, der sich gewaschen hat", fügt sie nach einem weiteren Schluck aus ihrem Becher hinzu.

„Wie früher in der Wohngemeinschaft", sinniert sie vor sich hin, lässt ein paar Sekunden verstreichen, stellt dann ihre Tasse auf die Tischplatte.

Vater sei damals manchmal total ausgerastet. Besonders, wenn er, wie heute, zu viel getrunken hatte. Einmal habe er mit der Faust sämtliche Scheiben im Küchenbüfett eingeschlagen, eine nach der anderen.

Ein andermal sei er mitten in der Nacht aus dem Haus gerannt und stundenlang durch die Dunkelheit gelaufen. „Bis zum Morgengrauen haben wir ihn gesucht, tausend Ängste habe ich um ihn ausgestanden."

Blick in die Ferne. Oder in die Vergangenheit, ich weiß es nicht. Sie nimmt ihren Becher wieder auf. Ein, zwei Schlucke, dann fährt sie fort: „Wir hatten zu jener Zeit in der WG das Thema ‚Opferkinder, Täterkinder im Nationalsozialismus' zu fassen und darüber gesprochen, dass sowohl die Nachkommen von Nazis als auch derjenigen von Holocaust-Überlebenden unter ähnlichen Angstzuständen zu leiden hatten, ein Psychoanalytiker hatte das herausgefunden."

Vater habe daneben gesessen, geschwiegen, den Kopf geschüttelt, als wolle er das alles nicht wahrhaben. Die Thematik habe er offensichtlich nicht verkraftet. Kein Wunder, bei der Vergangenheit seines Vaters, von der sie damals noch nichts wusste.

Jetzt aber sei es gut, meint sie, der Knoten sei geplatzt. Sie nickt heftig mit dem Kopf, als müsse sie das Gesagte damit bekräftigen, wiederholt dann: „Ja, jetzt ist es gut."

Sie fängt wieder an zu kauen, ihre Kiefern gehen auf und ab.

Kann es sein, dass sie immer noch mit dem Kaugummi zugange ist? Der muss doch inzwischen total ausgelaugt und eklig geworden sein? Hat sie ihn die ganze Zeit in irgendeinem Winkel ihres Mundes verborgen gehalten?

Mein fassungsloser Blick bringt sie zur Besinnung. Mit einem „Herrgott nochmal" fischt sie den Kaugummi aus dem Mund, versieht ihn mit einem angewiderten Blick und macht Anstalten, ihn unter die Tischplatte zu kleben. Hat sie sich diese Unart bei ihren Schülern abgeguckt?

Noch ehe ich ihr mit einer Geste Einhalt gebieten kann, kommt sie zur Besinnung und wirft das ausgelutschte Teil in den Abfalleimer.

„Herrgott nochmal", wiederholt sie, „die Packung habe ich einem pubertierenden Würstchen aus der achten Klasse abgenommen, das Gekaue und Geschmatze ging mir unendlich auf die Nerven." Der Aufforderung, den Kram nach der Stunde wieder abzuholen, sei das „Würstchen" nicht nachgekommen. Keine Ahnung, wann und warum sie sich das Zeug selbst in den Mund gesteckt habe. Wahrscheinlich als Vater so aus dem Ruder gelaufen sei und sie sich nicht mehr zu helfen wusste. „Reine Übersprungshandlung", versucht sich Mutter mit einer Erklärung. Sie zieht die zerknautschte Packung aus ihrer Hosentasche und wirft sie vor sich auf den Tisch.

„Es wird Zeit, dass der Zirkus hier endlich zu Ende geht, man wird noch ganz meschugge dabei", jetzt schwingt Entschlossenheit, aber auch ein wenig Ärger in ihrer Stimme mit. Ich schaue sie an. Erst jetzt fällt mir auf, wie fertig Mutter aussieht.

Meine Güte, was muss sie unter der Situation der letzten Zeit gelitten haben! Vater und ich haben unseren Zoff aneinander abreagiert. Sie aber stand im Abseits, war klug genug abzuwarten, bis sich die Wogen wieder glätten würden. Hat sich nicht aktiv in unseren Streit eingemischt. Ihre Gegenwart allein hat ausgereicht, dass wir beiden Streithähne nicht völlig ausgerastet sind. Das muss anstrengend für sie gewesen sein. Es tut mir leid, dass ich keinen Gedanken an sie und ihr Befinden verschwendet habe.

Mutter, die Selbstbewusste, Starke. Die scheinbar stets über den Dingen Schwebende. Die alles im Griff hat, sich aber stets zurücknimmt, nie in den Vordergrund spielt. Darbietungen, wie sie Vater heute am Klavier gegeben hat, wären bei ihr undenkbar. Unvorstellbar auch, dass sie am Telefon vor Publikum einen derartigen Streit vom Zaun gebrochen hätte, wie sich ihn Vater und seine Geschwister wegen alberner Erbgeschichten geliefert haben.

Jetzt sitzt sie mir gegenüber, ihren Kaffeebecher nach alter Gewohnheit mit den Händen umfassend, den Blick in die Ferne gerichtet. Geistig offensichtlich nur zur Hälfte anwesend. Wo ist sie mit dem anderen Teil? Sie kommt mir mal wieder vor wie Oma Lisa, wenn sie sich in ihr ostpreußisches Dorf träumt.

Meine Gedanken spielen Purzelbaum. Sie driften von Ostpreußen, wo ich für einen Moment verweilt habe, auf die Schwäbische Alb, nach Ulm. Vielleicht wegen der Typen, die heute in der Bahn neben mir gesessen haben?

„Heute waren Schwaben in der U-Bahn, sie hörten sich an, als kämen sie aus Ulm mit ihrem Singsang im Dialekt", sprudelt es aus mir heraus.

„Ja, ja, Ulm, die Donau, das Münster, höchster Kirchturm der Welt, Vorzeigeobjekt des werten Herrn Oberstaatsanwalts", kommt es von Mutter zurück. Täusche ich mich, oder klingt in ihrer Stimme tatsächlich eine

Menge Sarkasmus mit? Kann es sein, dass sich hier noch eine neue Seite von Mutter offenbart? Dass ihr Ulm und die dortigen Czichowskis mehr auf den Geist gegangen sind, als ich je geahnt habe?

Ich will ihr etwas Nettes sagen und vollziehe einen erneuten Schlenker, von Ulm nach Pilonaiken zurück.

„Schade, dass heute kaum noch ostpreußisch gesprochen wird, ‚Marjellchen‘, ‚Lorbass‘, ‚Dittchen‘, das hört sich doch alles gemütlicher und heimeliger an als das schwäbische ‚ha woisch‘.“

„Tempi passati“, meint Mutter lakonisch und macht Anstalten, sich aus der Packung Wrigleys einen neuen Streifen herauszuholen, lässt es aber sein, wirft stattdessen den konfiszierten Kram weit von sich bis an den Rand der Tischplatte.

„Ostpreußen, Schlesien, Schleswig-Holstein, Ulm, Bayern, Berlin – ein ganz schön zusammengewürfelter Haufen, unsere Sippschaft“, sinniert sie wieder vor sich hin. „Alles durcheinander geschüttelt.“

Wir sitzen da, nippen an unserem Kaffee, schweigen vor uns hin. Hin und wieder gibt eine von uns scheinbar zusammenhanglos ein paar Äußerungen von sich. Dennoch tut sich eine ungewohnte Nähe zwischen uns auf.

„Fast alle unsere Vorfahren haben ihre Heimat verloren“, sage ich.

„Man kann in Schleswig-Holstein auf Dünen wandern, in Berlin an der Krummen Lanke spazieren gehen und gleichzeitig auf ostpreußischen Feldern unterwegs sein“, gebraucht Mutter einen häufig geäußerten Satz ihrer Mutter.

„Man muss Heimat haben um sie nicht nötig zu haben", schlaumeiere ich.

„Das Kind in dir muss Heimat finden", spinnt Mutter den Faden weiter.

Gerne hätte ich sie an dieser Stelle gefragt, wie es um ihr inneres Kind bestellt ist. Ich traue mich nicht. Die Grenze zwischen ihr und mir, die in dieser ungewöhnlichen Nacht ungewöhnlich durchlässig geworden ist, könnte sich – so fürchte ich – ganz schnell wieder schließen.

Wann sind wir uns das letzte Mal so nahe gewesen? Soweit ich mich erinnere, war es in der Nacht, als ich bekifft nach Hause gekommen und ihr hinter der Türe in die Arme gefallen bin. Danke, Mutter, dass du mich getröstet hast!

„Tut es dir immer noch leid, dass du nicht in Hamburg wohnst?", frage ich sie. Keine Ahnung, wie ich jetzt auf dieses Thema komme.

Langer Blick zu mir herüber, als müsse sie erst langsam aus der Ferne ins Hier und Jetzt finden und sich meiner Gegenwart bewusst werden. Ein Lächeln, dem sie erneut ein „Tempi passati" hinterherschickt, dann aber setzt sie zu einer längeren Erklärung an.

„Als Flüchtlinge waren wir Menschen zweiter Klasse, wir waren ärmlicher gekleidet als die einheimischen Kinder, wurden von ihnen gehänselt, ausgeschlossen, sogar beschimpft. ‚Igitt, hier stinkt's', solche Gemeinheiten mussten wir uns anhören. So, als würden wir uns in unseren einfachen Behausungen nie waschen."

Hamburg dagegen! Hafen, Alster, Tor zur Welt, Hansestadt: der totale Gegensatz zum Mief im heimischen Dorf. Dort, habe sie gedacht, müsse das Leben Spaß machen, würde einem niemand „igitt, hier stinkt's" hinterherrufen.

Denkpause, Kaffeebecher in den Händen hin und her gedreht.

„Heute glaube ich, dass es in Hamburg auch nicht anders ist als in Berlin oder sonstwo, hier wie dort leben wir in einer gefühlsarmen Welt, in der Heimat, was immer das sein mag, weitgehend abhanden gekommen ist", schickt sie hinterher.

Starker Tobak, ich nage an den Worten herum, die sie gerade von sich gegeben hat.

Eine eigenartige Stimmung wabert um mich herum. Eine kaum zu erklärende Mischung aus Euphorie nach dem Zusammensein mit Olli, dem Schock beim Auftritt des betrunkenen Vaters, jetzt die ungewohnte Nähe zu Mutter. Viel Adrenalin, vermischt mit Koffein, das wir in uns hineinschütten. Bleierne Müdigkeit gepaart mit äußerster Wachheit. Gegensätze pur!

Ich schaue an mir herunter. Tatsächlich, ich trage immer noch die Ausgehklamotten, die mir Mutter für das Adlon geliehen hat: grünes Samtkostüm, weißes Top, Omas Medaillon. Was diese Nacht wohl noch bringen wird?

240

War ich jemals mit mir, meinen Erinnerungen, meinen Emotionen so im Reinen gewesen wie in dieser Nacht? Trotz des Wechselbads der Gefühle: Glanz, Glamour, Glücksgefühl beim Zusammensein mit Olli, Entsetzen pur zu Hause. Tränenreiche Versöhnung. Noch nie habe ich das Janusköpfige unserer Welt so sehr gespürt wie an diesem Abend und in dieser Nacht.

„Man kann heiter und traurig zugleich sein", sagt Mutter, als hätte sie meine Gedanken erraten.

Wieder schweigen wir. Immer wieder schenken wir uns Kaffee nach und, nachdem er alle geworden ist, setzen wir neuen auf. Er wird uns noch für Stunden wach halten.

Draußen bricht der Tag an, von Osten fällt heller Schein in unsere Küche. Der Morgen lässt sich ahnen. Schatten lösen sich aus der Dunkelheit. Schemenhaft treten die Kastanien vor den Fenstern hervor.

Unsere Kastanien! Was wären wir ohne sie, ohne ihre Verwurzelung, ihre Altersweisheit, ihr Schweigen, ihre Beredsamkeit, was demjenigen, der Ohren hat zu hören, mehr zu sagen hat als sich jede Schulweisheit erträumen lässt. Ihre Geduld, mit der sie hundert Jahre klaglos über sich ergehen ließen.

Mutter öffnet ein Fenster. Eine unvergleichliche Duftwelle kommt herein, gewürzt mit frischer, einen Neuanfang verheißender Luft. Die ersten Vögel zwitschern.

Langsam, sehr langsam tut sich im Schwarzweiß der Umgebung ein zaghaftes Farbenspektrum auf.

An Schlaf ist immer noch nicht zu denken. Im Gegenteil. Ich will die Stimmung des beginnenden Morgens unbedingt festhalten. Mutter geht es anscheinend ebenso. Unwirkliche Atmosphäre, hinter der die Wirklichkeit überdeutlich hervortritt. Mir ist, als schwebte ich über den Dingen, und bin doch ganz bei mir.

Ein Zustand wie auf Dope. Mit dem Unterschied, dass ich stocknüchtern bin. Und hoch elektrisiert. Fühle mich nahe dran an der Erkenntnis dessen, was die Welt im Innersten zusammenhält. Diesen Augenblick muss ich nutzen, wer weiß, wann sich mir ein Blick in die andere, die verborgene Dimension wieder offenbart.

Die „Königin der Nacht" fällt mir ein, Oma Lisas Kaktus, der normalerweise unscheinbar und eher unsympathisch mit Schlangenarmen voller Dornen auf ihrem Fensterbrett steht. Nur ein Mal im Jahr, in einer einzigen Nacht, öffnet er seine Blüten. Oma Lisa hat mich im vorigen Jahr geweckt, als es so weit war, ich hatte sie darum gebeten. Ich schaute zu, wie sich die Blüte öffnete: schneeweiß, wunderschön, einen irren Duft verströmend.

Vergangenheit, Gegenwart, Zukunft vereinen sich in wenigen Momenten, die ewig anzudauern scheinen und doch ganz schnell vorbei sind. Du fühlst dich eins mit dieser Welt, das Existenzielle wird sichtbar, der Sinn deines Daseins scheint sich zu offenbaren. Die Konturen werden deutlicher. Die Schatten der Dämmerung weichen zurück.

„Ich habe einen Job angenommen in Atzes Dorf, Bäckereiverkäuferin in einem Einkaufswagen, Schwangerschaftsvertretung", verrate ich. Ich habe mich davor gefürchtet, meine Zukunftspläne an die große Glocke zu hängen. Jetzt kommt mir das Geständnis wie von selbst über die Lippen. Wie würde Mutter die Botschaft aufnehmen?

Leichtes Nicken, das sich nach und nach verstärkt, ihre Miene lässt Anteilnahme, vielleicht auch Zustimmung erkennen.

„Es kommt nicht darauf an, was man tut, sondern wie man es macht: Dass man es ganz macht und sich nicht verliert", ihre Antwort, sofern es überhaupt eine war, klingt sibyllinisch. Rätselhaft und doch verständlich. Unserer Stimmung am Übergang von der Nacht in den Tag angemessen.

„Ich freue mich auf den Job", sage ich, nachdem ich ihr von den näheren Umständen – meiner Unterkunft im Anbau von Frau Beiersdorf, der Ofenheizung, der urigen Umgebung – erzählt habe.

„Ach Gott, ein Ofen! Was waren wir froh, als das ewige Kohleschleppen zu Ende war und wir in unserem Haus Zentralheizung bekamen", da ist er wieder, Mutters Pragmatismus. Oder doch nicht? Ihr Gesicht ist ernst, als sie anfügt: „Das Leben wurde sehr viel bequemer", und nach einer kleinen Pause, „aber auch ein wenig reizarmer."

Wieder schweigen wir eine Weile, dann setzt Mutter zu einer langen Erzählung an: „Während des Studiums hatten wir ein Stammlokal, in dem wir häufig den einen und anderen Absacker tranken. Eine Art Hinterhofkneipe, nur von Studenten besucht. Kleiner Raum, in dessen Mitte ein Terrarium stand. Von der Decke herab baumelte eine nackte Glühbirne, die ein schummriges Licht verbreitete. Um das Terrarium herum war eine Art Tresen gebaut mit Bänken, auf denen saßen wir, dicht gedrängt. Vor uns unser Bier, ab und zu gab einer eine Runde Schmalzbrote aus. Wir saßen und glotzten in das Terrarium, in dem Kaimane hockten – Krokodile in Miniaturformat. Sie verharrten ewig lang auf der gleichen Stelle. Es sah aus, als würden sich ihre halb geöffneten Mäuler mit den gefährlichen Zähnen und auch ihre Augenlider in Stunden nur um Bruchteile von Millimetern bewegen. Wir sprachen kaum ein Wort miteinander, ab und zu wurde eine Schallplatte aufgelegt, immer dieselbe: ‚All You Need is Love' von den Beatles. Ich glaube, wir waren nur dort, um den Sonnenaufgang zu erleben. Zuerst fühltest du dich in der Kneipe wie eingesperrt, dann wurde es, wie jetzt eben hier bei uns, vor den Fenstern langsam hell und der Tag brach an. Wir waren völlig euphorisiert, manchmal kam es vor, dass wir, als wir frühmorgens nach Hause gingen, auf der Straße tanzten. Uns war, als hätten wir das Rad neu erfunden und seien den Geheimnissen unserer Existenz auf die Spur gekommen."

Ich weiß nicht, welches der Bilder, die mich in dieser Nacht überflutet haben, den größten Eindruck bei mir hinterlassen hat: Olli und ich, Hand in Hand? Vater, der sich, als wir ihn ins Bett gebracht haben, wie ein Klein-kind zusammenrollt? Mutter, die auf einem Kaugummi herumkaut? Die Welt, die nach Stunden der Dunkelheit wieder auftaucht? Mutter in der Kneipe, nur durch eine Scheibe von gefährlichen Kaimanen getrennt?

Sicherheit und tödliche Gefahr, Existenz und Nicht-Existenz: Nur durch eine Glasscheibe voneinander ge-trennt.

Ich kann Mutter gut verstehen, dass sie damals auf dem Nachhauseweg von der Kaimankneipe auf der Straße getanzt hat.

Ich hätte es auch getan.

**Der Titel ist dem Gedicht „Vereinsamt"
von Friedrich Nietzsche entnommen.**